[美]
雷蒙德·钱德勒
Raymond Chandler

孙志新 译

湖底女人

The
Lady in the Lake

北京联合出版公司
Beijing United Publishing Co.,Ltd.

图书在版编目（ＣＩＰ）数据

湖底女人 /（美）雷蒙德·钱德勒著；孙志新译. -- 北京：
北京联合出版公司，2016.12（2022.6重印）
（推理家系列）
ISBN 978-7-5502-8714-3

Ⅰ. ①湖… Ⅱ. ①雷… ②孙… Ⅲ. ①推理小说－美
国－现代 Ⅳ. ①I712.45

中国版本图书馆CIP数据核字(2016)第232526号

湖底女人

作　　者：雷蒙德·钱德勒
出版统筹：新华先锋
责任编辑：张　萌
特约监制：林　丽
特约编辑：朱六鹏
封面设计：郑金将
版式设计：朱明月
营销统筹：章艳芬

北京联合出版公司出版
（北京市西城区德外大街83号楼9层 100088）
涿州汇美亿浓印刷有限公司印刷　新华书店经销
字数138千字　620毫米×889毫米　1/16　14印张
2016年12月第1版　2022年6月第5次印刷
ISBN 978-7-5502-8714-3
定价：39.50元

1

临近第六大道的位置，奥列夫街的西侧，特罗尔大厦稳稳地矗立在这里。前方不远的地方，是黑白相间的橡胶砖块铺垫成的人行道。只不过由于要交给市政府，一些人正在将它们挖出来。有一个男人，看样子应该是大厦的管理员，他在注视着这项工程，感觉非常惋惜。他没有戴帽子，面容惨白。

我从他的身旁走过，途经一条过道，各式各样的专售商店排列在两侧。前面是一个黑金色大厅，里面非常宽阔，我走了进去。双层玻璃的旋转门包裹着白金，门后面就是基尔莱恩的公司，在面朝街道的方向，位于7楼。接待室里的装饰非常讲究：铺着的地毯，具有浓郁的中国风情；墙壁上的颜色，是暗银灰色的；精美的家具有棱有角；有底座的几何形状雕塑非常亮眼，就摆放在角落里；在墙角的位置，有一个巨大的三角形陈设柜。还有些瓶子、罐子，应该是天底下设计最别致的了，它们就摆放在那一层层闪耀的玻璃上面。里面装着的乳液、散粉、香皂、香水适用于各个季节、各个场所。其中，那些装有香精的纤细瓶子似乎吹一口气就能倒下；有些小瓶子上捆绑着绒布做成的蝴蝶结，好像是小姑娘在上舞蹈课一样；装在又矮又圆的琥珀瓶子中的是植物乳液，很像某一种罕见而又纯洁的东西。它上面标有"皇家基尔莱恩，香水中的香槟"的标签，被孤独地放在中间位置，占地面积很大，高度与眼睛齐平。只要滴上一滴那红色珍珠，立刻就能感到如夏季雨水掉落在身上一般的感觉。这肯定是所有人都想要的。

远处的角落是电话转接室，里面的围栏后坐着一个金发女性，她身材娇小，比例匀称。那里很安全。还有一个女人在与门并排的桌子后面，桌子上面的牌子表明她叫安德莉安娜·弗洛姆塞特。她是个身材窈窕，有着深色头发的女人。

这个女人身着深蓝色衬衫，配着一款浅灰色的男士领带，外面一身铁灰色的套装。她的手绢在胸口处的口袋中坚挺，看样子都可以将面包切开。她并没有佩戴其他首饰，除了一条项链。这个女人的皮肤呈象牙色，非常光滑；深色中分的头发在肩膀上慵散地垂着；她有着一双很大的黑色眼睛，还有看起来异常庄严的眉毛。假如它们出现在恰当的时间或者场所，或许会显得更加温和。

我要求与德利斯·金斯利先生会面，并将那款角上没有手枪标识的名片放在她的桌子上。

"请问你有预约吗？"女人看了看名片说道。

"没有预约。"

"要与金斯利先生见面，没有预约，是很难见到的。"

对于这一点，我无言以对。

"马洛先生，是什么事情呢？"

"是私事。"

"这样啊。马洛先生，金斯利先生与你相识吗？"

"并不相识。不过，他应该听说过我。我是从姆吉警长那儿过来的，你可以转告他一下。"

"那么，金斯利先生与姆吉警长他们是相识的吗？"

女人往后靠了一下，一只手拿着金色的铅笔，轻轻敲击着桌子。我的名片被她放在了一摞已经打印好的信件旁。

我张开嘴笑了笑。那个金发女性在电话转接室中轻轻笑着，将她那双好像贝壳一样的耳朵立了起来。她就如同一只在屋里不被关注的猫咪，似乎是想要调侃一下，但又没勇气。我说道："最佳的方式，就是问他。希望他们俩相识。"

或许是为了控制住朝着我扔铅笔的举动，她将三个首字母迅速地写了下来。之后头也没抬，就说道："你的名片，我会找机会递给他。

金斯利先生目前正在开会。"

　　我对她道了声谢，朝着一张镀铬皮椅走了过去，坐在了上面。很显然这把椅子坐着要比看着更加舒适。安德莉安娜小姐的手指在文件上面移动，那只在电话转接室中窥探的猫咪正在将插头插进拔出，时不时地传出"咔啦咔啦"的声音。时间逐渐在流逝，周围非常安静，没有一个人出入。

　　我并不知道这个地方是做何种买卖的，有可能是几百万的买卖。我环视着这个地方，保不齐在后面屋内的保险柜那里，就有个警官正在斜靠着。我将一个烟灰缸拖到椅子边，点上了一支烟。时间在一点点地流逝。

　　抽完三四根烟之后，安德莉安娜小姐背后的门才被打开，而这时已经过去 30 分钟了。只见一个男人笑着把门撑住，另外两个男人后退着出了门，脸上同样挂着微笑。他们热情地握了握手，最后那两个男人从办公室里走了出来。撑门的那个男人个子很高，身着灰色西装，突然之间将笑容收了回去，满脸严厉，似乎自始至终就没有张嘴笑过一样。

　　他的神态有些高高在上，询问道："有电话吗？"

　　"有个叫马洛的先生，说是从姆吉警长那边过来。因为一些私事，想要与您见面。"安德莉安娜小姐语气柔和地答道。

　　大高个将名片拿了过来，连瞅都没瞅我，直接大叫道："从来都没听说过。"说完就转身回到了办公室，"咔哧"一声，门自动关上了。基尔莱恩，我真是越发地喜欢这家公司了。安德莉安娜小姐对我展开笑容，甜美中又带着无可奈何，我有些挑衅地瞅了瞅她。为了打发时间，我又点了一根烟。

　　那扇门在 10 分钟后再次被打开，大高个又走了出来，他戴着一顶帽子，哼着鼻子，说要去剪头发。他走过中国式地毯，步伐大得就像个运动员，当走到离门还有一半路的时候，突然间，他转过身，朝着我坐的方向，大声地对我说道：

"是你要与我见面？"

他身着一套灰法兰绒的大尺寸外套，上面是细细的石灰白色的纹路，显得非常高雅。而他自身的高雅也恰好说明这是一个难以相处的人。他的身材很魁梧，身高应该有 6 英尺 2 英寸左右，冷酷的光芒在他那双石灰色的眼睛中闪烁。

"假如金斯利先生就是你的话。"我站了起来，说道。

"不然呢，你认为我会是谁呢？"

我将另外一张有商业称谓的名片递了过去，并没有开口讲话。他有些烦躁地瞅了瞅夹在手中的名片，严厉地问道：

"姆吉是哪位？"

"一个与我认识的人。"

他转过头注视着安德莉安娜小姐，说道："我并不是很清楚，你乐意讲一些关于他的事情吗？所有与之相关的事情。"而安德莉安娜小姐似乎很欣赏他，非常欣赏。

"好。他身材魁梧，有一头软软的银发，还有一张好似与生俱来就要与婴儿亲吻的小嘴，异常顽皮。由于他经常咀嚼的喉片是紫罗兰味，所以人们都称呼他为'紫罗兰姆吉'。我上回见到他的时候，他正在抽鸦片，用的是一根很短的石楠根烟斗，他身着干净整齐的蓝色西装，穿着一双宽头褐色的鞋，戴着一顶大帽檐的灰色帽子。"

金斯利带着一种能够将一粒巴西豆碾碎的腔调，说道："我不喜欢你这样说话。"

"我没有叫你喜欢，所以无所谓。"

就好像我将一条死了一个礼拜的鲭鱼放在他的鼻子底下一样，他往后仰了仰。过了一段时间，他背对着我说道：

"不管怎样，只给你三分钟。"

说完，金斯利先生快速地走过地毯。从安德莉安娜小姐的桌子旁路过，把门猛地一下子拉开，朝我这边甩了过来。一丝狡诈的笑意浮现在安德莉安娜的眼中，好像她真的很欣赏他的做派。

2

7月份的艳阳被遮挡在窗外。灰色的百叶窗关上了一半，窗户也并没有被打开，屋子里面非常狭窄、幽暗、寂静，而且还开着冷气。很显然，这间私人办公室非常规范。一个很大的黑金色保险柜和一排矮矮的档案盒子被摆放在角落的位置。窗帘与地毯的颜色相呼应，都是同样的灰色。一幅很大的彩色照片悬挂在墙壁上，照片下面有一个名牌，上面记录着：1860年——1934年，马修·基尔莱恩先生。照片上老人的嘴唇、满脸胡须以及被翻起来的硬领，轮廓都非常清晰、明朗。看样子普通人的下巴都没有他那衣领处的喉结坚硬。

那张办公桌的市场价格大概在800美元左右。金斯利先生脚步轻盈地走到桌子后面，在一把又高又大的皮椅上坐了下来。之后，他从一个镶铜的桃花心木匣子中，将一支纤长的雪茄拿了出来，并用一只胖乎乎的铜质打火机将其点燃。对于我，他丝毫没有理会，只是在慢悠悠地做着这一切。等所有的事情都做完，他吞吐了几口烟，往后边一靠，说道："你的名片上显示，你是一个有执照的侦探，现在，请给我看一下你的证件。要知道，我的时间不能随便耽搁，我是个商人。"

我掏出钱夹，拿出证件递给他。他只是瞅了瞅，就从桌子上扔了回来。照片证件从塑料套中掉落在地上，他也并没有为此向我表示歉意。

"我只认识彼得森警官。我有一件事情，需要找一个牢靠的人来做，我想那个人应该就是你。至于姆吉，我并不认识他。"

"你可以去调查，姆吉就在好莱坞分局，属于警官办公室的辖区。"

"没有必要。不过请你记住，我聘用了一个人后，这个人就要受我支配。你嘛，我想还是可以相信的，只是不要和我玩心眼儿，更不可以乱讲话。我让你做什么，你就做什么，否则，就立马滚。希望我对你的要求并没有那么严厉。你都清楚了吗？"

我说道："我们可以在以后的日子再谈论这个话题。"

"你是如何计算价格的？"他蹙了一下眉，麻利地问道。

"一天是25块，每英里的车马费是8分，还有其他的一些费用。"

"这价格也太高了，你在开什么玩笑。只要在合理的范围，并且不能乱跑，我会按照路程支付车马费。但一天也就只能15块，这个价格已经很高了。"

我并没有开口讲话，只是将一团灰色的烟雾吐出，用手驱散开。对于我这样的举动，他似乎感觉有点奇怪。

"我还没有聘用你。但是这份工作必须要保守秘密，假如你被我聘用了，不允许和你的警官好友讨论，清楚了吗？"

"金斯利先生，你究竟想要干什么呢？"

"总之，你工作的内容，都是侦探应该做的。既然如此，你还会在意吗？"

"也并不全是这样，我只做合法的生意。"

他那双灰色的眼睛，有些让人难以揣测，他紧咬牙根，直愣愣地朝我瞪了一眼。

我开口说："对于首次登门的客户，我都要收取定金100块。而且有关离婚的案子，我从不接手。"

忽然间，他的语气温和下来，说道："嗯，明白。"

"大多数客户为了表明自己才是老板，在刚开始的时候，通常都会不停地哭闹、大声吼叫。但只要他们还能活着……到最后这些人都会非常理智。不过……你对我的态度，会不会太不友好了？"

"哦。难道你大部分的顾客都已经死了？"他说道，语气依旧温和，眼睛始终在看着我。

"他们只要相信我，就不会发生这样的事。"

他说："抽根雪茄。"

我把雪茄接过来，揣进了衣兜。

"已经有一个月了，我的妻子完全失踪了，我需要你将她找出来。"

"知道。我会把她找出来。"

"这样跟我讲话的人，四年来你是头一个。"他冷冷一笑，双手拍着桌子，眼睛直视着我，"我想，你一定会好好做事。"

我没有说话。

他一只手抓进那浓厚的头发里，说道："我很喜欢她。妈的，真的很喜欢。我们在山上有座木房子，紧挨着狮子角，她就是从那个地方失踪的，到现在已经有整整一个月了。狮子角这个地方，你清楚吗？"

我回道："我清楚。"

"在距离村庄大约3英里处，有一个湖泊，被称为'鹿湖'，那里属于私人所有，其中一部分路也属于私人，我们的小木房子就在那里。为了能让那个地方的环境得到一些改善，我们三个人建起了一座水坝。那片土地非常辽阔，就是还没有被开发，不过，在短时间内也开发不了，它属于我和另外两个人。我和朋友在那里都有木屋。我们找了个人看守那里，那人叫比尔·切斯，我们提供了其中一座木屋给他和他的妻子居住，当然是免费的。他曾是一个军人，身上有残疾，已经退役，但有退休金。这就是那个地方的具体状况。从5月中旬开始，我的妻子就待在那里，只在周末的时候回来过两次。6月12日有一个聚会，她本应出席的，可是并没有出现。自此之后，我就再也没有见过我的妻子。"

"你是不是做过什么？"

"我什么都没做，甚至没去那个地方。"说完，他就在等待，等待我询问为什么。

我问道："为什么？"

他往后推了一下椅子，将一个带锁的抽屉打开，从里面掏出一张折叠的纸，然后递给我。我把纸展开，发现这是一份电报。时间：6月14日早晨9点19分；地点：比佛利山卡森大道965号；这是从艾尔帕索发过来，给德利斯·金斯利的电文。内容如下：

> 我要和克里斯结婚！去墨西哥办理离婚！再见，祝好运！
>
> 克里斯德尔

他又拿给我一张照片，我将电报放在桌子上。照片很大，相纸泛着光，图像非常清楚，上面的背景是一处海滩，在一把伞的下面，坐着一对男女。男的身着一条短裤，女的身着暴露的泳衣，好像还是白鲨鱼皮的材质。这个女人是一个金发女郎，身材苗条，满脸的笑容，非常年轻漂亮；男人则是一个帅气的小伙，他的皮肤是深色，有一头黑亮的头发，洁白的牙齿，身材高大魁梧，双肩宽大，两腿修长，有着非常规范的6英尺身高。这个人一看就是那种专门破坏他人家庭的家伙。男人的手中拿着一副墨镜，朝着照相机微微一笑，笑得很放松，显然是专门练习过的。他用胳膊紧紧地拥住身边的女人，脑子里在想什么透过那张脸一下就能看出来。

"让他俩见鬼去吧！这是克里斯德尔，这是克里斯。他们想在一起就在一起吧。"金斯利说道。

"嗯，还有哪些异常现象？"我将照片放在电报上面，说道。

他说道："她这次回来，原本我并没在意。那个地方没有电话，实际上，在我接到电报之前，对于这件事，我根本就没放在心上。其实早在好几年前，我与克里斯德尔的婚姻就已经名存实亡了，我们各自生活。因此，她会发电报给我，让我有些诧异。她在得州有一个油田家族企业，非常富有，她每年从那里大概能得到两万美元的收入。她自己绝对不缺钱。但是她要与克里斯结婚，这让我感到很惊讶。要知道，她经常在外面搞暧昧，那个男人只是她的众多情人中的一个。而且这个男人根本就是个小白脸。不过，这张照片看起来很好，是不是？"

"后来呢？"

"什么事情都没有发生，就这样过了两个礼拜。可是后来有人找到我说：有辆车在他们的车库中没人认领。他们是圣贝拉蒂诺的普勒斯科特宾馆的人，车主登记的是克里斯德尔，地址写的是我家。我猜想她或许在其他州，假如他们开车了，可能开的是克里斯的。其实这件事情并没什么大不了的，于是我就寄了张支票过去，让他们照看着车。可前天，在街角处的健身俱乐部前，我竟遇见了克里斯，而且，他说，他完全不知道克里斯德尔到底在何处。"

说完，金斯利迅速地瞅了瞅我。他将桌子上的一瓶酒，还有两只彩绘玻璃杯子拿过来，倒了两杯酒，然后朝我推过一杯。接着，他端起酒杯，迎着光亮，慢慢地说："克里斯说，他已经有两个月没有与她见面了，也没有联系。当时他并没有和她一起走。"

"你相信吗？"

他点了点头，蹙着眉头将手中的酒喝掉，之后就把酒杯推向一边。我也尝了一口，是苏格兰威士忌，这酒并不怎么好。

"或许他并不值得我信任，但这一次我信，不过让我相信的原因，并不是他值得信任，绝对不是这个原因。"他说道，"而是，他不但与自己朋友的妻子鬼混，还到处沾沾自喜地炫耀，他就是一个狗娘养的。我太清楚这群浑蛋了，特别是他，我在想，他为了让我抬不起头，会先和我成为兄弟，然后再将我的妻子勾搭走，最后会与我断绝关系。有一段时间，他为我们工作，但是他无法控制自己，总是喜欢与女同事鬼混，不停地惹出一些事情。我跟他讲了艾尔帕索发来的电报，并询问他，为什么说谎，有什么必要吗？"

"他这样的人，自命不凡，以情圣自居，或许是她抛弃了他，从而让他觉得面子上过不去。"

尽管不明显，但能感觉到金斯利的情绪缓和了一些。他摇了摇头，说道："所以我才要聘用你，你要想办法证实我是错的。因为，我还是比较倾向于相信他。还有一个恼人的原因，如果让警方介入我太太的事，我就要滚蛋了。因为我的工作，我不能承受丑闻。这是一份很不错的工作，对我来说这就是全部。

"警察？"

金斯利语气变得沉重："她只要喝醉酒，就会变得稀里糊涂，时不时地还会去百货商场偷东西。以前这种事情发生后，我都不得不去经理办公室解决，那场面相当尴尬。所以，到现在她都没有被起诉。但是，在一个陌生的城市里，没有人认识她，要是她再做这种事情……"他把手举了起来，只听"啪"的一声，拍在桌子上，说道，"那么，她就极有可能要坐牢了，你说对不对？"

"她可曾被留下指纹？"

"没有，她还没被抓起来过呢。"

"你误会我的意思了。是这样的，有的时候，百货商场会以不将偷盗的事情告发为条件，要求留下指纹。这样一来，不但可以威慑想要偷盗的窃贼，商场还可以建立档案，记录那些有偷盗癖好的人。如果某个指纹以一定的频率出现了，他们就能找到当事人了。"

他说道："我不记得有过这样的事。"

"好吧。假如她被逮捕，就会被调查。即便在做笔录时警察允许使用假名字，她还是极有可能与你联系。因为进到牢里后，她一定会想办法求救。"我的手指敲了敲那张白底蓝格的电报纸，接着说道，"就算你担心的事情发生了，现在都过了一个月了，按理也该结案了。她也只能算初犯，顶多被斥责一番，之后判个缓期就释放了。所以，我们先不考虑她会偷窃的事。"

"你让我好受许多。"他又给自己倒上一杯酒，平复了一下情绪，看上去不那么烦躁了。

"但或许也会发生很多其他的事情，例如：一开始，她可能确实是和克里斯在一起，不过之后又分手了；又或许电报只是个障眼法，实际上她与其他男人跑了；或者她只是独自一人走了，甚至是和一个女人跑了；又或者她因为喝了太多的酒，正在某处个人疗养院接受医治；又或者在某一个监牢中被关押了起来；甚至，还有一种可能，那就是已经被杀害。"

金斯利惊呼道："哦，天啊。快不要说了。"

"为什么不要说呢？想一想，金斯利太太会给我留下什么样的印象，她那么喜欢喝酒，喝酒后还喜欢冒险；她年轻美丽，容易冲动，又很豪放。还有，她风流成性，很可能被一个恰好是骗子的陌生人勾引去。这些都很合逻辑，对吧？"

"你讲得没错。"他点了点头，说道。

"她随身携带了多少钱？"

"她有属于自己的银行户头，想取多少钱都可以，而且她很喜欢身上有很多钱。"

"你们俩有儿女吗？"

"没有。"

"她的钱，你有帮她打理过吗？"

他摇了摇头，说道："她从不投资，关于钱，也就是存支票、取现金，再就是把钱花掉，这些根本就不需要打理。我也没有从她的金钱中得到过任何利益。"他停顿了一下，接着说道，"这就是你在想的，是吗？不过，说实话，我的确想试过，要知道，每年两万美元啊，不是用来买酒了，就是花在像克里斯这样所谓男友的身上了。我也是人，看着感到很是可惜。"

"那家给她开户头的银行，你和它的关系如何？在之前的几个月里，她都有几次使用支票？有没有办法搞到详细记录？”

"最开始的时候，我曾怀疑过她被人勒索，尝试过一次，可是什么也没有询问到，他们什么也不和我说。"

我说道："我们可以问出来。但是要去一趟失踪人口调查局，你愿意吗？一定可以问出来。"

"不，我不乐意。如果这样做，我也不会找你。"

我点了点头，收起证物，揣进衣兜里。然后说道："除了目前所能想到的，我还有一些其他的想法，我要先去跟克里斯谈一下，之后，再去一趟鹿湖，打探一些消息。那个在山上帮你看管房子的人，你写一张纸条给他，再把克里斯的地址给我。"

他从书桌里抽出一张信纸，页眉处是印好的。他在上面写下几行字，交给了我。

亲爱的比尔：

　　跟你介绍一下，这是菲利普·马洛先生，他想参观一下这片地，请你配合协助，带他查看我的小木房子。

　　　　　　　　　　　　　　　　你的德利斯·金斯利

在他写好地址的信封里，我将折好的信纸放了进去，然后询问道："山上其他木屋的主人，都是怎样的状况？"

"他们一个在华盛顿，任职于政府机构，另外一个在利文沃斯堡。目前，他们都与自己的妻子在一起，没有人去那里。"

"克里斯的住址呢？"

"在湾城。具体地址我已经忘记，但我能够找到房子。不过弗洛姆塞特小姐应该会有。至于你为什么要地址，她还没有必要了解，可能在以后她会知道。哦，还有，你说需要交 100 美元？"

我说道："那是你对我态度傲慢，我才说的。目前不需要。"

他笑了笑。我站起来，在桌子前停了一下，有些迟疑地注视着他。过了一小会儿，我开口道："你没有对我隐瞒任何一件重要的事，对吧？"

"没有。我只是很担忧，很想了解她的情况，不管是白天，还是晚上，有什么消息，随时打电话给我。我真的担忧。"他注视着自己大拇指头说道。

我说没问题。

和他握了握手，我从这间狭窄阴凉的办公室中走了出来。在桌子旁，安德莉安娜小姐优雅地坐在那里。

我注视着她的面孔，说道："我需要克里斯的地址，金斯利先生说你可以给我。"

她拿出一个褐色的皮本子，慢悠悠的，看样子很不情愿。上面登记着很多地址，她翻找着，讲话的声音非常不自然，冷冰冰地说道："克里斯先生可能已经搬走了，因为一年了，他都没跟我们联系。我们记录的地址是在湾城，牵牛星大街 623 号，电话是，湾城 12523。"

我向她道过谢，往大门方向走去。在走到大门口的时候，我回过头瞅了她一眼，只见她的双颊泛起两片红晕，目光飘忽不定，泛着辛酸。她双手在桌子上扶着，坐得很直，双眼直愣愣地注视着空中。

这样看来，克里斯没留给她什么美好的回忆。

3

牵牛星大街位于 V 字形的边上，在峡谷的最末端。沿着高速公路一直往南延伸，就是湾城，大街的北面是淡蓝色的海湾，潮水往马里布市涌去。

在这条街的尽头，一座深宅大院被围在高铁丝网里面。这条街并不是很长，只有三四个街区而已。从金黄色的栅栏中望去，我并没有看见房子，只看到了树木、灌丛、草地，还有蜿蜒曲折的车路。几间毫不起眼的小平房零星地散落在峡谷的边缘处，但靠近牵牛星大街陆地的房子，却保护得相当不错，而且面积很大。铁丝网把这个不长的半个街区围了起来，里面的房子只有两栋。在街道这边望过去，最小的那栋就是 623 号房子。

我驾驶着自己那辆克莱斯勒从那个地方经过，在街道的终点还绕了半个圈。然后我调转车头，在克里斯家边上的一块空地上停下。他的这栋房子是依照地势而建的，朝下倾斜，一些攀藤的植物在房子的上方，前门的地势比路面还要低矮，车库的位置就像在台球桌上的角袋一样，卧室在地下室里，房顶还有个平台。小路上，韩国苔藓生长在扁平的石头边上，前面的墙壁上攀附着一种名为九重葛[1]的红色植物。房门上安装着铁栅栏，非常窄，上面的尖顶也被拱开了。在铁栅栏的上面，有个铁门环，于是我就敲了敲。

没有人应门。我拉了一下身边的门铃，门铃声在房间内不远的地方传了出来，我等待着，依然没有人应门。我又敲了敲门上的铁环，可还是没有人回应。我从小路往回走，来到车库跟前，把门拉了起来，看到一辆汽车停放在里面，在车轮边上，还有着一圈白色的东西。最后，我又回到了前门。

就在这时，街道对面的车库中，驶出了一辆别致的汽车，是黑色双门的凯迪拉克。先是倒了下车，之后又转了个弯，在要路过克里斯房子的时候，缓缓把车速慢下来。一个消瘦的男人注视着我，他戴着墨镜，目光犀利，就好像这里并不是我该来的地方。我恶狠狠地瞪着他，然后他就开着汽车扬长而去。

---

[1] 九重葛：又名三角梅，原产于秘鲁、阿根廷、巴西、南美等地，喜温暖湿润气候，不耐寒。

我又一次朝着克里斯家的那条小路走去，再次敲了一下门上的铁环，而这一次，得到了回应。随着一扇窗户的打开，铁栅栏里出现了一个男人。我看着他，他的样貌很帅气，并且有着一双亮亮的眼睛。

一个声音说道："吵死了。"

"是克里斯先生吗？"

"是的。有什么事情吗？"他回答道。

我将一张名片从铁栅栏递了过去，那双亮亮的棕色眼睛再一次出现。紧接着，伸出一只棕色的手，拿走了名片。

"今天我并不想跟侦探见面，实在不好意思。"他说道。

"我受德利斯·金斯利先生所托，来办事的。"

"你们俩全都见鬼去吧！"说完，就"砰"的一声，把窗户关上了。我倚靠着门，一只手继续按门铃，另一只手拿出一根香烟，刚要在门框上把火柴擦着，门突然打开了。一个大高个儿走了出来，他身着白色毛巾浴袍、游泳裤，脚穿沙滩鞋。

我的大拇指停止按门铃，"觉得害怕了？"冲他笑了笑说道。

"再敢按门铃，我就把你丢到马路对面。"

"我们需要好好谈谈，这一点，你心里很明白。没必要如此幼稚。"

在他那双亮亮的棕色眼睛前，我把那封电报从衣兜中拿出来，他咬了咬唇，蹙着眉头看完。"进来，这是看在克里斯德尔的面子上。"他小声地喊道。

他把门打开，我从他身边走过去，进入一个房间。屋里并不明亮，但看起来非常舒服。屋里的布置也很讲究，地面铺着具有中国风的杏黄色地毯，一看就知道价格不菲，上面摆放着高背椅子和几盏白色柱形的灯；一张浅褐色安哥拉羊毛的卧榻，很宽很长，装饰着深棕色的圆点；还有一个白色木头做成的台子，装饰在带着铜盖子的壁炉上面。

壁炉里炉火旺盛，但被一大团熊果[1]花挡住了一小部分。那束花虽然大部分都已经枯败，但依旧非常艳丽。一张矮小的核桃木桌，桌面是玻璃的，上面放着一个茶盘，茶盘里面摆着几个玻璃杯子和一个铜质的冰桶，桌面上还有一瓶维特69[2]。房屋后面有一个拱门，与房间相通，从拱门里可以看到下楼的楼梯顶端有一段白色扶手和三扇窄窄的窗户。

克里斯用力甩上门，然后火冒三丈地注视着我。他把一支烟从银盒子中抽了出来，点燃，在长卧榻上坐了下来。他长得和那张照片一模一样，我注视着他，在他跟前坐了下来。他长得真的很帅气，眼睛是栗褐色，眼白稍微有点发灰；头发稍有点长，盖住了太阳穴，发梢微微卷翘；腰身、大腿的线条很完美，皮肤的颜色呈棕色，非常紧致。我想我已经清楚了为什么女人会对他如此爱慕，但对于我来说，他也只是身材很棒而已。

"她到底在哪里？如果你告诉我，我们就不会再打扰你。为什么不和我们说？我们早晚会找到的。"

"私家侦探还烦不着我。"

"真的吗？私家侦探对任何轻视、慢待都已经习惯，他们会死缠烂打。只要别人将他的时间买下来，那么他就无所不用其极地让你感到困扰，给所有人造成麻烦。"

他朝我靠近，拿烟指着我说："你听好了。我已经很长时间没有与克里斯德尔见面了，更没有和她去艾尔帕索，电报我看到了，我也与金斯利先生说过，我并没有与她有任何的联系，那些都是胡说八道。"

"他并不相信你。"

他说道："我有什么理由骗他呢？"

"你没骗他吗？"

---

[1]　熊果花：又名熊葡萄、熊莓、紫林，是杜鹃花科熊果属的一种植物。

[2]　维特69：一种混合威士忌，原产地苏格兰。

"你要这么想我也没办法，但你听好了。对于克里斯德尔，你根本就不了解，假如金斯利先生讨厌她的做法，那么他应该自己想办法，如此蛮横不讲理的丈夫，真是让我感到厌恶。不过，他也拿她没有丝毫办法。"他有些着急地说道。

"你没跟她一同去艾尔帕索，但她却发了这样一封电报，这做何解释？"

"这我就不清楚了。"

我朝着壁炉上的熊果花指了指，说道："这都是你在鹿湖摘的吧？那么你应该可以解释清楚。"

他有些狂妄地说道："在这周边的山上，熊果树到处都是。"

"可是，这里的花开出来不是这个样子的。"

"我是去过那里，那是 5 月份的第三个礼拜。" 他笑了笑，说道，"你确实想搞清楚的话，应该可以调查出来，那次是我们最后一次见面。"

"你难道没有想过跟她结婚吗？"

"我的确想过。她真的很富有，而金钱也的确很有用。" 他吐了一口烟，烟雾弥漫，说道，"但真那样做的话就增添很多麻烦。"

我没有讲话，只是点了下头。他往后面靠了靠，目光注视着壁炉里的熊果花，又吐了一口烟，褐色的喉结暴露出来。过了一段时间，他看我还是不出声，就瞅了瞅我的名片，有些担心地说道："你的生意应该很好吧？帮别人打听信息，你专门做这个行当的？"

"也就是在这儿赚点钱，在那儿赚点钱，并没有什么好炫耀的。"

"这些都不是'大'钱？"

"克里斯先生，我和你没什么可争执的。金斯利先生认为你故意隐瞒了他妻子的下落，你这么做即使没有什么不良的居心，但至少是出于某种目的。"

这个有着帅气棕色面孔的男人不屑一顾地说道："那么，哪一种是他更加喜欢的呢？"

"其实，你和克里斯德尔之间到底有什么事情，去过什么地方，她会不会和他离婚，这些他都丝毫不在意。他只想知道克里斯德尔有没有遇到困难，是不是平安。他想要的，只是关于她的消息。"

"困难？她能遇到什么困难？"这个说法让克里斯觉得很有趣，他伸出舌头，好像是在舔舐着、品尝着"困难"这个词。

"他担心的那种困难，你不知道？"

他讽刺地说道："说来听听。我就喜欢听这些，什么困难，我不知道。"

"说正经事时你没时间，倒有的是时间逞口舌之快，你可真行。"我说道，"不要以为我们会善罢甘休。关于你和克里斯德尔到其他州去的事情，我们会继续追查下去的。"

"你可真聪明，我得向你竖起大拇指，夸你一下了。但是你说什么都没用，除非你可以找到证据。"

我有些执拗地说道："从电报上总能找出些蛛丝马迹。"不过，这句话，好像我说过很多遍了。

"这极有可能只是个恶作剧罢了。类似的小手段，她有很多，虽然全都非常愚蠢，但有一些却很歹毒。"

"这么做到底有什么意义，我并没有看出来。"

他小心翼翼地在玻璃桌上弹着烟灰，迅速地瞅了我一眼，随后移开目光，看向其他地方。

"或许，这只是她的报复。我让她白等了。"他有些缓慢地说道，"礼拜天的时候，我并没有过去，我……厌倦她了。那天我应该过去的。"

"哦？我没法相信你说的话。其实，你和克里斯德尔一同去了艾尔帕索，但之后你们发生了争执，最后就分开了。事实是这样的，对吗？"我的眼睛紧紧地注视着他。

他的脸颊泛起了红晕，即便是皮肤被晒得黝黑，也完全遮掩不住。

"娘的！难不成你忘记了吗？我并没有和她去过任何地方，我说了，任何地方都没去过。"

"我没有忘记，但前提是我得相信。"

他把身体往前倾了倾，从容地站了起来，并将浴衣带子不紧不慢地收紧一些，然后掐灭了烟，朝长卧榻的另一头走过去。

"就这样吧。这些没用的话，我已经听够了，你正在浪费我的时间，也在浪费你的时间。"他果断地说道，"如果你的时间还有些价值，就请你离开。"

"其实，也值不太多。可是，我受雇于人，价值是别人定的。"我站了起来，笑了笑说道，"在百货商场的时候，你们是不是遭遇到了一些不好的事情？例如，袜子或者珠宝？"

他蹙起眉头，抿了抿嘴，有些谨慎地注视着我。

"我不知道你在说什么。"尽管这么说，但听他的声音，就知道他在琢磨什么。

"好吧，已经足够了。"我说道，"谢谢你肯跟我谈。不过，我还想知道，离开金斯利之后，你现在在做什么工作？"

"这和你有关系吗？"

"是没有什么关系，可是我还是能调查出来。"说完，我就朝着大门的方向走去。还没有走远，他就冰冷地说道："我在等待任职书，是海军陆战队的。目前我没有事情可做。"

"或许在那个地方，你会做得很好。"

"不错。不要再过来了，我不会在家里，再见，侦探！"

我朝着门口走去，要把门打开，但门与门槛之间，被大海的潮气卡得非常紧。当我把门打开时，回过头瞅了瞅，看见了克里斯气急败坏的模样，他把眼睛眯了起来，在那里站着。

我说道："很有可能，我还会再过来。只不过，如果我需要找你时，只会是因为我有了新发现，而不是过来跟你进行口舌之争的。"

他有些焦躁地说道："这么说来，你还是不相信我，依然觉得我在骗你？"

"我只是觉得，你还是对我有所隐瞒。不过这种情况，并不新鲜。也许你隐瞒的事对我并不重要，但如果重要，我们还会再见，到时候你可能得再赶我一次。"

"我不介意如此。为了避免你的屁股挨打，血流满面，自己无法走路。你下次过来的时候，还是多带个人来，好开车送你回家。"

说完，他朝着脚前面的地毯上无缘无故地吐了口口水。

这让我感到非常诧异，他的这个行为举止，就如同将自己可怕的面貌暴露了出来，把虚假的外套眼睁睁地剥掉似的；又或者是一个举止非常高雅的女人，突然爆出一句脏话。

我说："好看的大高个儿，再会！"说完我就走了，他没动地方。

我费了些力气，才把那扇大门关上，然后走上一条小路，朝着街道走去。出来之后，我站在人行道上，注视着对面那栋房子。

4

那栋房子或许并没有那么深，只是看上去很宽敞罢了。泥墙上的颜色变得轻淡温和，原本的玫瑰色已经褪去，跟暗绿色的窗框相搭配。粗圆的绿色瓷砖铺垫在房顶上面，前门的门框上，精细地镶嵌着一种瓷砖，很多颜色混合在一起。在门口，还有一个很小的花园，一堵低矮的泥墙就屹立在花园前面，海边潮湿的空气已经把墙上的铁栏杆腐蚀了。有一扇门和院子相通，在房子的偏门，还有一条水泥小道与之相连。在墙外的左边，有一个车库，里面可以容纳三辆汽车。

有一块铜牌挂在门柱上，上面写着：医生奥尔波特 • S. 奥尔默。

我站在那儿朝对面看去，就在这时，街角处传来了"突……突……"的声音，一辆汽车转弯开了过来，是我之前看到的那辆黑色凯迪拉克。他将车速慢了下来，并朝外偏移了一下，想要腾出一点空间开进车库，但是他发现路被我给挡住了，于是他又朝着路的尽头开了过去。在铁栏杆前面的空地上，他将汽车调了个头，又慢慢开回来，在车库的第三个空位上停了下来。

那个男人手里拿着一个双把手的药箱，沿着人行道朝那栋房子走去。男人身材消瘦，戴着墨镜。他逐渐把脚步放慢，注视着我，在房门前，他拿出钥匙开门的时候，又瞅了我一眼。我朝着自己的克莱斯勒走去。

我坐进克莱斯勒里，抽着香烟，考虑要不要雇个人监视克里斯这个人，琢磨着这样做值不值得。不过看眼下的情况，他还不值得如此，最后，我放弃了这个打算。

奥尔默大夫进入房子之后，我看到有一只消瘦的手扒了一下窗帘，就在靠近偏门低矮的窗户处。窗帘被扒开之后，过了一段时间才关上，但眼镜片上反射的光，还是被我注意到了。

我在街道旁望着克里斯的房子，从这个角度上，我能看见一道被漆过的木质台阶，连接着他家的门廊，与一条倾斜的水泥过道相通，还有另外一条水泥台阶，通往下面的小巷子。

我又朝着奥尔默大夫的房子看去，心里面思索着奥尔默认不认识克里斯，跟他熟不熟悉。这个街区的房子，也就只有这两栋，因此他们应该是认识的。只不过，他是一名医生，关于克里斯的事，他应该不会说的。突然间，那扇窗户的窗帘被全部拉开了，就在我正看着的时候。

奥尔默大夫站在三扇窗户的中间，那里没有窗帘遮掩，他在那儿看着我，消瘦的面孔上眉头紧蹙。突然他转过身，把双把手箱子放在前面，在一张桌子前坐了下来。我把烟灰朝车外弹去，他僵直地坐着，在箱子旁边的桌子上敲击着，然后伸出手去拿电话，不过碰了一下，又随即放开。他点了一根烟，用力地甩了甩火柴，朝着窗边大步地走过来，然后继续盯着我。

正常来讲，医生是最没有好奇心的。因为在他们还是实习医生的时候，所听到的秘密已经非常多了，足够让他们受益一生。而他正好就是个医生，这可真是有意思。对于奥尔默来讲，我好像让他觉得很有趣。甚至不单单是有趣，我好像已经让他感到了不安。

我转动车钥匙，准备发动汽车，就在这时，克里斯的前门突然打开了。然后我就靠在座椅上，把手拿了下来。克里斯穿的还是跟刚才一样，手臂上搭着一条粗毛巾，还有条蒸浴用的浴巾，他瞅了瞅大街上，轻松地朝着门前的小道走去，进入了车库。然后，车库门打开，还有车门关闭的声音传了出来，紧接着，又传来一阵汽车发动的声音。白色的烟雾从汽车尾部冒了出来，他倒着把车开下了斜坡。克里斯戴着一副好看的墨镜，镜架是白色的，漆黑的头发露了出来，车篷向后折叠。这是一辆蓝色的敞篷跑车，非常精致好看。在街角的位置，敞篷车帅气地转了个弯，飞驰离去。

克里斯肯定是要去太平洋岸边，躺在阳光之下，好让姑娘们大饱眼福。我根本就不需要跟着他。

奥尔默大夫的耳朵此刻正紧挨着电话听筒，我的注意力又转移到他身上，他一边抽着烟一边等待着，并没有说话。这时，他的身体向前倾斜，好像在听着什么，应该是电话里出现了声音。他在跟前的纸上记录着什么，把电话挂断，然后他把一本黄色纸张的书拿出来，放在了桌子上，把书籍的中间部分打开。他在做着这些事情的同时，又迅速地朝着窗外，瞅了瞅我的克莱斯勒。

他俯下身子看了看那本书，应该是在里面找到了他想要的东西。在书籍的上方，烟雾弥漫，他记录了一些东西，然后把书推开，又拿起电话拨了号码。过了一会儿，他边点着头，边迅速地讲话，拿着香烟的手也在不停地比画着。

他结束了谈话后，把电话挂断。然后神情恍惚地靠在椅子上，眼睛盯着桌子。不过，他总是频繁地朝窗外望去，时间每次也就间隔30秒钟。作为大夫，他们会和很多人进行谈话，也会拨打很多电话，他在等待着什么，而我也没有丝毫理由一直陪着他等待。要知道，大夫和我们一样，他们也是人，也会痛苦哀伤。他们同样会朝着窗外望去，会显得慌张，蹙眉，他们心里也有压力，也会有心事。

我又点了一根烟，瞅了瞅手表，应该吃点东西，但我并没有离开，因为这个人的行为举止让我产生了些疑惑。

就这样，大概过了5分钟，从街角处转进来一辆绿色汽车，朝着这个街区快速地开了进来，汽车的天线伸得很高，在颤动着，汽车最后停在了奥尔默大夫的房门前。一个身材高大的男人从车子里下来，他有一头土黄色头发，他一边朝着奥尔默大夫的大门走去，一边拿出一根火柴，然后俯下身在台阶上划了一下，按了按门铃。他的目光在四周环绕着，最后隔着大路，朝着我的方向看过来。

门被打开，他刚走进去，房间就被遮住了，一只看不见的手把窗帘拉上了。时间一点点地流逝，我坐在那里，看着窗帘上被太阳晒出来的纹路。

前门再一次被打开，那个大高个儿走下台阶，看样子有些心不在焉。手中的烟蒂在走出大门时，就被他远远地弹了出去。然后他揉了揉头发，在下巴上摸了摸，又耸了耸肩，最后从马路上斜穿过来。在这个安静的环境中，他的脚步声显得尤为清晰、悠闲。奥尔默大夫把窗帘再次拉开，然后站在窗户旁看着。

在我搭着手臂的车窗上，出现了一只大手，上面全都是斑点，接着是一张狂野的面孔，脸上布满了深深的皱纹，他的语调粗而低沉，蓝色的眼睛非常亮。他目不斜视地注视着我，说道："你是在等什么人吗？"

"你认为是吗？其实我自己也不清楚。"

"我是在问你。"

"天啊，这可真像是一场哑剧，他娘的。"

他用那双深蓝色的眼睛怒视着我，一点也不友好，说道："什么哑剧？"

"是那个有些神经质的男人，还有他的电话。"我拿着烟朝街对面指了指，说道，"他查到了我的名字，应该是从汽车俱乐部里找到的，然后又找分类电话本，最后再把警察找过来。是有什么事情吗？"

"你的驾驶执照呢？给我看看。"

"证件？难道你们这群人就不用出示吗？还是说，要让别人知道你是做什么的，只需要抖一下威风就可以了？不过你们还挺迅速的，就像是蜂鸣器一样。"我朝着他瞪了一眼，说道。

"如果我真的抖起威风，你也一定会清楚。"

我俯下身，转动着车钥匙，把离合器踩在脚下，车子的引擎运转了起来。

他一脚踩住车门踏板，语气暴躁地说道："关闭引擎！"

我靠在座位上，关闭了引擎，注视着他。

"你是不是真的想要我把你拎出来，然后丢在大街上？他娘的。"

我把钱包掏了出来，递给他。他把塑封套抽出来，瞅了瞅我的驾驶执照，另一个执照的复印件在背后，他又把套子翻了过来，瞅了一眼。最后，他把它们都放进了钱包里，还给了我，表情有些蔑视。我收起了钱包。随后，他伸手拿出了一个警徽，上面有着蓝、金两种颜色。

深沉又粗犷的声音响了起来："我是德加默警长。"

"你好，警长。"

"少给我来这套。你在这里观察奥尔默的房子，到底是为了什么？"

"有关奥尔默大夫这个人，我听都没听过，更何况我自己都不清楚我因为什么监视他，更别提来监视他的房子了。警长，我并不是像你所说的那样。"

他转了下头，把口水吐在地上。

为什么我今天所遇到的都是这样的人。

"那你究竟在这里耍什么花招？这个镇子里可没有偷窥的人，而且我们也不会欢迎这样的人。"

"你确定？"

"是的，我确定。如果你不想进警察局，去体验审讯室灯光底下的感觉，就不要跟我撒谎。"

我并没有去回应他。

"你是被他的父母雇用的？"

我摇了摇头。

"亲爱的，在你之前有一个人，也是做这样的事情，后来却被打得浑身都是伤。"

"还真是有趣。这个人究竟干了什么？"我说道，"假如我能猜测到的话……"

他轻声说："对他进行敲诈。"

"看他这个样子，应该是一个很容易被勒索的人，只不过，我并不清楚怎样进行敲诈。这实在是太可惜了。"我说道。

"这样说话，对你没有任何益处。"

"好的，我对奥尔默大夫并不感兴趣，也从没听说过他，更与他不相识。这么跟你说吧，其实我就是来看看风景，探望好友。假如让你感到厌烦，那么有一个最好的方法，那就是到警察局里跟你们的领导请示一下。至于我做了一些什么事情，这应该不归你管吧。"

他缓缓地说道。"你没有撒谎吧？"一种不信任的神情浮现在他的脸上，不过他还是笨重地挪开了踩在踏板上的那只脚。

"每一句都是实话。"

他转过头，朝着那座房子望去，忽然说道："这个人应该看看医生，真是有精神病。他娘的！"说完，他把踩在踏板上的脚收了回去，在犹如金属丝一样坚硬的头发上挠了几下，有些干瘪地笑了笑。

他说道："为了避免惹是生非，还是远离这个区域，走吧。"

我再一次将车子发动起来，引擎空转。就在这时，我开口询问道：

"奥尔·罗加德最近怎么样？"

"你与奥尔认识？"他望着我问道。

"是的。在多年以前，当时维克斯还是警察局长……在这里，我和他就一起办理过案件。"

他有些心酸地说道："奥尔已经被调离去做军警了，真希望我也能去。"说完他转过身离开，但随即又转了回来，接着说道，"趁着我还没有反悔，快点离开这里，走吧。"

他穿过马路，步伐有些沉重，再次朝着奥尔默大夫家的大门走了过去。

我踩了一下离合器，开着车离开了。在回去的路上，各种各样的念头不断地盘旋在我的脑海中，就如同窗帘被奥尔默大夫神经质瘦小的手拉动一样。

我回到洛杉矶，吃了顿午饭。然后想要看看有什么信件，就回到了办公室，顺便给金斯利打个电话。

"我与克里斯见过面了，我尝试着对他进了追问，但并没有任何结果。他和我讲了一大堆没用的，看样子他并没有撒谎，他们已经闹翻了。但我依然觉得克里斯想要重归于好，只是到现在还没有进展。"

"所以说，克里斯德尔到底在哪里，他肯定很清楚。"

"或许如此，但也不绝对。"接着，我又向他简单地阐述了一件奇怪的事情："在克里斯家的那条街道上，我看到了两栋房子，其中的一栋居住着一个大夫，名字叫奥尔默，这还真是件怪异的事情。"

"是那个叫奥尔波特·S.奥尔默的大夫吗？"他沉默了一会儿问道。

"是的。"

"在克里斯德尔酗酒的时候，他来过我家几次，他以前是克里斯德尔的医生。他给克里斯德尔注射的时候，我能感觉到他很着急。对了，我想一下，他的妻子应该是出事了，啊！他的妻子自尽了。"

"是什么时候的事？"

"我与他们并没有什么联系，况且这个事情已经发生很久了，我想不起来。你现在有什么计划？"

"虽然这个时候出发有点晚，但我想去一趟狮子湖。"我说道。

他跟我说道："在山上，白天的时间会多出一个小时，时间很充足。"

"知道了。"我说道，随即便把电话挂断。

5

过午的阳光非常炎热，空气都能将舌头烫得起疱，圣贝拉蒂诺炎热得如同被火烤了一样。我开着车，大口喘着气，为了防止自己还没到山上就热昏过去，中途停车买了一品脱饮料。然后又继续朝克莱斯特莱恩驶去，这条远途的山路非常险峻。即便开了15英里的路程后，我已经上升了5000英尺的高度，天气依旧非常炎热。沿着山路又开了30英里，之后一路上就变得非常清凉，让我觉得自己进入了天堂。这里有一家简陋的便利店，还有一个加油站，我还瞧见了高高耸立的松林。这个地方叫作泉涌。

在狮子湖水坝两边和中间，各有一个武装的卫兵在站岗，站在首位上的卫兵要求我在开过水坝之前将车窗关闭。狮子湖好像并没有被战争影响，当然一些细微的地方除外。例如：为了防止有游艇靠近，在距离水坝还有100码的地方，一条绳索上绑着一个软木浮标。

蓝色的水面上，传来一阵"嘟嘟"的声音，是那些游船的马达声，大家悠然地划着船只。快艇绕着圈子，在驶过的时候，都会把一道道泡沫激起，就如同小孩子一样喜欢展现自己。女孩们在快艇上把手放在水中拖拽着，大声地喊叫。还有些花了两美元购买钓鱼执照的人，倒映在快艇留下的水波当中，看得出来，他们正盼望着能钓上一些鱼，好把之前的成本捞回来。

这段高海拔的山路上花岗岩层次凸显，行驶过去之后，又来到一片山地，这里海拔不高，野草遍地。有很多花在草地上绽放，比如：野鸢尾花、紫色的羽扇豆、喇叭花、耧斗草……蓝蓝的晴空之下，高高的黄松树耸立着，还有时常能在沙漠看到的灌木丛。道路依然险峻，但紧接着来到一个村庄，骤降的高度也已经与湖面相平行。成群的女孩子们扎堆地围绕在四周，她们身着宽松的裤子，颜色艳丽多彩，戴着宽大的围巾、束发网、穿着凉鞋，将白皙的小腿露出来。甚至还有人在骑自行车，晃晃悠悠、小心谨慎，时常会"嗖"的一声飞过一只受了惊吓的小鸟。

在驶过村落 1 英里的时候，一条曲折的小路出现在公路前，这是通向山里的道路。一块写着"距离鹿湖还有 1.75 英里"的粗陋木牌子就立于路边。顺着小路开去，在刚开始 1 英里的时候，还能看到有几个小木屋坐落在山坡上，但继续向前方行驶，就没有了。又行驶了一段距离，一条狭窄的岔路出现在跟前，这时又出现一个简陋的木牌子，上面写着"鹿湖，私人领地，严禁进入"。

在小路上，我驾驶着克莱斯勒，非常谨慎地慢慢穿过庞大的花岗岩，又路过一个小瀑布，最后穿过一片安静的树林，里面就如同迷宫一样，有黑橡树、铁木、熊果树。在树枝上有一只蓝色的小鸟，一只小松鼠拍打着松果，好像很生气。一只红顶啄木鸟，眼睛又小又圆，它先是瞅了瞅我，就躲在了树木后，然后又用另外的一只眼睛瞅了瞅我……最后我面前出现一扇栅栏门，它是由 5 根木条编成的，前面还有一个牌子。

大门旁边有一条路，我沿着它围绕着树林转了好几百码。椭圆形的湖泊就好像是一滴蜷缩在叶子之上的露珠，深深藏匿在下方的树林、岩石、杂草之中。水坝就在湖的终点，用水泥建成，上面的扶手是一条绳索，边上还有一个老旧的水车。离这儿不远的地方，有一间用木头建成的松林小屋，材料都是就地获取。

在湖对面，有一间比较大的红木房子俯瞰着湖水。从小路上走过去的话，距离有点远，但想要快速走过去，也只能穿过水坝。在距离更远一点的位置，还有两间小木房子，它们之间并不相邻。那间大房子有着橘黄色的百叶窗，面朝湖水的窗户有 12 个窗格。这三间木屋的窗帘都被拉上了，大门紧紧关闭着。

　　从水坝上朝着湖对面望去，依稀能看到一个小码头和一个圆形的亭子。"科尔凯尔营寨"这几个白色油漆的大字，被写在一个歪曲的木牌上。营寨为什么会建在这样的一个地方，究竟有什么含义，我实在是瞧不出来。我从车上下来，朝着最近的木屋走去。有个人正拿着斧头，在木屋后面劈砍东西。

　　我在木屋的门上敲了敲，里面传来了回应，是一个男人，斧头的劈砍声也随即停止，接着木屋中传来一阵杂乱的脚步声。我点燃一支烟，坐在石头上。很快出来一个男人，他的手中拎着一把斧头，他的皮肤黝黑、粗糙。

　　男人的身材很健壮，只是个头有点矮，走起路来一瘸一拐，地面上留下浅淡的弧形印迹，原来他的右脚是跛的。他灰色的头发有些发卷，已经将耳朵遮掩住了，一看就知道很长时间没有修剪过，没有刮脸，下巴上长着浓密的胡子楂儿，他还有一双深蓝色的眼睛。他的嘴巴里叼着一根烟，身着蓝色衬衣，棕色的粗脖子从领口外露了出来，下半身穿着一条粗布裤子，同样也是蓝色。他讲话的腔调，只有城里面那些粗俗的人才有。

　　"有什么事情吗？"

　　"比尔·切斯先生，是你吗？"

　　"对，我是。"

　　我站了起来，将金斯利写的纸条从衣兜中拿出来，递给他。他接过去瞅了一眼然后走进屋子里，步伐显得有些沉重。当他出来的时候，一副眼镜出现在他的鼻梁上。再三地认真阅读了那张纸条的内容后，他把它放进了衬衫的衣兜里，并扣上扣子。

"马洛先生，你好。"

我们握了握手，他的手掌粗糙得就像是一把锉刀。

他朝着湖对面翘着拇指，目光注视着我，说道："你想看一下金斯利的木屋？我很高兴能够给你带路。不过，他不会是真想卖了吧？就为了克里斯德尔？"

我说道："在加州，任何东西都可以卖掉，所以这是极有可能的。"

"也是！那个红木的，就是他的房子。屋顶是组合起来的，不过之前先做好了隔间，用的是那些有很多木节的松木；地基、过道都是用石头铺垫；卫生间、洗澡的设备全是一套；厨房有瓦斯炉等一系列东西；百叶窗、大壁炉随处可见；甚至就连主卧室，也有暖炉……这些全部都是最高端的，哥们儿，如果你想在春秋季住进来的话，一定可以用上。在山里面还有蓄水池，可以供你使用。这样的山间小屋，买下来大约需花费 8000 美元，市价基本如此。"

我想找点话题，于是询问道："电灯、电话什么的，那里有吗？"

"肯定有电。只不过电话却要花很多钱把线拉过来才可以安装，因此没有。"

我们相互望着对方。他的皮肤粗糙厚实，血管凸起得厉害，眼睛明亮，就好像风雨已经将他的面孔蚕食掉，但是，他看起来更像是个酒徒。

"目前那里面有人居住吗？"

"没人住。不过几个礼拜之前，金斯利先生的妻子来过，可是又下山了。但我想，她应该会随时再回来，先生告诉你了吗？"

"啊！"我做出吃惊的模样，说道，"她要跟房子一同被卖掉吗？"

他满脸的怒气，但忽然间仰着头大声笑起来。他发出的笑声，就如同拖拉机回火的声音，打破了树林的寂静。

他喘了口气说道："太可笑了，天啊！她要跟……"但然后，就如同夹子一样，闭上了嘴巴。

他谨慎地注视着我，说道："是的，那间木屋非常美丽。"

我问道："那里面的床铺，舒不舒适？"

他往前靠近了一些，"你的脸，你是不是想要它开花？"他微笑着说道。

"我从来就没有这样想，没有。"我看着他，张嘴说道。

他火冒三丈地说："床铺舒不舒服，我怎么可能知道？"为了方便随时可以凶狠地打我一拳，他稍微将身体弯下来。

"倒不是非要让你告诉我，我会知道的。虽然我并不清楚，你为什么会不知道。"

他讲话的语气有些发酸，说道："对啊，兄弟，快滚蛋吧！即便金斯利也一样。别以为我认不出侦探，在所有州，我都会跟他们玩个游戏，叫'你追我打'。呵！想知道他的睡衣有没有被我穿在身上，所以就雇个侦探来观察我？你听着，虽然我有一只脚并不利索，但只要是我想要的女人……"为了不让他再讲下去，我伸出手阻止了他。希望他不会扯掉我的手，丢到湖里面去。

"你为什么会这么想？我来这里，并不是为了调查你的私生活，你误会了。我是今天早晨才见到金斯利先生，至于他的妻子我自始至终都没有见过。"

他凶狠地用手背蹭了一下嘴唇，并朝着远方望过去。他两只手举起，攥成拳头后又松开，手指头在发抖。

"马洛先生，真不好意思。已经有一个月的时间，我都是自己待在这里，因此变得有些自话自说。昨天晚上我喝醉了，在房顶过的夜，而且我还出了一件事。"

"要喝一杯吗？"

他说："你有吗？"他两只眼睛闪烁着光，犀利地瞪着我。

我的手伸向衣兜，掏出那一品脱麦酒，并让他看了看瓶盖上的绿标签。

"我可从来不买这个，等一下，我去拿个酒杯。他娘的，实在是买不起。你要到屋里吗？"

"在外面吧，这里的风景很好，我很喜欢。"

他拖着那条不太灵活的腿朝着屋内走去，拿出两只玻璃杯，然后在我身边的石头上坐下，汗味从他身上散发出来。

将瓶盖打开后，我倒了一大杯给他，之后又倒了少许给自己。我们碰了下酒杯，就喝了起来。他的脸上浮现出一丝笑容，他咂了咂嘴，说道："这酒真不错！我并不知道为什么会自话自说，应该是因为独自一人在山上待得时间太长了，而且身边没有同伴、好友、妻子，因此变得抑郁了。"他故意把脸转向一边，停顿了一下，接着说道，"特别是，我没有妻子。"

我的目光自始至终一直望着蓝色的湖水，在湖中一块突起的岩石下方，一条鱼从水中跳了出来，水面上泛起一圈涟漪，一阵微风轻柔地吹过，松林间传来一阵"沙沙"声。

"6月12日，礼拜五，也就是一个月之前，那一天我永远不会忘记。她把我扔下，自己走了。"他慢慢地说道。

克里斯德尔进城参加聚会的日子，就是在6月12日，礼拜五。我一下子呆住了，但并没有忽略他的酒杯已经空了，又往里面倒了一些酒。

他说道："这些事情，你不会想听。"但很显然，对于这件事情，其实他很想讨论，从他的那双淡蓝色的眼睛中，就可以瞧出来。

"虽然这件事情与我并没有关系，但假如这样做，可以让你好过一些的话……"

他用力地点了点头，说道："两个男人在公园的椅子偶遇，然后就开始一起探讨上帝。你有没有遇到过这样的事情？一般情况下，人们想要谈谈上帝时，未必会找自己最要好的朋友。"

"确实如此。"

"我第一次见到穆里尔时，就爱上她了。这个女孩非常可爱，虽然有时候嘴巴不饶人，但依然是一个很不错的女孩。"他远远注视着湖面，喝了口酒，接着说道，"我是在河滨市的一家酒吧里遇到她的，那是一年零三个月以前的事了。像穆里尔这样的女孩子，一般在那样的酒吧里是不会遇到的，不过，事情就这样发生了。我很爱她，但我也很了解自己，我就是一个王八蛋，不应该和她在一起，最后我们还是结了婚。"

我不想破坏现有的气氛，因此一直都没有发言，但为了让他知道我在听，我就动了一下。虽然我很喜欢饮酒，但在大家把我当成可以倾诉的对象时，我就不喝了。所以我坐在那里，手中的酒，一滴也没有喝。

"但是，你知道的，婚姻就是那么回事。过不了多长时间，你就会忍耐不住，想去找别的女人，谁让我就是一个普普通通的男人呢。虽然这样很浑蛋，但事实就是如此。"他忧伤地说道。

他注视着我，我朝他示意，他的话我听懂了。

松树顶上，有一只蓝色的鸟，收起翅膀不停地在树枝间跳跃，都不停下来维持一下平衡。他的第二杯酒也已经喝完了，我把那瓶酒拿给他。

"我在这里过得很好，虽然大部分山里的人都已经半疯，我也不例外。但至少不需要付租金，而且，我买了战争债券，每个月还能得到一张足够养老的支票。我与一个金发姑娘结了婚，她很美丽，相信你也会喜欢她。但我也不清楚自己是怎么一回事，总而言之，就是得意忘形了。"那座红木房子被黄昏的光芒染成了与牛血一样的颜色，他使劲地指着那座房子，说道，"天啊！有时候，男人真是愚不可及。就在那扇窗户底下，在前院的位置，其实于我而言，她不过如一株小草般不值钱，简直就是一个卖弄风情的小妓女。"

酒瓶被放在了石头上，他已经喝了第三杯酒。他将手伸进衬衣兜里，掏出一支烟来，将火柴在拇指的指甲盖上划着，接着就开始吐起烟雾来。我安安静静地听着，轻呼了一口气，就像一个躲在窗帘后面的小偷。

终于，他又开口讲话了："你一定觉得，要是我在外面找女人，一定会找个不一样的，而且不能离家很近。可他娘的，偏偏就不是这样，那个小荡妇无论是头发的颜色，还是身材、体重都跟穆里尔一样，她就是长着穆里尔那种样子的女人，甚至连眼睛的颜色，也几乎一样。可实际上，老天，她们又是如此地天差地别。在我看来，她并不是漂亮得很出众的类型，也就是一般漂亮。那天早晨，我和往常一样忙着做事，在焚烧垃圾。她身上穿着很薄的睡衣，从木房子的后门走了进来，那睡衣真的很薄，粉红色乳头清晰可见。她开口道：'比尔，多好的早晨啊，喝一杯吧，不要把自己弄得那么累。'她的声音有些慵懒，我就走到厨房去拿酒，我确实也很想喝一杯。我一杯接一杯地喝着，最后就走进了屋内。我离她越来越近，她也不停地看向卧室。"

他有些无可奈何地瞅了我一眼，呼出了一口气。

"你说起那里面的床，问舒服吗，我生气了。那是因为你问者无心，可是我听者有意，我心里装着别的事儿呢。那张床的确很舒服，我睡过了。"

他停下来，没有再讲话，我也没有再说什么，先缓一缓吧！安静一会儿，他侧下身子拿起酒瓶，就好像要与它进行抗争似的，眼睛怒视着它。他凶狠地灌了一口酒，显然，酒战胜了他，不过，他又拧紧盖子，还特意要拧很紧似的。之后，他捡起一颗石子，朝湖中扔去。

他又开始慢慢说起来，声音已有些许醉意："在这种事情上，男人总是会犯一些错误，对吗？那天我从水坝上回来，飘飘然地忘乎所以，认为不会有人发现这件事的。但什么都不会有人发现，这根本不可能。当听到穆里尔说起我的事情，我简直不敢相信，她甚至都没有提高语调。现在，我是完全躲开她了。"

他安静下来，我说："她选择了离开你。"

"那天夜晚，我实在没有脸面继续待在这里，就和一些跟我一样浑蛋的人，开着我那辆福特，离开了这里，去喝得醉醺醺的。只不过，那样做并没有让我好受一些，我回到家，差不多凌晨 4 点了。看不见穆里尔，她的东西也没有了，只有一瓶她平常用的擦脸霜放在了桌子上，除此之外，还有一张纸条。"

他打开又破又旧的钱夹，抽出一张折叠好的纸条，纸条上印着蓝色格子，显示是从一个笔记本上撕下来的。他递给我，只见上面用铅笔写着：

比尔，很抱歉，我不想和你一起生活了，要不然，我还不如去死。

穆里尔

我用手指向湖对岸，问："那边又是什么情况呢？"并将纸条递还给他。

比尔捡起一块圆扁扁的石子扔向湖面，不过没有像他想的那样打起水漂儿。

"当天夜里，她也收拾东西下山了，并没有其他事情发生。从那以后我没有再见到过她，不过，我也并不想再与她见面。穆里尔也没有跟我联系，我不清楚她到底在哪里。已经有一个月的时间了，她连一个字都没发给我。不过，也许她已经有了别的男人，希望那个男人好好对她，至少要比我好。"

他站了起来，从衣兜中掏出钥匙，摇晃了一下，说道："很感谢你能听我讲这些话，还有你的酒。这个你拿着，你想到金斯利先生的木屋看看，现在就可以去。"说完他把酒瓶子捡了起来，将喝剩下的酒还给我。

6

我们从山坡上走下来，来到湖岸边，上到狭小的水坝顶部。比尔抓紧在铁柱子上的绳索，在我前面拖着那只不利索的脚走着。水泥被水流冲击，慢慢地在水中激起一个个旋涡。

"明天一大早，我用水车放点水，还能起点作用。三年前有一群人在这里拍摄电影，他们修建了一些东西，对面的小码头也是他们建成的。后来，建成的大部分东西都被他们拆除拉走了，不过，金斯利先生留下了那个码头和水车，多多少少可以让这个地方的景色更好一些。"

在他的带领下，我走上一道厚实的木质台阶，来到木屋的门廊上。他打开门锁，我们走进室内，立刻被燥热的空气包围。那是因为房间被关得密不透风。卧室的格局是长方形，简单明亮，地板上出现了一道道光影，是光芒透过百叶窗狭窄的细缝投射出来。屋内干净利落，根本不像有人慌忙中离开。房间里有印第安地毯、棉布印花的窗帘、金属包边的家具和普通的硬木地板。在角落里，还摆放着一个小吧台和几把圆凳子。房间里面的灯也很多。

我们朝着卧室走去，其中，有两间屋里摆着单人床，另一间摆着一张大双人床，床罩是乳白色，上面装饰着梅子色的图案，比尔告诉我说是主卧室。光洁的梳妆台上摆放着一些物品，有碧绿的彩釉，不锈钢材质的卫浴用具，以及不同种类的护肤品。还有几瓶冷霜，上面印着基尔莱恩公司的标志——金色波浪。一个拉门的大衣柜占据了房间的一整面墙，我拉开了一扇门，往里看了看，好像都是一些女人度假时穿的衣服。我把门关上，又把下面最里层的鞋柜拉开，里面最起码有一半多的新鞋，我把柜门用力关上，然后站起来。在我翻看的时候，比尔一直看着我，显得很不高兴。

比尔双手攥紧拳头放在腰间，手上骨节毕露，他仰起下巴，笔直地站在我跟前。

他火冒三丈地问道："女人穿的衣服，有什么可看的？"

"原因嘛，比如说从这里离开后，他的妻子就再也没回过家，金斯利先生不清楚她究竟在哪儿，从那以后，他再也没有见过她。"

他用鼻子哼道："第一印象总是不会错，你果然是个侦探。"他的手慢慢垂放在身体两侧，把拳头松开。接着说道，"兄弟，我已经把我所有的事情，全都告诉你了，丝毫没有保留，不是吗？天啊，我觉得自己实在是太聪明了！"

我从他身边绕过去，朝厨房走去，说道："我不会告诉别人的。"

厨房里有一个炉灶，是绿白两色，黄松木槽上刷着亮亮的油漆，在设备室里，放着一个自动热水暖炉。有一间很舒适的餐室就在厨房的旁边，室内有很多窗户。在餐室的架子上，摆放着各种颜色的碟子、玻璃杯，以及一套锡质的盘子，甚至还有一套价格很贵的塑料餐具。

金斯利太太没有把家里弄得污秽杂乱，不管她的生活怎样荒谬，家里还是收拾得井井有条。水槽里没有脏杯子、脏碟子，也没有脏玻璃杯和空酒瓶，甚至连蚂蚁、苍蝇都没有。

我回到客厅，走到门廊，然后等着比尔锁门。他锁好门，转过身对着我，满脸怒气。

我说道："金斯利太太对你的'示意'，金斯利先生可不会知道，除非还有更多事情是我不清楚的。我没有阻止你对我知无不言，虽然你本不必对我这样。"

他仍满脸怒气地说道："见鬼去吧！"

"好的，我见鬼去。不过，你的妻子和金斯利太太，会不会是一起跑了？"

"我听不明白。"

"在你跑出去喝闷酒的时候，很可能她们发生了争执，但后来她们又和好如初，抱在一起痛哭。然后，你的妻子很可能被金斯利太太带下山去了，我说的对吗？不过要出远门的话，最起码，她也要有交通工具吧？"

即便这样的想法听起来很荒谬，但他依然很认真地在听我说。

"穆里尔不是那样的人，不是，她根本不会抱着别人痛哭，即便她需要一个肩膀哭，也不会去找那个淫荡的女人。至于交通工具嘛，她自己有一辆福特汽车。我的车她也开不了，我的腿脚不利索，所以把操控装置给改动了一下。"

"这个想法，只是我突然间想到的。"

"如果还有这样的想法，就让它们见鬼去吧。"

"我们完全不认识，可在我面前，你竟如此坦率，真他娘让人感动。"

"所以呢？"他朝我逼近一步。

"嗨，兄弟，不要这样，好吗？我可没把你想成坏人。"我说道。

他松开拳头，深吸一口气，显得很无奈。

"今天下午，我可是在帮你。兄弟，要沿着湖边走回去吗？"他叹了口气说道。

"是的，不过，你的腿能受得了吗？"

"我走了很多次。"

在这50码的路途上，我们又可以像好朋友一样，肩并肩友好地走完。那条路在湖面上，盘旋在岩石间，仅有一辆车通过的宽度。大概走了一半的路程，出现了一幢小木屋，它被建在石头地基上。在离湖边稍远的地方，有一块比较平坦的土地，第三幢房子就坐落在湖边的尽头。看起来，这两幢房子闲置了很长时间，全都锁着大门。

时间已经过去了一两分钟，比尔才开口道：

"真的跑掉了？我是说那个放荡的女人。"

"看起来，确实如此。"

"你真的是个警察吗？或者说，只是个私家侦探？"

"只是个私家侦探而已。"

"她是和男人一起跑掉的？"

"我想，应该是这样。"

"肯定是这样，她一定会这么做。她的男朋友很多，金斯利应该会想到。"

"在这个地方？"

他没有回应我。

"其中，有个叫克里斯的家伙吗？"

"我怎么会清楚。"

我从衣兜里掏出那份电报，递给了他，说道："她从艾尔帕索发了一份电报，上面说她要和克里斯一起去墨西哥。这个早已经不是秘密了。"他把眼镜从衬衫里掏了出来，看了看，然后又把电报递还给我，摘下眼镜，朝着蓝色的湖水望去。

"这是为了反驳你告诉我的一些事情，只不过是个小小的证据罢了。"

"克里斯确实来过一次。"他缓慢地说道。

"他承认见过她，在两个月前，可能就在这个地方。他还说，自从那之后，再也没有见到过她。就连我自己也不清楚我到底该不该信他，我没有理由信任他，但也没有理由不信任他。"

"这么说，现在他们不在一起？"

"他说没在一起。"

他语气认真地说道："我认为她想要说的其实是到佛罗里达度蜜月，她不会因为结婚这样的小事而吵闹。"

"你没和她见面吗？或者听到过什么可信的消息吗？你可不可以给我点确切的信息？"

"没有，即便是有，能不能告诉你还不一定呢。我确实很浑蛋，但也没有浑蛋到这种程度。"

"知道了，谢谢你。"

"你和全世界所有该死的侦探，全都一起见鬼吧！我什么都不欠你的。"

我说道："又是这样。"

我们走到了湖的终点，我让他站在原地，然后独自走上小码头。我靠在终点的木栅栏上，注视着那个圆形的亭子，它面向水坝，其实，那只不过是用两块墙板立起来的，上面加了凸檐，大概有2英尺长，卡在墙板上，就像是盖了屋顶。这时，比尔走到我身边，也靠在了木栅栏上。

"你给的酒，我不是不想感谢。"

"没事儿。湖里有没有鱼？"

"这里的鱼都很大，都是些老鳟鱼，非常奸诈。我不经常钓鱼，所以没有骚扰它们。我刚才又没留情面，抱歉。"

我笑了笑，扶着栅栏弯下腰，望着静止在深处的湖水，湖底呈绿色，水中有一个旋涡，有一个绿色的物体在快速地游动。

"你瞧这条老东西的尺寸，也不觉得害羞，长得可真肥。" 比尔说道，"这是一条老爷爷了。"

在水底，还有一块东西，看上去有点像平台。我没看出来这是个什么东西，于是我问他。

"在水坝建成之前，那是一个可以上岸的平台，如今水平面被水坝提升了，所以这个平台就处于6英尺深的位置了。"

在水面上，停放着一条平底船，它几乎一动不动，上面还系着一根磨损了的绳索，捆在了码头柱子上。我很想在这里驻留几个小时，这里给人的感觉很幽静，这是城市所没有的。阳光充斥在空气中，安宁和平。我什么都不想做，想忘记所有关于德利斯·金斯利、他的妻子、还有他妻子男友的事。

忽然，我身旁猛地动了一下。

"快看！看那边。"比尔的声音好像雷鸣般响彻山中。

他好像是一只寻找食物的水鸟，朝木栅栏外，弯身向下张望，脸色惨白。我的胳膊被他僵硬的手指掐住，这让我非常恼火，我顺着他的目光，朝着水里平台的边缘望去。

在水中的绿色木架旁，从暗处慢慢地漂出来一个东西，它停顿了一下，然后就消失在水底的平台下了。

看上去，那个东西很像是一只胳膊。

比尔直直地挺着身子，一句话也没说，他转过身去，一瘸一拐地沿着码头，朝着一堆石头走去，他弯下腰搬起其中一块。那块石头大概有100磅那么重，他将其举到胸前，甚至可以清楚地听见他粗重的呼吸声，然后他朝着码头回去。他大口地喘着粗气，紧咬着牙根，褐色脖子的颈部肌肉突显，如同扯帆的绳子。

他回到码头上，稳住身体，然后高举石头，停顿了一下，目光注视着下面。他的嘴里发出悲伤的声音，但并不是很清晰，接着他的身体靠近颤动的栅栏，并向前倾斜，最后那块石头被他扔进了水里。

石头垂直落入水中，溅起的水花弄了我们一身，石头砸下的地方，正好是板子边缘，这个位置差不多就是先前我们看见那个东西晃荡的地方。

湖水荡漾了一会儿，水波慢慢地朝着四周散开。越接近中间，水波就越小，并泛起泡沫。过了很长时间，一阵木头裂开的声音才从水里轻微地传来，似乎听到的时间有些晚。忽然，水面上冒出了一块破旧的铺板，像锯齿般的一端足有一英尺高，随后它又掉入水中，随波漂走。

水深处，再次恢复了平静。湖中漂浮着一样东西，但并不是木板，它在水里漫不经心地翻滚着，慢慢地浮起。接着，有个东西从容不迫、轻轻地破开水面，这是个又长又黑，且弯曲的东西。我看到了在水里被浸泡过的一堆黑色毛衣，还有一件墨黑色的皮质紧身背心，一条宽松的裤子，以及一双鞋子。在鞋子与裤腿之间，是某种膨胀的东西，让人感到反胃。水里的暗金色头发，如同被梳过一样散开，扯直停顿了一会儿，又绕在了一起。

这个东西又翻了一下，一条胳膊晃动着浮上了水面，胳膊的末端，是一只水肿、变形的手。然后是脸，但没有眼睛、嘴巴，根本没看不出任何模样，看上去，好像是灰色的面团，灰白的一团膨胀得就像果肉一样，简直是披着头发的梦魇。

有一条绿宝石项链，硕大的绿宝石由一种闪闪发亮的东西串联着，其中一部分已经镶嵌在肉里，那个位置应该是脖子。

比尔抓着栅栏，手指的骨节处泛起了白色。

"我的天啊，是穆里尔！穆里尔！"他歇斯底里地大声喊着。

他的喊叫声翻过大山，穿过静寂的树林，最终又传到这里，就好像是从遥远的地方传过来的。

7

在木屋的窗户后面，有一个柜台，上面堆积了布满灰尘的文件夹。门窗玻璃上写着黑字：警察局局长、消防局局长、法律执行官、商业会会长。这些字迹有的都已经脱落。较低的角落绑着带有联邦办事局和红十字会标识的牌子。

我走了进去，在柜台身后的角落里，有一个圆肚形状的炉灶。另一个角落里，还有一张可以掀开顶盖的书桌。在墙壁上，还挂着一幅很大的蓝色区域地图，地图的旁边，是一块有着四个钩子的木板。在其中的一个钩子上，挂着一件补满补丁的羊毛衣。一支墨水笔，一本没剩几页纸的记录本，以及一瓶又脏又黏的墨水，都如往常一般摆放在柜台上的文件夹旁。在书桌旁的墙壁上，写满了电话号码，似乎是小孩子拼尽全力写上去的，好让它们永久保存下来。

桌子旁边的木凳子上，有个男人坐在上面，他的两条腿定在了地板上，姿势一前一后，如同滑雪一样。男人的右脚边放着一个痰盂，体积大得都可以装下一圈消防水龙带子。他的肚皮上舒服地搭着一只没毛的大手，一顶牛仔帽子被推到脑后，上面全都是汗渍，因为多年磨损，那条咔叽裤子已经变得很单薄，但更破旧的是那件搭配裤子的衬衣。他没有系领带，衣服扣子也一直扣到肥大的脖颈处。他有一头棕褐色的头发，鬓角处已经有些花白。在他的左胸口上挂着一枚徽章，上面还有个凹洞。手枪皮套在他臀部右边的口袋中，所以，在他坐着的时候，需要侧着左边的臀部，那把点四五手枪就在他的后面，露出了半英尺，顶在他结实的后背上。

这个男人有着一双大耳朵，还有一双友善的眼睛，他的下颚在慢慢咀嚼着，就如同一只松鼠，让人感到非常安心。这个男人的所有地方，我都很喜欢。我靠着柜台，我们的目光注视着彼此，他点了点头，朝着右脚旁边的痰盂，把正在嘴里大口咀嚼的烟草吐了出来。那个让人反胃的东西掉落在水中的声音一点也不好听。

我点燃了一根烟，然后环绕四周，想寻找烟灰缸。

这个和善的大高个儿说："小伙子，弹地上吧。"

"你是巴顿警官吗？"

"是警察局局长和代理警官。我管理着这片区域所有执法的事情。但是，选举又要开始了，这次我可能会被卸去官职，因为和我竞争的是两个很厉害的人。在这年代久远的小山城里，一个月工资80块，另外还有小木屋、柴火、电，这些已经够多了。"

"没有人会卸去你的职位，你依然可以风光一阵子。"

他又朝痰盂吐了一口，语气淡漠地说道："真的吗？"

"鹿湖也在你的管辖区域里，这么说对吗？"

"对，确实如此，那里是金斯利先生的地方。小伙子，那里出了什么事吗？"

"在湖里，出现了一具女性尸体。"

听到这儿，他感到万分惊讶，并松开了放在肚子上交叉的手。他挠了挠耳朵，撑着椅子的把手站起来，然后把座椅踢了回去，动作非常灵活。他的那种肥胖，让人感到非常亲切可爱，他一站起来，就变成了一个身材高大的汉子。

他有些担忧地说道："那个人，是我认识的吗？"

"是比尔·切斯的妻子，穆里尔·切斯。我想你应该认识她。"

他的声音有些生硬："是的，我确实认识比尔。"

"似乎是自杀。她死得非常难看，看那样子应该在水里浸泡了很长一段时间。大概在一个月前，她还留下了一张纸条，看样子应该是要离开，但也可能是遗书。"

他挠了挠另一只耳朵，说道："有什么情况吗？"

他看着我的脸，目光平静缓慢地观察着我，他一点也不着急，丝毫没有吹哨子的打算。

"在一个月前，他们夫妻俩发生过争执，后来比尔去了湖的北岸，在那里待了几个小时，当他回到家，发现他的妻子已经消失了。从此之后，再也没见过她。"

"我明白了。老兄，你到底是谁？"

"我从洛杉矶过来，名叫马洛。我是来看那块土地的，我手里还有一张纸条，是金斯利先生写给比尔的。他领着我沿着湖边察看，然后我们去了小码头，是拍电影的人建造的那个。我们靠着栅栏看着水面，这时，在上岸的平台底下有个东西在晃动，很像人的胳膊。比尔砸下了一块大岩石，接着，那具尸体就浮上来了。"

巴顿一动不动地注视着我。

"警官，那个男人独自待在那里，并且还受了很大的刺激，他已经快要疯掉了。我们是不是应该马上赶过去呢？"

"他喝了多少酒？"

"我有一品脱的酒，在谈话的过程中，已经差不多快要喝完了，我走的时候已经没剩多少了。"

他朝着那张能掀开顶盖的书桌走去，把一个抽屉拉开，从里面掏出了三四瓶酒，然后把酒瓶朝着光举起，拍打着其中一瓶酒，说道："这瓶是弗农山[1]，只有紧急状况下，才会使用，这瓶酒几乎是满的，应该可以把他制服住。我没有公家的财产可以购买，所以这些都是我东一点西一点收集起来的。我自己是不喝酒的，但为什么总是有人，喜欢把自己沉浸在酒瓶中呢？这点我始终弄不明白。"

他锁上书桌，把酒装进了左屁股兜里，然后把柜台的活动门板拉起，在玻璃门的门框上，塞进了一张纸片。我们往外走的时候，我看到纸片上写着：大概在 20 分钟后回来。

"我先去找赫里斯医生，马上会回来接你。那辆车是你的？"

"对。"

"等我回来的时候，你就跟着我一起走。"

他进到车里。他的车上有警笛，有两盏红色聚光灯，还有两盏雾灯；在车顶的位置，还有一个崭新的空袭警报器；三把斧头、两圈笨重的绳索以及一个灭火器，都在后座上；在踏板的框架上，还有备用的汽油罐、机油罐、水罐；架子上的备用轮胎上，还绑着另一个轮胎。车身没剩多少的油漆上，还覆盖着半英尺厚的灰尘。

在挡风玻璃的右下角，还有一张白色纸片，上面写着大字："吉姆·巴顿的年纪太大了，没有办法再去寻找新工作，所以请选举人注意，让他继续当选警官！"

---

[1] 弗农山是美国纽约威斯切斯特县的一座城市，位于纽约市布朗克斯北边。在本文中"弗农山"代表酒品牌名称。

他开着车拐了个弯，后面扬起了一团白色的灰尘，然后沿着道路驶去。

8

在一栋有着白色门窗的建筑物前，他把车停了下来，对面的街道上，还有个汽车站。他走进那栋房子，随后又走了出来，身边还跟着一个男人。那个男人坐在了后座，座上面还放着斧头和绳子。汽车开回了街道，我紧随其后，我们穿梭在人群中，沿着主街行驶。我发现有的人的膝盖骨关节粗大，还有的人把嘴唇涂得很红。大家的穿着又各不相同，比如有人穿着宽松的休闲裤子、短裤、法国水兵衣服，甚至还有人穿着 T 恤衫，在腰间系了个结。我们驶出村庄，朝着一座尘土飞扬的小山丘开去，在一间小木屋跟前，我们把车停了下来。巴顿轻轻按了下警报器，然后，有个男人打开了门，他身着一条蓝色工作裤，上面的颜色都已经褪掉了。

"安迪，有公事，快上车。"

那个身着蓝色工作裤的男人点了点头，什么也没说转身回到屋里。巴顿启动汽车，那个男人再次出来的时候，头上戴了顶灰色的兽皮猎帽，然后跳进车里。他的脸不是很干净，好像没有吃饱一样。他的皮肤黝黑，看年纪大概在 30 岁左右，有着灵活的身手，应该是当地原住民。

我们开往小鹿湖，车子开到了那个用五根木条组成的栅栏门前，我们把车停下，巴顿走下车，把我们放了进去。在这一路上，我吃进去的灰尘都可以做成一炉子泥土馅儿饼了。我们继续朝着湖的方向驶去，当行驶到水边的时候，巴顿再次走下车，他朝着湖边走去，目光顺着湖朝小码头的方向望去。在码头的地板上，比尔·切斯双手抱着头坐在那里，身旁的木板湿淋淋的，他赤裸着身子，在木板上，还直挺挺地放着一个东西。

巴顿说道："我们再往前开一段距离。"

两辆车朝着湖的终点驶去，我们四个人向码头走去，比尔背对着我们。这时，那个大夫停下了脚步，用手绢捂住嘴巴，猛烈地咳嗽，然后又认真地瞧了眼手绢。他的身材非常消瘦，满脸病恹恹的，而且双眼水肿。

那具尸体的胳膊上捆绑着绳索，俯卧在木板上，比尔·切斯的衣服放在旁边。比尔那条并不利索的腿朝着前面伸得很直，瞧上去有些扁平。他的额头抵在另一条弯曲起来的腿上，膝盖上还有道伤。我们从他的身后靠近，他一动不动，始终没有抬起头来看看。

巴顿把那瓶一品脱的弗农山从屁股口袋中掏了出来，拧开瓶盖，递过去说道："比尔，喝点吧。"

比尔·切斯、巴顿还有那个大夫好像都没有发现空气中所散发的味道，那是一种让人恐慌、反胃的气味。尸体上盖着一条布满尘土的褐色毛毯，是那个叫安迪的男人从车里拿出来的。他一句话都没有说，朝着一棵大松树走去，开始呕吐起来。

比尔·切斯灌下一口酒，然后把酒瓶放在赤裸弯曲的膝盖上。他没有与人对视，就开口讲话，似乎不是专门想要讲给谁听，他声音有些死板。他没有谈及金斯利的妻子，也没有讲明争吵的原因，只是说了那天发生的争执，还有后来发生的事。他告诉我，在我离开后，他找了一根绳索，脱掉了衣服，跑到水里把尸体捞了上来，然后拖到岸上，把尸体背上码头。但后来他又下了一次水，原因他也不清楚，当然，他也没必要告诉我们为什么。

巴顿没有丝毫表情，目光镇定，他往嘴里塞了一截烟草，无声地咀嚼着。他紧咬牙根，然后弯下腰，掀开盖在尸体上的毯子。黄昏的阳光照射在绿宝石项链上，其中有一部分已经陷入了膨胀的脖子里。

他小心翼翼地把尸体翻过来，似乎很怕它会碎掉。那条项链如同香皂石[1]，或者假玉一样，一点光泽都没有，而且雕工粗劣，尾端的鹰状环扣把链子连在一起，上面还装饰着小碎石。巴顿用他的那条黄褐色的手绢，擤了擤鼻子，挺直结实的后背，然后说道："大夫，你怎么看？"

这个眼睛水肿的男人严厉地问道："什么怎么看？"

"死亡的原因，还有死亡时间。"

"吉姆·巴顿，你他娘的别蠢了。"

"哦，瞧不出什么吗？"

"天啊！都这样了，还怎么看？"

巴顿表示认同，他叹了口气，说道："看上去，是淹死的。有的死者在一些案子里，是被刺死、毒死，还有被其他方式杀死，然后为了造成一种假象，就会把尸体泡在水中。所以，你根本没法每次都能辨别出来。"

大夫别有用心地问道："在这里，你遇到过很多诸如此类的案件吗？"

巴顿边用眼角审视着比尔，边说道："这么多年来，我在这个地方只碰到过一起谋杀案，我不骗你。是莫查姆老爹，他在北岸边的西蒂峡谷有一间木屋。夏天的时候，他有段时间在旧水岸那儿淘金，然后有人说他回波尔丁的村庄里了。自秋末以后，大家有段时间没瞧见他了，后来，下了一场大雪，把他的屋顶压垮了一半。于是，我们在想，老爹可能是下山过冬去了，只是没告诉任何人。所以，我们想把他的房顶再撑起来。但结果，老天爷啊！老爹根本就没有下山。他躺在床上，一把锋利的斧头插在他的后脑勺上。有人猜测，他应该是被人杀死，极有可能是因为藏了一袋夏天淘的金子。直到最后，我们也没调查出凶手是谁。"

---

[1] 香皂石：产于肯尼亚西部，质地柔软，便于雕刻，是肯尼亚特色之一。

他望着安迪，心里面似乎在想些什么。

"这是谁做的，我们很清楚，是盖伊·波普。只不过盖伊·波普已经死了，原因是得了肺炎，他死亡的时间比我们发现莫查姆老爹死亡，还要早九天。"这个戴着兽皮猎帽的男人，有些挑拨离间地说道。

巴顿说道："是十一天。"

"九天。"

"随便你怎么说，安迪，要知道，这是发生在六年前的事情。更何况，你又怎么知道这是盖伊·波普做的？"

"盖伊曾说过，他没有什么昂贵的东西，但在他的屋子里，我们发现了混合着灰尘的小金块，应该有三盎司。他还说他有大把的时间，但有些金子的价值，也就值一文钱。"

巴顿冲着我暧昧地笑了笑，说道："事情就是如此。有些人不管多么谨慎，但总有些地方会顾及不到，对吧？"

比尔坐着穿上了裤子，然后又穿上鞋子和衬衫，站了起来，语气轻蔑地说道："这种警察讲的废话，就不要再说了。"他弯下腰，拎起酒瓶，喝个痛快，然后又把酒瓶放在地板上。他把长满汗毛的手腕伸到了巴顿跟前。

他暴躁地说道："铐上我不就行了吗，反正你们这群人总是这样思考事情。"

巴顿朝着栏杆走去，往下瞅了瞅，并没有搭理他，然后说道："真有趣，尸体的位置在这儿。这里的水没有流动，如果有那也是朝着水坝的方向。"

"穆里尔的水性非常不错。你这个愚蠢的家伙，一定是她自己这样做的。她先朝着那块木板潜水游过去，然后被水吸了进去，这是唯一的可能性。肯定就是这样。"比尔将双手垂下，小声地说道。

巴顿的眼神有些让人难以猜测，他冷静地回答道："比尔，我不觉得事情是这样的。"

这时，安迪摇了摇头。巴顿望着他笑了笑，有些狡黠地说道："你又想要较真儿？安迪。"

安迪顽固地说道："我又重新计算过，我告诉你，就是九天。"

大夫甩了甩手走开。他不停地咳嗽，一手捂着手绢，一手抚着额头，然后他又注视着手绢，认真地检查着。

"安迪，我们开始处理这件事吧。"巴顿拍了拍栏杆，冲我挤了挤眼睛说道。

"在水下6英尺的地方，你有没有拖过尸体？"

"没有，安迪。我从来没做过，但用绳索不就可以办到吗？"

"如果使用绳子，尸体上就会留下痕迹。"安迪耸了耸肩膀说道，"你为什么要遮掩呢？这样做可能会让你败露。"

"只是时间问题，或许还有其他什么事情，需要他来做。"巴顿说道。

他们脸上的神情很严肃，我望着他们山里人的面孔，实在猜不出，他们心中究竟在想些什么。比尔朝着他们"哼"了一声，气愤地弯下腰拿酒。

"你曾提到过有张纸条。"巴顿漫不经心地说道。

比尔从钱包中，掏出了那张被折起来的纸条，巴顿接过，慢慢地读着。

巴顿察觉到，说："似乎没有日期。"

巴顿摇了摇头，郁闷地说道："没有，她是6月12日走的，在一个月之前。"

"在这之前，她离开过一次，对不对？"

比尔注视着他，说道："没错，是去年的12月份，第一场雪降临前。当时我喝醉了，是跟一个妓女睡的觉。她离开了一个礼拜，回来的时候神采奕奕。她告诉我说，她只是出去走走，和一个女孩一起，是她之前在洛杉矶一起工作过的同事。"

巴顿问道："像这样的聚会，总该有个名堂吧？"

"我从不会过问穆里尔的事情。何况，她从不跟我讲，我更不会去问她。"

巴顿心平气和地问道："是的。比尔，这张纸条就是那次留下的吗？"

"不是的。"

巴顿拿着纸条，说道："这张纸条看上去不是很新。"

比尔愤怒地喊道："它被我带在身上，已经有一个月的时间了。她离开我这件事，是谁跟你说的？"

"我记不清了。你应该很清楚，我们这样的地方，不管发生什么事情，大家都会去关注。除非是在夏天有很多陌生人的时候。"

大家沉默了下来，过了一段时间，巴顿魂不守舍地开口道："是你自己认为她走了？还是她离开的日期，确实是 6 月 12 日？还有刚刚你说，湖对面有人来过这里？"

"如果这个侦探并没有把所有的事情全部告诉你，那你就自己问他去。"比尔注视着我，再次沉下了脸。

巴顿朝着湖的远方望着那群大山，没有看我，他柔和地说道："比尔，马洛先生没说过什么。你只需要跟我讲一下'她'究竟是谁？还有水里面的尸体是怎么浮起来的。对了，就像你心中所认为的那样，穆里尔留下一张纸条离开了，而且你还给他看过。我并不认为这看法有什么错，你觉得呢？"

大家再次沉默了一段时间，比尔紧紧握着拳头，脸上划过一大颗泪珠，他低头注视着盖着毯子的尸体，它和他只相隔数英尺的距离。

"金斯利太太来过这里，也是同一天下山的。佩里斯和弗尔凯思他们两家已经有一年没上来过了，其他的木屋子里也都没人。"

好像有些事情，大家根本没必要讲出来，因为所有人都很清楚，只不过在这种沉默的氛围中没有公开罢了。巴顿没有开口讲话，只是点了点头。

"你们这群狗养的杂碎！是我把她淹死了，事情是我做的！把我带走吧！我自始至终就是个王八蛋，即便在未来我也是这样，但我爱她，她是我的女人。把我带走吧，你们根本不会明白，也不需要明白，他娘的，不过我仍会很爱她。"比尔又开始粗暴地说道。

所有人都没有讲话。

"王八蛋，你就是个狗养的杂碎！"比尔低着头瞅了瞅自己不灵活的棕色拳头，然后用尽全身力气，凶狠地朝自己的脸颊猛击，嘴里还喘着粗气。

鲜血从他的鼻子里缓缓流出，滴到嘴唇上，顺着嘴角流到下巴，然后又慢慢地滴在了衬衫上。

"比尔，我们确实需要把你带到山下询问，并且跟你进行谈话，但你很清楚，我们并不是要控告你。"巴顿冷静地说道。

"我可以换一下衣服吗？"比尔沉重地说道。

"可以。安迪你和他一起去，顺便找找看有什么可以包裹这个东西。"

他们顺着湖边的小道走着。大夫望着远处的湖面，清了清嗓子，然后叹了口气，说道："吉姆，你是不是想用我的救护车，把这具尸体运下山？"

"不是，这个女人可以搭乘更实惠的交通工具，救护车太贵了。大夫，我们这个地方并不富裕。"巴顿摇了摇头说道。

大夫头也不回地说道："假如需要我来支付丧葬费的话，请告诉我。"说完有些失望地走开了。

巴顿叹了口气，说道："不用了。"

9

在新舞厅对面的街角，有一栋棕色的建筑物，那是印第安岬旅店。我把克莱斯勒停在了门前，然后去洗手间梳掉头发里的松针，又洗了洗脸和手，最后朝着连接大厅的餐厅走去。大厅里全都是身着休闲夹克的男人，嘴里呼着酒气。还有放声大笑，手指甲涂得猩红，但指节肮脏的女人。经理身着一件短袖衬衫，嘴里的雪茄已经被咬碎，他的两眼炯炯地环视着四周，一看就非常粗鲁。在柜台旁边，有一个满头白发的男人正在调试一台小收音机，想要收听有关战争消息的内容，但里面全都是一些受干扰的噪声。在最里面的角落，还有一个五人组成的山地乐队，他们身上穿着白色夹克，但并不合身，里面还有紫色的衬衫，在这个喧闹的酒吧中，试图让大家听到他们的音乐，在这个全都是烟雾、醉酒的胡言乱语当中，他们依然会镇定地微笑。在这个舒适的夏天，狮子角显得非常生动。

我喝着白兰地，大口吃着晚餐，他们称它为"便餐"。晚餐过后，我来到大街上，此时的天还没有黑，有几盏霓虹灯都已经亮起来了。黄昏的街道上，混合着很多声音，有喧嚣的汽车喇叭声音，孩子们喊叫的声音，"嗒嗒"滚过的皮球声音，打靶厅里面点二二手枪发出的欢乐的爆破声，以及点唱机里发出的疯狂演奏声。另外，快艇的怒吼声从湖上传来，就好像加入了敢死队一样，它们没有任何头绪地横冲直撞。

我的克莱斯勒前坐着一个女人，她有一头褐色的头发，身着暗色系宽松的裤子，身材婀娜，表情严肃。女人坐在那里抽着烟，正在和一个人聊天，那是个农场牛仔，就坐在车门踏板的位置。我绕了过去，坐到车子里面，这个女人没有动弹，那个牛仔把工作裤往上拽了拽，趾高气扬地走了。

"真不好意思，我坐在了你的车上，我叫帕蒂·凯佩尔。我白天的工作是经营美容院，晚上在《狮子角旗帜报》上班。"女人开心地说道。

"不要紧，你只是想坐一下，还是想让我送你一程？"

"马洛先生，假如你可以抽出几分钟的时间，跟我聊一下的话，你就沿着这条路往下开一点，那里有个地方很安静。"

我发动了汽车，说道："你消息可真灵通啊。"

我从邮局驶过，来到了一个角落，这里有一块蓝白色的箭头，上面标记"电话"二字，指向一条小路，是去往湖边的方向。我从它身边绕了过去，驶过电话局，就看到了一间木屋，地上有着小草坪，房子的前面围着栅栏。然后，我们又驶过一间木屋，最后停在了一棵庞大的橡树前。橡树枝丫的长度足有 50 英尺，横向延伸得把小路都覆盖住了。

"凯佩尔小姐，这个地方可以吗？"

"这里很好，你应该叫我凯佩尔太太，不过大家都叫我帕蒂，你也可以这样称呼我。马洛先生，见到你，我真的很开心。你是从好莱坞来的吧，那个罪孽的城市。"

说完她伸出一只棕色的手，我跟她握了握手。她的手很有力量，如同金属钳子，这是因为她经常给那些金发的胖太太们上发卷的缘故。

"我知道尸体是被你发现的。关于可怜的穆里尔·切斯，我之前和赫里斯大夫聊过。我觉着有一些细节，你应该可以告诉我。"

"我只是恰好和比尔·切斯在一起，尸体是他发现的。你跟吉姆·巴顿谈过吗？"

"我觉得吉姆不会跟我讲很多，所以就没跟他谈，现在他已经下山了。"

"他在忙着选举的事情，而你又是名女记者。"

"马洛先生，我不觉得自己是个女记者，我们的报纸也没有那么专业。而且吉姆也不是个玩弄政治权术的人。"

我递给她一根烟，并为她点燃，说道："这么说，你究竟想要了解什么？"

"你可以跟我讲讲事情的整个过程。"

"我拿着金斯利写的一封信，来察看他的产业。比尔跟我聊着天，带着我到处看了看。他还给我看了他妻子留下的纸条，说他的妻子已经离开了。我带着一瓶酒，他喝了很多。虽然说他很颓丧，但他喝了酒以后，话也变多了。只是他依然非常孤独，说起来真让人痛心。事情就是这样，我对他也不是很了解。我们回到湖的终点，走上那个小码头，比尔看到有一只胳膊在水里的木板下晃荡，仔细一看，竟然是穆里尔·切斯。整件事情的所有过程，就是这样。"

"我从赫里斯大夫那里听说因为尸体在水中浸泡的时间过长，已经溃烂得非常严重了。"

"的确如此。他以为她只是离开了，并没有往其他方面想。但事实上，那张纸条是遗书，她一直浸泡在水里，大概有一个月的时间了。"

"马洛先生，关于这点，难道你就没有任何疑惑的地方吗？"

那双黑色的眼睛在蓬松的棕色头发下注视着我，透露出一种若有所思的神情。我望着她的侧脸。太阳光的强度已经有了些变化，夜晚也在逐渐降临。

我说道："对于这种案子，警察总是会有些疑惑。"

"那你呢？"

"我不发表任何意见。"

"为什么？什么意思？"

"比尔是我今天下午才认识的，他给我的印象是个很鲁莽的大汉，脾气非常火爆。从他自己的描述来看，他虽然不是一个完美的人，但好像非常爱自己的妻子。假如他的妻子在水底下慢慢腐烂，而他又非常清楚这件事，那么我不觉得他会在这边晃悠一个月。白天，他从木屋中出来，看着浅蓝色的湖水，在湖底发生了什么事情、有什么东西，他都一清二楚，甚至很清楚这些都是自己做下的。"我开口讲道。

帕蒂缓缓地说道："没有人会这样想，我也不会这样想。但是我们都很清楚，这件事情已经发生了，而且在未来的日子里，它会再次发生。马洛先生，你是做房地产买卖的吗？"

"不是。"

"我可以问一下，你是做哪行的吗？"

"我不能透露。"

"告不告诉我都可以。你把名字告诉给吉姆·巴顿时，被赫里斯大夫听到了。在我们办公室里，有一个记录着洛杉矶的姓名电话本，不过，我没有跟任何人提起过。"

我说道："你可真善良。"

"不止如此，假如你不喜欢我跟其他人提起，我就不会提。"

"那我需要花多少钱啊？"

"不需要，一毛也不要。吉姆是个很不错的人，虽然我不敢说自己就是一名很完美的女记者，但所有让吉姆·巴顿尴尬的消息，我们都不会登的。不过，这件事已经压不住了，对不对？"

我说道："我对比尔·切斯根本就不感兴趣，所以，不要妄下结论。"

"那穆里尔·切斯呢？你也不感兴趣吗？"

"我为什么要对她感兴趣？"

"随便你怎么说。不过，假如你并不清楚的话，那么有件小事，你应该会很感兴趣。"她小心翼翼地将烟熄灭在烟灰缸里，接着说道，"有个名叫德·索托的警官来过这里，他是从洛杉矶过来的，时间应该是在六个礼拜前。不过我们都很讨厌他，那个人的态度非常卑劣，简直就是个没有文化的人。为此我们对他的态度，也就没有那么真诚了。这里面的我们，是指我们《狮子角旗帜报》办公室里的三个人。他是过来找一个女人，名叫米尔特里德·哈维兰德，他带着一张照片，那种照片不是警方常用的，而是一张很普通的放大照片。他还声称这是公事，并且已经得到线索，说这个女人就在这里。虽然照片里的人头发好像是红色的，但看上去和穆里尔·切斯真的很像，她的眉毛修饰得又弯又细，发型也和她在这里的时候不一样，但看上去，还是和比尔的妻子很像。毕竟那些变化，可以让一个女人变得不同。"

我在车门上敲着鼓点，过了一段时间，才开口问道："你们跟他说了些什么？"

"我们什么也没跟他说。主要有三个原因：其一，照片上的那个人究竟是谁，我们并不能确定；其二，他的态度，是我们最讨厌的；其三，即便我们很确定照片上的人，同时他的态度我们也很喜欢，但我们仍不希望他找到穆里尔。至于我们这样做的理由，是因为所有人都会做一些让自己惋惜的事情。就拿我举个例子，我曾经有过一段婚姻，对方是个教授，在雷德兰兹[1]大学教授古典语言学。"她微笑着说道。

"你也是个很有阅历的人啊。"

"没错，不过在这个地方，我们就是个普通的人。"

"那个叫作德·索托的人，跟吉姆·巴顿见过面吗？"

"是的，但吉姆并没有提起，不过可以肯定的是，他们见过面。"

"他有没有拿警徽给你？"

她想了一下，摇了摇头说道："我不记得他给我们看过警徽。不过在我们跟他交谈的过程中，我们认为他是警察。因为他的言行举止很像一个都市警察，非常强悍。"

"可在我看来，他并不像。有人跟穆里尔提过这个人的事情吗？"

她稍微迟疑了一下，安静地看着挡风玻璃外面，过了很久，才转过来，点了点头说道："我跟她说过。这根本就是多管闲事，对不对？"

"那她说了些什么？"

---

[1] 雷德兰兹：建立于 1907 年，是美国著名的一所私立综合类大学。

"她只是有些难堪地笑了一下，并没有说什么，然后就走开了，就好像我在跟她开玩笑一样。不过，我还真有个印象，当时她的眼睛里闪过一丝怪异的神情。马洛先生，现在你仍对穆里尔不感兴趣吗？"

"在今天来这里之前，我压根儿都没听说过她，既然如此，为什么要对她产生兴趣呢？更何况姓哈维兰德的人，我更是从没听过。需要我开车送你回镇上吗？"

"啊，不需要了。本来就很麻烦你了，我走回去就可以，只是几步路而已，谢谢你。希望比尔不要遇到什么困难，特别是这么肮脏的困难。"

她从车上跨出去，一只脚还放在踏板上，然后抬起头笑了笑，说道："他们对我这个美容师总是赞赏有加，我也希望自己确实如此，不过作为一名记者来讲，我却非常失败。晚安。"

"晚安。"我说。

她走进夜色中，我坐在车上，注视着她走过中心街道，拐了个弯不见了。然后我也下了车，朝着一栋古朴的建筑走去，那里是电话公司。

10

我前面的马路上有一只母鹿慢吞吞地横穿过来，它脖子上挂着一个狗项圈。我在它毛茸茸的脖颈处拍了拍，然后朝着电话公司走了过去。在一张小书桌前，有个小姑娘正坐在那里看书，她穿着一条宽松的裤子，不仅帮我兑换了零钱，还跟我讲了从这打到比弗利山的价钱。外面建筑物前面墙壁的旁边，就是电话亭。

她说道："这里很寂静，也很清闲，希望你会喜欢这个地方。"

我走进电话亭，只需花费九毛钱，就可以和金斯利先生通话五分钟。电话迅速地被接通，很显然他在家里，只不过全都是噪声。

他讲话的腔调提高了一些，听起来非常严肃，同时又带着自信，说道："在上面有什么发现吗？"

"有很多，不过我们想要的却没有。你是独自一人吗？"

"这点很重要吗？"

"我很清楚自己会讲些什么，但你却不清楚，这对于我来讲，并没有什么大不了。"

"呃，你讲吧。"

"我跟比尔·切斯交谈过。在一个月前，他的妻子离开了他，他非常孤独。当时他们发生了争执，然后他就出去喝酒，等他喝醉回来，他的妻子只留下一张纸条，上面写着宁可去死，也不想再跟他一起过日子，最后他的妻子就离开了。"

金斯利的声音从远处传来，说道："依我看，比尔喝得太醉了。"

"他根本就不清楚金斯利太太究竟跑到哪里了，等他回到家的时候，两个女人已经离开了。至于克里斯，他自己承认五月份的时候来过，但之后他再也没上来过。不过还有一种可能，就是他趁着比尔喝酒的时候再次上来，但这并不现实，如果他真的这样做，那么他们下山的时候，就需要开两辆汽车。还有一点，虽然穆里尔自己也有辆汽车，但我认为和穆里尔·切斯一起走的，还有金斯利太太。只不过事态的发展已将这个观点完全推倒了，要知道，这个想法可真的很差劲。穆里尔·切斯并没有离开这里，她在你的湖中死亡了，今天刚被打捞上来，当时我就在现场。"

"天啊！你的意思是说，她是跳湖自杀的？"金斯利先生的声音听起来，非常震撼。

"确实有这样的可能。这就好比所有想要自杀的人，都会留有遗书，而她留下来的那张纸条，极有可能就是遗书。当时我们站在码头上看着湖水，比尔看到一只胳膊在水中晃动，于是他就把她弄上来了，尸体就卡在码头水底的那块板子下。比尔现在非常可怜，都要被击垮了，他们把他抓了起来。"

"天啊！"金斯利先生再次惊呼道，"我早就应该能想到他会变成这个样子，是不是他看上去……"这时，接线生插话，要求让我再投进四毛五分钱。我将两个两毛五分的硬币投了进去，电话线路又通畅了。

"他看上去如何？"

"她会不会是被他杀死的？"忽然间，金斯利的声音变得非常清晰。

我说道："极有可能。这里的警察，名叫巴顿。他好像有点怀疑，因为遗书里并没有日期。巴顿怀疑比尔，认为他藏起了一张旧纸条，因为她曾经离开过他，是因为一个女人。总之现在尸体已经运下山，比尔也被他们带往圣贝拉蒂诺进行审讯了。"

他慢慢地询问道："你觉得呢？"

"呃，我觉得他带我溜达的时候，根本不用去码头那里，毕竟尸体是被比尔自己发现的。这样一来，在水里面，她可能会待得时间更长，甚至是永远。至于纸条很旧的问题，或许是比尔为了能时不时拿出来瞧瞧，所以把它放在了钱包里。关于日期的问题，我觉得这个很正常，人在匆忙间留下的纸条，都不会搭理几月几日的，更何况这样的纸条，一般情况下都不怎么写日期。"

"目前，他们能找出什么线索呢？毕竟尸体浸泡了很长一段时间。"

"他们的设备怎样，我不清楚，但我想，至少他们可以调查出一些东西，比如说，有没有施暴的痕迹？是不是淹死的？喉咙的舌骨有没有断掉？假如断了的话，那一定是被勒死的。毕竟这些并不会因为浸泡的时间太久，或者肢体腐烂而消失不见。还有一点，我需要接受审问，跟他们讲明白我到这里的原因。"

他咆哮道："这下完蛋了，你想要怎么做？这下真的完蛋了。"

"我会在回家的路上，顺便在普勒斯科特旅店停一下，看看能不能找到什么线索。你妻子和穆里尔·切斯的关系亲密吗？"

"可能吧，我对穆里尔·切斯不怎么熟悉。克里斯德尔在大多数的时候，都非常和善，并且很容易相处。"

"有个叫米尔特里德·哈维兰德的人，你认识吗？"

"是谁？"

我又把名字重复了一遍。

"不认识。我为什么要认识？"

"你确实没有什么理由认识哈维兰德，但每次我向你提问时，你总会反过来问我。尤其是你跟穆里尔·切斯并不熟悉，明天早上，我再给你打电话。"

他有些踌躇地说道："那好吧。让你深陷其中，真的很抱歉。"他讲完这句话，又开始踌躇了起来，然后接着说了声"晚安"，把电话挂断了。

铃声又随即响了起来，长途接线员很大声地对我说，让我再放五分钱。但我却说了一些话，让她不太开心，应该是什么见到这样的洞口，就想塞进去之类的。

我走出电话亭，吸了口新鲜的空气。在路的尽头，靠近栅栏旁的小沟，那只戴着狗项圈的温顺的母鹿站在那里。我企图把它推到一边，但它却不肯动一下，只是靠在我身上。于是我只能从栅栏跨了过去。回到车里后，驶回了村庄。

巴顿办公室门上的玻璃后面，那块写着"20分钟内回来"的牌子仍挂在那里，屋里没人，但灯却亮着。我朝着前面继续走，路过岸边停船的地方，又往前走，最后来到湖滨游泳场旁，这里非常空旷。在如同丝绸般平静的湖面上，游荡着一些小汽船和快艇，湖面上闪耀着微弱的黄色光线，照射在远处斜坡上玩具般的木屋上。东北方向的山头上面，有一颗闪亮的星星。还有一只知更鸟栖身在一棵有百尺高的松树顶上，鸣啼出晚安曲，在等待夜幕降临。

天色迅速被黑暗笼罩，它在无边无尽的夜空中飞翔、鸣啼，数尺之外的湖水，一丝波浪都没有，非常平静。我把烟弹到里面，然后爬上坡，回到车里，朝着鹿湖的方向，往回驶去。

11

我把克莱斯勒停在两棵松树中间。那扇通往私人小路的门，已经被锁上了。我从门的上方爬了进去，沿着路边走着，脚步轻缓得如同猫咪一样，直到我的脚边出现了小湖，湖面上闪着微弱光线。比尔·切斯的木屋漆黑一片。苍白凸起的花岗岩上，倒映着另一头的三间木屋的影子。泛着白光的湖水，从坝顶上无声无息地流淌，顺着斜坡流下，最后汇集到下面的溪流中。我竖起耳朵，没有听到丝毫声音。

比尔·切斯木屋的前门被锁上了，我朝后面慢慢地摸索过去，却发现那里也被上了一把锁。我又沿着墙根行走，然后摸索到了一个纱窗，但窗户被关上了。还有一扇窗户是双层的，位于高处，虽然没有安装纱窗，但也被上了锁。我站直身体，又听了一会儿周围的动静，树林中没有一丝风，非常安静，如同树影一样。

在两扇窗户的中间，我把刀子插了进去，窗户扣子仍然一动不动。我靠在墙上，思索了一下，急中生智，捡起一块大石头，在两个窗户的连接处，猛地砸了一下。传来了一声断裂的声响，窗扣和木框全都断开了。在黑暗中，窗户朝着里面被打开了。我从窗台爬上去，弯起一条腿，慢慢地放了进去，然后翻了下身，就进到了屋子里。我的这些动作，在这样高度的海拔中完成，让我有点气喘吁吁，我转过身，认真地听着。

这时，一道强烈的手电筒光，照射在我的脸上。

"小伙子，你肯定非常累吧，如果是我，我就会乖乖地站着。"

一道声音传来，语气中带着平和。

我像是一只被拍烂的苍蝇，被那道手电筒光钉在了墙上，"咔嗒"声传来，开关被打开，手电筒的灯光灭了，桌子上的灯亮了起来。桌子旁边有一把褐色的旧椅子，巴顿坐在上面，一块褐色的桌布覆盖在桌子上，下摆垂到他粗壮的膝盖上，上面还缀着流苏。他身上的衣服和下午的时候并没有什么变化，只是多穿了一件皮质的短款上衣。他身上的上衣，应该是格罗夫·克利夫兰[1]在当选第一任领袖的时候所制作。他两只眼睛放空，下巴有规律地在缓缓地蠕动，他的手里拿着一只手电筒。

"除了击破窗户进到这里，小伙子，你还想做什么？"

我扯过一把椅子，跨坐在上面，把胳膊放在了椅子背上，眼睛在这间屋子里环顾。

"原本呢，我有一个想法，感觉还挺好，但目前来看，还是拉倒吧。"

目前我所在的位置是客厅，房间里的几件家具都很稀疏平常。在松木的地板上，铺垫着一条百衲毯，靠近墙壁的位置，还有一张圆桌和两把椅子。看起来这个木屋要比表面上还要宽敞。从敞开的一扇门就可以看见庞大的黑色烤炉的边角。

巴顿目光和善地看着我，点了点头，说道："当我听到汽车声音后，就非常清楚，对方肯定是冲着这来的。你走路都没有声音啊，我可什么都没有听到。小伙子，我对你感到很好奇。"

我没有讲话。

"对我来讲，只要是没有长长的白胡须，还有风湿病的人，都是小伙子。虽然我很清楚，不能这样敷衍，但我已经改不了了，毕竟已经成了习惯，希望'小伙子'这个称呼，你不会介意。"

---

[1] 格罗夫·克利夫兰（1837——1908）：美国的政治家，曾担任美国的第 22 任和第 24 任总统。

"我不会在意的，想怎么称呼我都可以。"我说道。

他呵呵笑了笑，说道："有很多私家侦探，都被记录在洛杉矶的电话本里，但却只有一个叫马洛的。"

"你为什么要去调查？"

"比尔·切斯告诉我，你是个侦探什么的，但你并没有跟我说。或许你也可以认为这是令人讨厌的好奇心。"

"很抱歉冒犯了你。原本我并不想说，只是想隐瞒过去。"

"没事，我不会这么轻易被冒犯。你有没有证件？"

我把钱包掏了出来，给他看了看。

"我猜你来到这个木屋，是为了搜查吧？不过你的身材倒蛮适合做这一行的，就是你的表情有些让人捉摸不透。"他满意地说道。

"是的。"

"我从山上下来，就直接到了这里。实际上，我在自己的小屋里待了一会儿才过来的。不过这个地方我不会让你搜查，因为我已经搜了一遍。"他挠了挠耳朵，接着说道，"更何况，也并不清楚你到底能不能搜查，你是被谁雇用的？"

"是金斯利先生。他要找他的妻子，他妻子在一个月前，从这个地方离开了。和她一起离开的，应该还有一个男人，只是那个男人并不承认，我想，这个地方或许会有什么线索，所以，我就从这个地方开始着手调查。"

"那你找到线索了吗？"

"没有。我刚刚才开始调查。但我们可以确定，她之前一定到过圣贝拉蒂诺，还有艾尔帕索。只不过，到这里线索就全断了。"

巴顿站了起来，打开房门。一股刺鼻的松树气息涌进了屋子里，他朝房门外吐了口痰，然后重新坐下。因为他总是戴着一顶帽子，所以当他把帽子摘下来的时候，总会感觉非常不习惯，他揉了揉帽子底下棕褐色的头发，说道：

"对于比尔·切斯，你一点也不感兴趣吗？"

"是的，一点也不感兴趣。"

他说道："我猜，你们办理过很多离婚案件。但在我看来，这种事情并不是多么光彩。"

我由着他说。

"关于金斯利寻找妻子的这件事，他根本就不希望警察插手吧？"

"他非常不情愿，况且他对她实在是太了解了。"

他聪明地说道："你刚刚所说的话，没有一句能解释，你为什么搜查比尔·切斯的房子。"

"我这个人非常善于做'侦探'。"

"哼，你完全能做出更好的事来。"

"就算是我对比尔·切斯产生了兴趣，那也是因为他遇到了困境。更何况这个案子很让人同情，虽然他这个人很蠢，但如果他杀害了他的妻子，那么这里就会有一些相关的东西，但如果并没有杀害他的妻子，那么这里也会有证明他清白的东西。"

他如同一只警惕的小鸟，歪着头，问道："比如什么东西？"

"是些女人离开并且不再回来时必须带走的物品，比如衣服、珍宝、卫浴产品。"

"小伙子，可她并没有走啊。"他慢慢地往后靠着。

"那些东西本来应该在的。因为那些东西还在的话，比尔就会知道，她没有离开这里，他早就应该发现了，她并没有带走这些东西。"

他说道："他娘的，不管是哪种状况，我都不会喜欢。"

"假如他真把她杀了，那么为了证明她已经离开了，他就会把她所有的随身物品全部丢掉。"

黄色的灯光照射在他的侧面，皮肤变成了古铜色。他说道："小伙子，你凭什么觉得他一定会这么做？"

"假如真是他做的，我觉得她的所有物品，他都会能烧就烧，即便烧不了，也会把它埋在树林中。我知道她开着一辆福特，只是汽车没办法烧毁，也没有办法掩埋掉，把车子沉到湖里的话，又非常危险。这辆车他开得了吗？"

巴顿感到有些惊讶，说道："可以开。即便他不能弯曲右腿的膝盖，操控刹车也不很灵活，但他还可以使用手刹。比尔的福特车上，在右边靠近离合器的位置，就是他的刹车踏板，这样一来，他完全可以用一只脚来操控这两个踏板，这也是这辆车的不同之处。"

有个蓝色的罐子上贴着金箔标签，这表示它曾装过一磅的橘子蜜，我将烟灰弹了进去。

"他最大的问题就是怎样处理掉汽车。无论他把汽车弄到哪里，他都要回来，当他回来的时候，他并不希望被人看到。又或者他会把汽车丢在大街上，比如说，在圣贝拉蒂诺。但很明显，他并不愿意这么做，因为这样做的结果是，车主会被迅速地调查出来。这么一来，只有一个很好的办法，那就是把汽车交给一家生意火爆的车行，不过他应该不认识任何一家车行。于是对他来讲，把汽车藏在一个距离很近，步行可以到达的树林中，倒是个可行的办法。"

巴顿冰冷地说道："对于这个家伙，你可真是花费了一番心血来研究啊，而且这还是你口口声声说不感兴趣的人。所以，对于汽车藏在树林这件事，你确定了吗？然后呢？"

"虽然树林非常寂静，但时常会有一些巡逻队，还有伐木工人进出。因此，他首先就要考虑被发现的可能。当汽车被发现，能为他开脱的说法就是，在汽车里找到穆里尔·切斯的私人物品。有两个说法，还算可以说得过去，虽然都不怎么高明。其一，她被人谋杀。凶手这么部署，一旦谋杀案被发觉，比尔就是替罪羊。其二，穆里尔是自杀身亡。这是一种报复性的自杀，做的所有部署，就是为了能让他受到谴责。"

巴顿重新锁上了门，他坐了下来，再次揉了揉头发，镇定地认真思考所有的事情，疑惑地看着我。

他承认道："你讲的第一种情况，确实有可能会发生，但这也只是可能性。至于是谁动的手，我实在想不出来。我们需要弄明白，有关那张纸条的事情。"

我摇了摇头，说道："我们假设一下，如果这张纸条比尔早就有了。如果她走的时候，并没有留下任何一句话。时间已经过去一个月，她还是没有任何消息，他可能有些着急，不知道这张纸条能不能拿出来。因为如果真的发生一些事情，这张纸条对他来讲，可能是个保护伞，就是他的保护伞。他虽然没有说出来，但在他心里，确实这么想的。"

巴顿摇了摇头，看上去对于这个说法，他并不是很认同，其实不光是他，我也不怎么相信。

他缓缓地说道："你说的第二种情况，我真的难以想象。这完全颠覆我对人性最根本的理解。自杀，然后把事情部署成这样，就为了让某人被控告谋杀？"

我说道："那你对人性认知和了解得实在是太片面了。因为像这种类型的案件，确实存在，并且只要是这类型的案件，可以肯定，差不多都是女人做的。"

"不是这样的。我并不能认同你的说法，我现在有 57 岁了，见识过很多疯狂的人物。我喜欢的说法是，她写下了纸条，确实因为要准备离开，但在收拾东西的时候，被他发现了，他非常气愤，所以杀害了她。接下来他所做的事情，就是我们刚刚讨论的。"

我说道："她会怎样做，我并不是很清楚，因为我从来没有见过她。说不定她的经历，很长又复杂。比尔曾说过，他遇见她的时候，是在一年前河滨市的某个地方。她这个女人，是个什么样子的？"

"是个金发女郎，打扮起来非常漂亮。她瞧上去很神秘，是非常安静的人。但比尔说，她的脾气很大。不过我从来没有见过，倒是他自己，总是经常在那里发脾气，而且从某个方面来讲，她似乎很随便地就跟了比尔。"

"那你认为，她长得和照片中的那个姓哈维兰德的女人相不相似？"

他的嘴巴紧紧地闭着，下巴停止了嚼动。过了一会儿，他又开始慢慢地嚼动起来，然后说道："今天晚上，我要在上床前好好检查一下床底下，确保你并没有藏在那里。他娘的，这个消息你是从哪里得知的？"

"是一个很不错的姑娘告诉我的，她在报社做兼职，于是就采访了我。她叫帕蒂·凯佩尔。当时她恰巧提到了这个叫德·索托的人，他是来自洛杉矶的警察，拿着那张照片到处给人看。"

巴顿在他粗壮的膝盖上拍了拍，声音很响，他向前弯着腰，严厉地说道："有件事我做错了，我当时有点气愤，那个大傻个儿在给我看那张照片前，已经他娘的给镇子上所有的人都看了一遍，照片里的人确实跟穆里尔有些相似，但我并不能肯定这就是她。我问过他，找这个女人做什么。他回答，这是警察的事情。然后我就跟他打马虎眼，说我也是做这一行的。然后他就说，他只知道接到的指令是，找到这个女人到底在哪里。他这样做，应该是故意的，目的是为了压制住我。我犯错了，我不应该告诉他任何跟那张照片相似的人。"

这个平静的高个子微微笑了一下，眼睛看着天花板的某个角落，然后视线下滑，直勾勾地盯着我说道："马洛先生，你的推理很精彩，但对于这件事，假如你可以保密，我会非常感谢你。你有没有去过浣熊湖？"

"从没听过。"

他的大拇指朝着肩后指了指，说道："你可以驾驶着汽车去，应该在后面1英里的地方。西边有一条狭窄的小路，等驶过树林，往前再驾驶1英里，大概往上爬500英尺，就到浣熊湖了。有时，人们会去那里野炊，但不是经常去，因为那个地方实在太小了。那条路上有两三个湖，里面全都是芦苇，而且又小又浅，即便是现在，背阴的地方还是会有积雪，开车真的很难走。在我懂事后，那里的几栋老木屋已经全部坍塌了，但蒙格兰尔大学用来做夏令营的营房还在，不过并没有使用很长时间，这应该是 10 年前的事。那是一栋很大的房子，只不过，现在就剩下个破烂的架子。那个建筑是用粗壮的木头建成的，就在湖的背后。绕到房子后面，会看到一间洗浴室，里面还有一个旧锅炉，上面都生了锈，另外，还有一个很大的仓库，门是推拉的，上面还安装了滑轮。在没有人的季节里，这里会上锁，原本这是被用来当车库的，但后来却被他们用来装木柴。要知道，在少数会被盗窃的几样东西中，木柴就是其中一个，不过偷木柴的人是不会把锁弄坏后来偷窃的。我在那个仓库中发现了什么，我想你一定能猜得到。"

"我还以为你到圣贝拉蒂诺去了。"

"我改变主意了。我让比尔把他妻子的尸体放了汽车的后面，然后让他坐车下山，但这样做似乎不太好，于是我让安迪和比尔一起离开，还让医生的救护车一路跟着下山。向警官、法医递交整个案件之前，我想，我还是应该再到处看看。"

"在仓库里面，发现了穆里尔的汽车？"

"是的。车里还有两只皮箱，里面全都是衣服，都是女人的衣服，而且箱子全都没有上锁，看起来收拾得非常匆忙。但有一点，那个地方陌生人是不会清楚的，小伙子，这才是我想要说的话。"

我表示赞同。他把一小团卫生纸从上衣侧面的口袋中掏了出来，把已经揉皱了的纸团，放在伸平的手掌中，说道："看看这个东西。"

我走过去瞅了瞅，卫生纸上是一条金项链，非常纤细，还有白色的粉末沾在了它和卫生纸的上面。这条金链子长约 7 英寸，上面的小锁没有丝毫损坏，但链子却被扯断了。

巴顿询问道："你猜一下，我是在哪里发现的？"

我没有发表意见，只是把链子拿了起来，企图把断裂的地方接上，不过并没有接上。我舔湿手指，沾了沾粉末，尝了一下，说道："这是条脚链，从细砂糖的罐子中发现的。如同结婚戒指一样，有的女人是不会将它拿下来的。不管把它摘下来的是谁，有一点可以肯定，他没有钥匙。"

"你可以推理出什么呢？"

我说道："我并没有瞧出有什么异常的地方。如果说比尔扯断了穆里尔的脚链，却在脖子上留着那条绿色的项链，那这么做是没有任何意义的；如果说脚链是被穆里尔自己扯断的，其目的是为了让人发现，但她却又把它藏了起来，那这样的做法同样也是没有任何意义，因为就算是弄丢了钥匙，也不会有人费时间去寻找，除非先发现她的尸体；如果说它是被比尔扯断的，那么他只会把它扔到湖里。不过，还有一个假设可以解释她为什么会把它藏在那里，那就是为了不让比尔发现它，她想要保护它。"

"这是为什么？"巴顿疑惑地问道。

"因为用来制作蛋糕糖霜的材料，就是细砂糖。只有女人才会在那里藏东西，而男人绝对不会看一眼。警官，你真的很聪明，这都能被你找到。"

他有些害羞地笑了笑，说道："嘿嘿，如果不是因为我把糖罐子打翻，里面的糖粉全都撒了出来，我想我绝不会发现的。"

他把纸揉成一团，放进衣兜里，然后站了起来，好像做完了一件事情一样。

"马洛先生，你是继续在这里逗留？还是回镇子上？"

"回镇子。除非你想要对我进行审讯，但我觉得你肯定会这样做。"

"那要看法医怎么说了。如果你愿意关上那扇你闯进来的窗户，我就关上灯，并把门锁上。"

我按照他所说的做了。他关闭桌灯，打开手电筒。我们朝着外面走了出去，为了确定锁没锁牢，他又摸了摸屋门。他看着月光下的湖水，缓缓地关上了纱门。

他有些伤感地说道："比尔的手非常有力量，他完全可以把一个姑娘在无意间掐死。我觉得比尔不会故意杀害她，如果他一定要这么做，那么他就要花费脑子，想办法遮掩一切。要知道，简单而自然的事情，通常都是正确的。我真为这件事情感到伤心，事情简单而自然，却没有办法改变事实和可能性。"

"我觉得这件事要真是他做的，那他应该选择逃跑。我并不觉得，他会在这里承受这一切。"

巴顿朝着一簇黑乎乎的熊果树影子中吐了一口痰，慢慢说道："如果事情真的到来，那么大部分的男人，都会承受他们所要承受的一切，他们会毫不犹豫地迎面而上。全世界的男人都是如此。而且他享受着政府的抚恤金，如果跑掉了，就不能领到了。停留在月光之下，真有些伤感，尤其是在如此美妙的夜晚，我们在这里思索着谋杀案。好了，我要再去一次小码头，晚安。"

说完，他悄无声息地走进黑暗中，和黑暗融为了一体。我站在那里，直到看不见他，才朝着大门返回。我爬了过去，坐进汽车，沿着山路一直往回开，想要找个地方藏起来。

12

在距离那扇门只有300码的地方，有一条狭窄的小路，上面落满了去年秋天留下的褐色橡树叶，再绕过一块圆形的花岗岩，小路就消失不见了。路上的石头都露了出来，我跌跌撞撞地沿着小路往前开，在行驶了有五六十英尺的地方，绕过一棵树，然后冲着来时的方向，把车掉了个头。我关上车灯，熄灭引擎，坐在那里等着。

就这样过去了有30分钟，因为没有吸烟，所以感觉时间过得很慢。过了一会儿，我听到汽车引擎发动的声音，而且越来越响。在我下面的道路上，白色的车头灯光闪过，然后声音越来越小，直至消失。空气中依然飘荡着一股干燥的尘土气息。

　　我从汽车走下来，又回到了那扇门，朝着比尔的木屋走去。这次，我使劲推开了弹簧窗，朝着屋里爬了进去。我站在屋子里，拿着手电照着桌子上的灯，然后把桌灯打开。我听了一下，没有听见什么声音，就朝着厨房走去，打开了悬挂在水槽上方的电灯。

　　水槽里没有污秽的碗碟，就连炉子上面也没有散发着异味的锅。已经劈好的一堆木柴被整齐地摆放在烤炉旁边的木箱里。由此可见，不管比尔·切斯会不会感到孤独，他都会有条理地把屋子收拾利索。在厨房有一道门通往卧室，还有一扇很狭窄的小门，是通往一个小浴室的。不过，浴室中并没有什么特殊的物品，从崭新的隔音板来看，很明显这是最近才建成的。

　　卧室的墙壁上方，悬挂着一面圆形的镜子。卧室里还有一张双人床、一个松木柜子、一张桌子、两把椅子以及锡质的垃圾箱；椭圆形的地毯铺垫在床的两侧；一张《国家地理》杂志中的战役地图，被比尔钉在了墙壁上；在梳妆台上，铺着装饰着红白荷叶边的有些不成样的桌布。

　　我开始检查那些抽屉。那里有一个仿皮首饰盒，里面装着各种各样的珠宝首饰，全都亮晶晶的。还有用在脸颊、指甲、眉毛上的一些物品，都是女人经常使用的，不过，这只是我的猜测而已。在我看来，这些东西实在是太多了。在柜子的抽屉里，是男人和女人的衣服，但并不是很多，其中有一件格子衬衫是比尔的，颜色非常艳丽。我还发现了一件全新的桃色丝质内衣，非常显眼，上面镶着蕾丝花边，就被放在角落里的一叠蓝色卫生纸下面。这年头，像这样的丝质内衣不会被扔下，只要是头脑还算正常的女人，都会把它带走。

　　不知道巴顿是怎么想的，但这对比尔·切斯来讲却非常危险。我又回到了厨房里，从水槽旁边，还有上面开放的架子上开始搜查。上面全都是家里常用的瓶瓶罐罐。褐色的方盒子上被撕开了一角，里面装着细砂糖，巴顿应该把撒出来糖都清理过了。在糖盒的边上，依次摆放着盐、硼砂、苏打粉、玉米粉、黑糖……等。这里极有可能藏着什么东西。

那条脚链剩余的两头并不吻合，所以肯定是缺少了一截。

我把眼睛闭上，随便用手指摸索着，当摸到苏打粉的盒子时，我停了下来。我从木柜后拿出了一张报纸铺平，然后把苏打粉倒了出来。里面有很多粉，我拿着汤勺搅动，但这只是一堆粉末。我又把它装回罐子里，接着我又对硼砂运用了同样的方法，但还是什么都没有。第三次，我又试了有很多细小的如同灰尘一般的玉米粉，但它依然只是玉米粉而已。

这时，远处传来了脚步声，我一下子愣住了，我伸手将灯光熄灭，来到客厅藏了起来。脚步声又传来了，似乎很小心谨慎，声音很轻，我的手伸到桌灯开关的时候，已经太迟了，根本没有用。我的后背感觉到了寒意。

我在黑暗中等着，都不敢大声喘气。手电筒被我拿在左手上，时间已经过去了两分钟，显得格外漫长而静寂。

肯定不会是巴顿。否则他会直接把门打开，然后叫我滚。那脚步声非常小心谨慎，好像朝着这边过来了，走了几步之后，又停下了，过了一段时间，又走了几步，然后又停下一段时间。我跑到门的位置，悄无声息地转动门把手，猛地一下把门拉开，手电筒的光直直地照了出去。

在我眼前，出现了一双闪亮的大眼睛，原来是一只好奇的小鹿。紧接着，它一跃而起，跑回了树林，然后传来一阵蹄子奔跑的声音。

我关上了门，拿着手电筒，照着回到了厨房。在细砂糖的方盒子上，一小束远远的灯光照在上面。

我把灯打开，在报纸上，把方盒子里面的东西倒了出来。

看起来，巴顿在偶然发现一样东西之后，以为这样就结束了，并没有再去关注还有没有其他东西。所以，他搜查得并不仔细。

有一团白色的卫生纸出现在细细的白糖粉中。我把它抖干净，然后打开。里面包裹着一个很小的金心，只有女人小手指甲那么大。

我把糖粉用勺子装回盒子里，然后把它放回架子上。把报纸揉成一团，丢进了炉子中。我回到了客厅，打开了桌子上的灯，在灯光下，即便不用放大镜，也可以清晰地看到雕刻在小金心背后的微小的字迹。

上面刻的是手写体，写着：1938 年 6 月 28 日，送给米尔特里德。一心一意爱着你的奥尔。

穆里尔·切斯就是米尔特里德。这是一个叫奥尔的人送给米尔特里德的。可是在那个叫德·索托的警察找过穆里尔·切斯的两个礼拜后，她就死亡了。

我站在那里，手里攥着那个金质的心，心里想着，这又关我什么事。我思考着，但却一丁点儿线索也找不出来。

我把那个金心用纸包了起来，然后走出木屋，驾驶着车返回镇子。

巴顿办公室的门被锁上了，他正在里面打电话。于是，我就在那里等着，过了一段时间，巴顿挂上电话，打开门。

我走了进去，把那团卫生纸，放在了柜台上，然后打开。

"你没有好好检查那罐糖。"

他看着我，又看了看金质的心，然后走到柜台后，从书桌里拿出了一个便宜的放大镜，在金心背后认真地察看。最后他把放大镜放下，眉头紧蹙，看着我。

他板起面孔，声音粗壮地说道："小伙子，你应该不会给我惹出什么乱子吧？我早就该想到，你一定会去木屋搜查的。"

我跟他说道："你应该发现了被扯断的链子两头是不吻合的。"

"我的视力没有你那么厉害，小伙子。"他有些生气地看着我。

他怒视着我，不再说话，他又方又粗的手指头，在那颗金心上揉捏着。

"如果你觉得比尔见过那条脚链，那么就会引起他的妒忌，当然，我也是这样觉得。但问题是，我敢打赌他并没有见过，甚至对米尔特里德这个人，他听都没听说过。"我说道。

"这么说，我似乎应该向德·索托说声抱歉，是不是？"巴顿缓慢地说道。

"假如还能再次跟他相见的话。"

他又开始两只眼睛放空地瞪着我，我同样也瞪着他。

"小伙子，叫我猜一下，先不要告诉我。你已经有了新的想法。"

"没错。比尔没有杀害他的妻子。"

"没有吗？"

"是的，没有。杀害她的人，是某个在过去跟她有交往的男人。那个男人失去了她的一些消息，但后来又找到了。可是却发现她和另一个男人结了婚。他感到非常恼怒，心里非常怨恨，但他同时又善于隐藏，所以，他说服她一同离开。就像是有很多并不居住在这里的人一样，这个男人也知道这个地方，同时也很清楚有很多的地方可以藏匿汽车、衣服。当纸条写好，所有的一切都部署完之后，他就勒住她的脖子，然后把她藏在湖水里，最后自己马上就离开了。他来到这里，目的就是为了杀她。这个推理，你觉得怎么样？"

他想了一下，说道："呃。虽然什么事情都没有绝对，任何事情都有可能，但你不认为你把事情想得太复杂了吗？"

"你要是不喜欢这个想法，就告诉我，我还有其他想法呢。"

从我们相识以来，这还是他第一次微笑。

"你他娘的一定会有。"

我说了一声晚安，走了出去。让他自己在那儿像个挖树根的农民一样劳心费神地想吧。

13

　　我开着车来到了山脚下，在大概 11 点钟的时候，我把车停在了圣贝拉蒂诺的普雷斯特旅店旁边。我把旅行包从车的后备厢里拿出来，刚走没几步，一个服务生就把手中的包接了过去。他身着镶边裤子、白色衬衫，还打着黑色领结。

　　正在值班的柜台人员身着一套白色亚麻西服，他是一个愚蠢的家伙，不管是对我，还是任何事情都非常淡漠。他把笔递给我，嘴里打着哈欠，如同在回忆童年时光一样，目光望着远方。

　　那个帮我拿着包的服务生，一起和我乘着电梯来到二楼。我们拐过一个弯，路过了很多房间，越往里走越热。服务生带着我来到了一个小房间，打开了门，走进去，我看到房间里面有一扇窗户，还有一个通气孔。在天花板的角落里，冷气孔上面还绑着一个带子，轻轻地飘动着，这么做是为了表示空气在流通，冷气孔的大小，如同一块女人的手绢。

　　这个服务生的态度就像是块被冻住的鸡肉，非常冷漠。他的身材又高又瘦，皮肤呈黄色，一看就知道他不年轻了。他的眼睛中带着酒的气息，嘴巴里嚼着口香糖。他抬起头看着窗户栏杆，然后才看着我，并把旅行包放在了椅子上。

　　"这间房实在太小了，连身子都转不过来，我想要一间贵点的。"

　　"你还能有间房，已经非常幸运了，现在镇子上早已人满为患了。"

　　我说道："拿一些姜汁汽水、杯子以及冰块给我们。"

　　"我们？"

　　"是的。假如你刚好也想喝一杯。"

　　"哦，好吧，正好很晚了。"

说完，他走了出去。排气孔的风带着一股子热铁锈的味道，我走到它跟前，把外衣脱掉，摘下领带，然后继续脱掉衬衫，还有内衣。我走进浴室，浸泡在半温热的水中。等着那个没精神的高个子服务生端着托盘回来的时候，我终于可以有喘息的工夫了。他把门关上，拿了两只酒杯，我拿出一瓶麦酒，然后我们互相客气地笑了笑，开始喝了起来。汗水从我的脖颈处滑向了后背，我还没有把杯子放下来，就已经滑到了袜子上，不过我依然觉得很不错。我在床上坐着，看着他。

　　"你能待到多长时间？"

　　"怎么了？"

　　"有些事情，想让你回忆下。"

　　他说道："他娘的，我什么都不想回忆。"

　　我从身后的裤子口袋中掏出钱包，在床上放了一张皱巴巴的一元纸币，说道："我要把钱花掉，但至于怎样花掉它，就需要用我特殊的方式了。"

　　"抱歉，我觉着你应该是个警察。"

　　"在玩这种游戏时，你什么时候看见过有警察会用自己的钱？快别傻了，你应该说，我是个侦探。"

　　"这些让人喜爱的酒已经让我的头脑灵活起来了。我对这个很感兴趣。"

　　"体验一下。我可以称你为'从休斯敦过来的得州大高个'吗？"我把一张一美元的纸币递给了他。

　　"我是从阿马里洛过来的，不过没有关系。你喜欢我的得州口音吗？我看其他人都很喜欢听，不过我不喜欢。"

　　"那你就留着吧。反正这么做，你也不会吃亏。"

　　他把钱叠了叠，麻利地放进了裤子兜里，笑了笑。

　　"6月12日，礼拜五的时候，你正在干什么？我指的是那天的傍晚，或者夜里。"

他思索着，喝一口酒，然后用酒漱了下牙床，缓慢地晃了晃冰块，说道："6 点至 12 点钟，我在这里上班。"

"有个女人住进了这里，她有着一头漂亮的金发，身材窈窕，在等着搭乘夜车，是开往艾尔帕索的车。因为礼拜天的早上，她在艾尔帕索，所以我猜测她肯定是搭乘了那班火车。她来的时候驾驶着一辆汽车，登记的名字是克里斯德尔·德里斯·金斯利，地址是比佛利山卡森大道 965 号。我想找到那个帮她办理登记入住，还有退房的服务生，我要跟他聊一下，她很有可能登记的名字就是这个，或者是其他什么人的名字，甚至可能没有登记，但她的汽车还在旅店的车库里。你好好想想，就可以再次得到一块钱。"

我又把一张一美元的纸币掏了出来，钱已经进入到了他的兜里，发出了如同毛毛虫打架的声音。

他镇静地说道："这个可以做到。"

他放下杯子，走出房间，关上门。我把酒喝完，又倒了一杯，然后又朝着浴室走去，打算再用温水浸泡一下身子。这时，墙壁上的电话响了起来，我朝浴室门和床之间的那块地方挤了进去，接起电话。

是那个发得州语调的，他说道："上个礼拜是桑尼在值班。帮她办理退房手续的，是我们另一个叫兰斯的服务生，现在他就在这里。"

"好的。把他带上来，可以吗？"

正当我品尝着第二杯酒，打算再来一杯的时候，敲门的声音传来了。我把门打开，门口的那个人丑陋的像是一只老鼠，他长着一双绿色的眼睛，嘴巴像女孩子一样紧紧地抿着。

他看着我，还带着一丝嘲笑，进来的时候，扭得像跳舞一样。

"需要喝酒吗？"

他镇定地说道："好的。"说着，他就为自己倒了一大杯，里面还加了一些姜汁汽水。接着就"咕嘟咕嘟"一口气喝完了。他薄薄的唇上叼着一根烟，从兜里掏出火柴，将其点燃。他继续看着我，吐着烟雾。床上的金钱，他都没正眼瞧，只是用眼角瞥了一下。在他衬衣口袋上绣着的不是号码，而是两个字"领班"。

"你就是兰斯吗？"

他停顿了一下，说道："不是。我们这里没有，也不愿意被他人所雇用的侦探打扰。在这个地方，侦探不受欢迎。"

"谢谢，没有其他的事情了。"

他有些不高兴地瞥了下小嘴："啊？"

"滚蛋吧。"

他哼了一下，说道："我还以为，你想见我呢。"

"你是服务生的领班吗？"

"是的。"

"很感谢你能上来，我要给你一块钱，同时想请你喝上一杯。"我拿给他说道。

他连一声谢谢都没有讲，就直接把钱放进了兜里。他眯起眼睛，显得很苛刻的样子。他站在那里，从鼻孔把烟喷出来。

他说道："在这个地方，我说话很管用的。"

我说道："那也仅仅只是你所管辖的范围内，何况这也不见得有多大地盘。现在你可以滚蛋了，反正酒也喝了，赏金也拿到了。"

他一句话都没讲，只是僵硬地耸了下肩膀，转身走了出去。

过了四分钟，门又一次地被人轻轻敲响。是那个大高个的服务生，他微笑着走了进来，我从他身边绕开，回到了床上坐下。

"你很讨厌兰斯，是吧？"

"没事儿。他应该很满足吧？"

"我觉得应该是。你也很清楚，领班就是爱摆谱，他们总是这样。马洛先生，你还是称呼我兰斯吧，这样比较好。"

"帮助她退房的，就是你吗？"

"不是。她没有在柜台登记，那只是个障眼法。不过她的汽车，我还是有印象的。她让我把车子停好，还给了我一块钱呢，她的晚餐是在这里吃的，在上火车之前，她还让我照看东西。要知道一块钱在这个镇子上，是不会被遗忘的。现在所有人都开始议论纷纷，毕竟那辆汽车已经丢在这里很长时间了。"

"她长什么样子？"

"和你说的一样，她是个美丽的金发女人。她的打扮只有黑白两色，不过白色居多，飘带也是黑白两色，系在一顶巴拿马草帽上面。因为她要去车站，所以叫了辆出租车，我还帮她把行李装上车。行李箱上还有名字的缩写，但很抱歉，我已经想不起来了。"

我说道："再来喝点儿。你想不起来了，我还真挺开心，不然的话，实在太完美了。她的年龄看上去多少呢？"

他把另一只杯子冲洗干净，又给自己调了一杯不错的酒，说道："她看上去应该有 30 岁左右，要知道，现如今判断一个女人的年纪，非常艰难。"

我把克里斯德尔和克里斯的照片从外衣兜里掏了出来，朝他递了过去。

他把照片拿到远处看了看，又拿到跟前看了看，看得非常认真。

我说道："你不需要去法庭上做证。"

他点了点头，说道："我可真的不想去。金发女人长得都很像，如果想让她们看上去很像，又或许是不像，只需要在服装、光线、妆容上面做些改变就可以了。"他看着照片，有些犹豫。

"你想什么呢？"

"我在想着这张照片上的男人，他跟这件事情之间，到底有没有联系呢？"

"接着往下说。"

"那是个美男子，身材就好像是个轻量级的拳击手，高大俊美。他们俩同时坐上的出租车，而且我认为在大厅的时候，他和她说过话，还一同共进晚餐。"

"你能肯定吗？"

他瞅了瞅在床上的钱。

我急切地询问道："好，需要多少钱？"

他的身体顿了一下，将那两张折叠好的纸币，从衣兜中掏了出来，扔在了床上，把照片放下。

他朝着屋门的方向走去，说道："你见鬼吧。不过仍感谢你的酒。"

我大声地说道："哎，不要这么大的脾气，坐下吧。"

他的两只眼睛直直地怒视着我，坐了下来。

我说道："我跟旅店的服务生已经打了好几年的交道，假如我遇到的都是不玩手段，不撒谎的，那可就好了。但你总不能期待这些不玩手段，不撒谎的都会被我遇到吧。所以，别他娘的做出这副德行，很没见过世面似的。"

他把那张照片捡了起来，迅速地点了点头，缓缓地笑了起来，并从照片的上方注视着我。

他说道："照片里面的男人比女人更像，照得非常清晰。不过让我想起他的原因，是另一件小事：这个男人公然在大厅找她，让这个女人很不乐意了。"

我想了一下，可能因为他迟到了，或者是在上次约会中，他没有出现。所以这并没有很大的价值。

"有说得通的原因。那个女人佩戴着的饰品，你注意到了吗？所有看上去很显眼、贵重的首饰，比如说，戒指、耳环。"我说道。

"没有注意到。"他说。

"她的金色头发是天生的？还是染成的？是长头发？还是短头发？直的？还是波浪形？又或者是卷发？"

他笑了笑，说道："啊，马洛先生，即便金发是天生的，他们还是会有办法让它颜色变浅，所以，第一点根本就辨别不出来。至于其他的，我记住款式是如今女人们最喜欢的，非常长，而且很直，但头发末梢有些卷。不过，我或许记得并不准确。"他又瞅了瞅照片，接着说道，"瞧不出来，在这里的时候，她朝后扎了起来。"

"是的。不靠谱的证人通常会对很多细节很关注，又或者是什么也没有观察到的。因为他们差不多有一多半都是捏造出来的，所以我来问你，也是想要确定一下你观察得会不会太仔细。非常感谢你，在当时的情况下，你见到的差不多可能就是这个样子。"

我把两美元的纸币还给他，另外又给了他一张五块的纸币。他把酒喝完，跟我道了谢，轻轻地离开了。我喝完酒，去洗了个澡，想着在这家旅店睡觉，还不如回到家里睡。于是，我把衬衣还有外套穿上，拎着旅行包朝着楼下走去。

大厅里面唯一的服务生，就是那个贼头贼脑的领班。他也没有丝毫过来接的打算，我将旅行包拎到柜台。那个愚昧的柜台值班员，连一个眼神都没有给我，就收走我两美元。

"这个地方像下水道一样，在这住一晚还要两美元，那我还不如找个通风的垃圾桶，而且还不用收费。"我开口说道。

他打了个哈欠，过了一段时间，才反应过来，然后开心地说道："在凌晨3点钟的时候，会非常寒冷，但到了八九点钟的时候，就会很舒适。"

我在脖颈后面摸了一把，朝着车子摇摇晃晃地走去。即便现在已经是半夜了，车座子上还是热乎的。

我回到家的时候，大概在2点45分。好莱坞如同是个冰柜，非常寒冷，就算是在帕萨迪纳，也可以感觉到阴冷。

14

在梦里，我看到自己处于绿色湖水的深处，非常寒冷，一具尸体夹在手臂下。我的眼前漂荡着尸体长长的金色头发。身边还有一条大鱼在不停地游动，它斜着眼睛看着我，如同一个荡妇，它身上携带着腐臭味，眼睛暴凸，身体膨胀，还有闪亮的鳞片。在我快要把氧气耗尽，憋得快要爆炸了的时候，那具尸体挣脱了我，它活了过来，不停地在水里翻滚，长发也在漂荡着。接着，我又和那条大鱼打了起来。

当我醒来的时候，双手正在尽全力抓扯着床头上的架子，床单已经塞满我的嘴巴。我把手放松下来时，才觉察到肌肉的酸痛感。我起身在屋子里徘徊，光着脚走在地毯上，我点燃了一根烟，在抽完后，我又回到了床上继续睡觉。

当我再次醒来的时候，已经9点钟了，屋子里面非常热，太阳光照射在我的脸上。我洗了个澡，刮了刮胡子，披上了一件衣服，在小厨房里准备早餐，有吐司、鸡蛋、咖啡。就在我准备好的时候，有人来敲门了。

我嘴巴里还塞着面包，打开门。有个男人站在门口，他身着深灰色西服，消瘦纤长，一脸严肃的表情。

他一边走了进来，一边说道："我是刑事侦查局的副队长。我叫弗洛伊德·德利尔。"说完和我握了握手，那是一只干燥的手。他坐在椅子边上，帽子在手上不停地旋转，用他们特有的镇定目光注视着我，这种"坐法"，是他们常用的。

"我们接到了个电话，是从圣贝拉蒂诺打来的，狮子湖里发生的事情，我们已经清楚了，淹死了一个女人。据说发现尸体的时候，你好像就在现场。"

我点了点头，然后问道："要喝咖啡吗？"

"谢谢你，不用了，两个小时以前我刚吃过早餐。"

我在房间里的另一面，正对着他坐了下来，手里还端着咖啡。

他说道："他们要求我对你进行一些调查，然后再跟他们汇报。"

"没有问题。"

"我们已经做过调查，并认为截至现在，你似乎没有什么嫌疑。像你这样的人，竟然在发现尸体的现场上出现，这简直太巧合了。"

我说道："我本身就很幸运。"

"正因为如此，我觉得应该过来拜访。"

"好，副队长，很开心能认识你。"

他点了点头，说道："这真的太巧了，你是说，你是因为有事情需要处理才上山的吗？"

我说："假如是。据我所知，我要办理的事情跟那个被淹死的女人，一点关系都没有。"

"可你并不能肯定？"

"你永远无法知道，还会横生什么枝节，除非你把案件结了。对吗？"

"没错。"他好像一个羞涩的牛仔，但在他的眼睛中，根本就没有表现出害羞的意思。他又把帽子檐用手捏住，在手上转动着，接着说道，"关于这个被淹死的女人出轨的事情，有没有什么'枝节'是恰好有关系的？这点才是我想要了解的。你可以指给我们条明路吗？"

"这条'明路'希望能够得到你们的信任。"

"我们想要的可不只是'希望'。到这个时候了，难道你还不想说吗？"他的舌头顶了顶嘴唇，说道。

"我目前了解到的，巴顿也全都了解。"

"谁是巴顿？"

"是狮子角的警长。"

这个满脸严肃的瘦子撮了一下手指关节，停顿了一下，然后包容地笑了笑，说道："在开庭审理前，圣贝拉蒂诺的检察官想要和你谈话，但不会这么快。我们已经派过去了名技术人员，目前他们正在尸体上采取指纹。"

"可能会相当困难，毕竟尸体腐烂得很严重。"

"已经在进行中了。对水上打捞上来的尸体，纽约有一套专门的系统能进行处理。"他说，"手指上的皮肤，他们会将其切割下来，为了让它变硬，会用硝酸进行处理，最后再做指纹。效果非常好，做得很棒。"

"那个女人的记录，你觉得警方那里有吗？"

他说道："你应该很清楚，我们通常都会采取尸体的指纹。"

"假如你以为我跟那个女人相识，或者说因为她我才去山上，那你就错了。我根本就不认识那个女人。"我说道。

他执拗地追问道："但你上山的原因，你却始终不肯说。"

我说道："你觉得我在骗你？"

他用那根骨头突出的食指，转动着帽子，然后说道："马洛先生，这是在例行公事，我们所做的都是为了通过调查，把真相找出来。你错了，我们并没有觉得怎样。你应该了解这点，毕竟你在这一行业做了很长时间了。"他站了起来，把帽子戴上，接着说道，"假如你要从镇子上离开，请告诉我，谢谢。"

"好的。"我说。

我把他送到门口，他低着头，无可奈何地笑了下，就离开了。我望着他慵懒地走到电梯处，按了下按钮。

我回到餐室，想看一下还有没有咖啡，大概还有三分之二杯的样子。我往里面加了点奶精、糖，拿着杯子去拨打电话。我拨通了市区的警察总部的电话，找刑事侦查局的副队长德利尔。

"其他人可以吗？副队长德利尔不在。"一个声音说道。

"德·索托在不在？"

"是谁？"

我又把名字重复了一遍。

"他是哪个部门的？担任的职位是什么？"

"应该类似于便衣的样子。"

"请稍等。"

我等着，过了一段时间，那个男声回来了，声音浑浊地说道："你是哪位？开什么玩笑？德·索托根本不在我们的名册上。"

我挂断了电话，把咖啡喝完，然后又给金斯利的办公室打了过去。井然有序又镇定自如的安德莉安娜小姐告诉我，他刚刚进来，然后帮我把电话接通了。

全新的一天刚刚开始，他的声音响亮有力，说道："嗨，在旅店里，你察觉到了什么吗？"

"还不错。她到过那里，而且克里斯在那个地方跟她见过面。带他进去的是告诉我信息的服务生。他们一同共进晚餐，最后搭乘出租车去往火车站。询问过程中任何提示我都没有给。"

"嗯，当我告诉他那封电报是从艾尔帕索过来的时候，我有印象，他感到非常诧异，我记得很清晰。我早就该想到他在骗人。还有其他的什么吗？"

"没有。今天早上，有个警察找到了我，还提醒我在没有告诉他之前，不准离开镇子，这都只是正常的例行公事罢了。他对于我为什么去狮子角，很感兴趣，但我并没有告诉他。而且对于巴顿这个人，他压根儿就不知道，所以，很明显，巴顿没有和其他人讲过。"

"关于这件事，巴顿会尽力处理好。昨天晚上你跟我问的那个名字，叫哈维兰德什么的，是因为什么？"

我把发现穆里尔·切斯的汽车，还有衣服的事情，粗略地讲了一下。

"我知道浣熊湖，但那个老木头仓库，我压根儿不知道，更不用说想到用那个仓库了。这对比尔来说，真的很不幸。不光只是不幸，似乎还有预谋。

"我并不认同。走远路对他来讲，是很艰难的。假如他真的很熟悉那个地方，他压根儿不需要花费时间，就可以琢磨出一个能藏起来的地方。"

他问道："可能吧。眼下你有什么计划？"

"肯定要再找一次克里斯。"

对这个决定，他表示很赞同，又问道："这个惨剧是不是不关我们的事？"

"除非你的妻子知道一些事情。"

他的声音又传了过来："马洛，所有发生的事情，你们侦探都能将其串联在一起，对于这种自身的直觉，我表示理解，但不要让它把你拐太远。听着，有关切斯家的事情，你最好将它交给警方处理，在我们金斯利家的事情上，才是你该用脑子的地方。要知道，世界上的事情本身就不会是那样，最起码我觉得并不是那样的。"

"明白。"

"我不是想要命令你。"

我坦率地笑了笑，说道："拜拜。"就挂断了电话。我把衣服穿上，来到地下室取车，再次朝着湾城的方向驶去。

15

我驾着车从牵牛星大街的十字路口驶过，沿着马路朝着峡谷终点的方向继续行驶。在那个地方，有一个半圆形的停车场，旁边还有一条人行道，被白色的防护栏围了起来。我一边朝着大海远眺，观赏着山脚下涌进大海的蓝灰色瀑布，一边在心里面策划。我在车里待了一段时间，犹豫着到底对克里斯采取软的，还是硬的措施。虽然来软的不会有什么损失，但在我看来，这根本行不通。如果真的行不通，就会自然而然地做出下一步，接下来会大动干戈，把家里搞得一团糟。

那些房子位于半山腰，它们下方的公路上，连一个人都没有。接着往下，在山边街道旁的斜坡上，有几个孩子正在投回飞棒，他们相互拉扯、追逐，谩骂嬉笑。继续往下，还有一栋房子，它被树丛还有红砖墙围了起来。已经洗好的衣服，在后院的晒衣绳上晾成一排，还有两只鸽子点着脑袋，抬头挺胸地在斜房顶上走着。在那栋房子前面的公路上，缓慢地驶来一辆蓝褐两色相间的公共汽车，它停下来，一位老人小心地从车上走下来。他站稳后，用拐杖敲了敲地面，然后才开始朝着山坡往上爬。

　　相比昨天来讲，今天的早晨非常平和，空气也更加清爽。我从车上下来，沿着牵牛星大街，朝着 623 号走去。

　　整座房子如同在沉睡。房子正面的窗户上，百叶窗垂了下来。我走过韩国苔藓，按了按门铃，发现大门与门框间有一道缝隙，而且门还有点下垂。在门锁的下方，搭着弹簧闩，大门没有关好。那天在我离开的时候，我记得要使劲才能关上大门。

　　我把大门轻轻推开，只听"咔嚓"一声，随着轻微地响动，门朝里打开了。一些光线从房间西面的窗户外照射进来，但房间里依然很暗。没有人回应，我没有再继续按门铃，把门又推开了一些，朝着里面走去。

　　房子里的窗户没有被打开，因为临近中午的关系，房间里散发着一种特有的气味，是静寂和煦的味道。在靠近长卧榻边上的圆桌子上，有一瓶马上要喝完的维特 69，旁边还备着一瓶新的。桌子上还摆放着两个已经使用过的酒杯，还有半瓶子的苏打水，铜质的冰桶底下有一些水。

　　假如克里斯不在的话，那我应该趁机把这间屋子搜查一番。我站在那里倾听，然后把门恢复成原来的样子。虽然不利于克里斯的证据，在我手里并没有多少，但即便如此，也足够让他不敢报警。

　　寂静中，时间在一点一滴地流逝。炉壁上传来"嘀嗒……嘀嗒……"的声响，原来是电子钟正枯燥地转动着。汽车的喇叭声，从远处的街道上传来。峡谷的山脚下，传来一阵"嗡嗡……"的声音，是一家飞机正在飞过。甚至冰箱的启动声，也忽然间从厨房传来。

我朝着房间内走去，认真地倾听了一下，又停下脚步看了看周围。房间里除了原本就有的声音外，并没有人为的响动。我循着地毯，朝着房间后面的拱门走去。

在拱门边上，白色金属的楼梯扶手上，出现了一只戴着手套的手。它一出现在那里，就停止不动。

但接着又开始挪动起来，一顶女性的帽子出现了，接下来是女人的脑袋。这个女人好像没有瞧见我，她安静地走上楼梯，从拱门转了过去。她褐色的头发有些凌乱，嘴唇涂抹得很红，双颊上的胭脂抹得很浓，眼睛上面还涂着眼影，模样非常吓人，根本瞧不出多大年纪。不过她的身材很苗条，身着一套斜纹薄呢衣服，那顶紫色的帽子，在头上颤颤巍巍地斜戴着。

我被她发现了，但她没有停下脚步，脸上也没有丝毫表情。她继续朝着房间慢慢走着，她的右手戴着褐色的手套，拿着一把小型自动手枪，垂在身体的一侧。

她的嘴里传出一阵恐怖的声音，身体往后仰着，停下了脚步，然后神经质地"咯咯"地大声笑了起来。她朝着前方一步步走着，用手枪指着我。

我没有发出喊叫声，只是注视着那把手枪。

女人越走越近，用手枪指着我的腹部说："他这个房客还真不错，一贯都是小心谨慎，这栋房子被照看得很好，没有毁坏任何东西，不过我不希望他拖欠太久的房租，我只想把我的房租要回来。"

在枪口下，我很有礼貌地问道："他欠了多长时间的房租？"声音中带着惊慌和不满。

"总共240块，一共是三个月的。拖欠房租的现象，以前也出现过，但最终都会顺利拿到。这样的地方，80块真的很合适，尤其还有完善的设施。今天早上，他打电话说，会给我支票。我的意思是，今天早上他承诺了要给我房租。"

我说道："今天早晨，在电话里。"

我面无表情地移动了几步，要想办法尽可能靠近她，然后找个机会打掉她手中的枪，趁她没有回过神来，将她制服。虽然这种手段，我使用的不是很熟练，但总是要尝试一下，好像现在就是时机。

我存在着侥幸心理，期待着她自己并不清楚正在拿着枪指向我，我看着手枪，向前移动了 6 英寸，但距离还是有点远。我问道："你是房主吗？"

"嗯，我是房主，否则你觉得我是谁呢？我是弗尔布罗克太太。"

"你刚刚说到有关房租的事情，应该就是房主。但你的名字，我却并不清楚。"我又挪近了有 8 英寸的距离，干得真好。如果这样还会失败，那可就太丢脸了。

"我可以问一下，你又是哪位？"

"我是因为车款才过来的。我并不清楚发生了什么事情，只是大门被打开了一些，我才溜了进来。"

我把脸板了起来，表现出很严肃，但又可以随时展开微笑的样子，就好像是财务公司的人员，来讨要汽车分期付款的模样。

她有些焦急地问道："你的意思是说，克里斯也拖欠了车子的分期付款？"

我镇定地说道："并不是很严重，只是拖欠了一段时间。"

距离已经很接近了，我的速度应该足够了，现在我只需要把枪，干净利落的朝外扫去就可以了。我把脚从地毯上伸了出去。

"我是在楼梯处发现这把手枪的，你瞧它上面还布满了油渍，这可真有趣，是不是？楼梯的地毯非常昂贵，是上好的灰色绒线织品。"

她递给我那把手枪。

我把它接了过来，我的手已经僵化，并且非常薄弱，如同鸡蛋壳一样。我的膝盖软了一下，但又马上放松起来。她闻了闻拿着枪的手套，显得非常嫌弃，然后接着用那种荒谬又合理的语气说道：

"对你来说，当然很轻松，必要的时候，你完全可以把它开走，我说的是汽车。但要收回一栋房子却很困难，把租户赶走不仅需要金钱，还需要时间，况且房子里还带着一套昂贵的家具。有的时候，他们还会故意把一些东西搞坏，所以很容易会结下仇怨。这个地毯的颜色很让人喜欢，是不是？把它买下来，才用了200多快，因为它是个二手货，而且还是麻的。假如我不告诉你，它是麻的二手货，你根本就看不出来。何况物品只要使用过了，那就是二手货，这句话真是个废话。原本我可以乘坐公交车过来，但那个东西走的方向，总是朝着相反的路。所以我就替政府节省开销，走路过来了。"

她说的话，如同很远的细波浪，一眨眼就不见了。我根本对她说的话置若罔闻。不过那把手枪，倒引起了我的关注。

我嗅了嗅枪口，有火药的味道。我把弹膛打开，里面是空的，于是又翻了过去看了眼后膛，同样也是空的。

这是一把点二五口径的自动手枪，里面可以装六发子弹，大概在不久之前，里面的子弹全部被射光了，但并不是在刚刚的30分钟内。我把手枪装进了衣兜里。

"这把手枪使用过吗？希望它没被使用过。"弗尔布罗克太太很感兴趣地问道。

我的脑袋在迅速地转动，声音镇定地说道："为什么没有呢？"

她说道："因为它就被丢在楼梯处，毕竟，大家有的时候还是会使用到手枪的。"

"没错。但克里斯先生不在家，对吧？很有可能是他的口袋破了个洞。"

她摇了摇头，非常颓废地说道："哎呀，因为他承诺了要给我支票，我才过来的，他这样就不对了。"

"你什么时候给他打的电话？"

她似乎对我问这么多，很不喜欢，蹙了蹙眉说道："哦，是昨天夜里。"

"那他肯定被叫了出去。"

她在我的那双褐色大眼睛之间，注视着某一点。

"弗尔布罗克太太，我们不要在这里闲聊了，我并不是不喜欢和你聊天。是这样，你没有因为他拖欠了你三个月的房租，就把他给枪杀了吧？其实我并不想这么说。"

她在椅子边上慢慢地坐了下来，用舌尖舔了舔鲜红的嘴唇上的裂纹，有些恼怒地说道："啊，你简直太恶劣了，你刚刚不是说，这把枪没有被使用过吗？这样可怕的念头，你是怎么想出来的？"

"枪里都会被装过子弹，也会被使用过。只不过这把手枪里面的子弹全没有了。"

她对着那只沾满油渍的手套，再次嗅了嗅，做了一个厌烦的手势，说道："嗯，那这样……"

"好吧，我只是开个玩笑罢了，就当我说错了。你是房主，所以你才有钥匙，对吧？这栋房子你也已经搜查过了，克里斯先生出门了。"

她咬了咬手指头，说道："可能我这样做，是不对的，但对于自己物品的情况，我有权查看。再说了，我也不是有意闯进来的。"

"好，你现在也查看过了，你肯定他不在家吗？"

她冰冷地说道："我按门铃的时候，他根本没回应，于是我就在楼梯上叫他，然后又在下面的客厅叫了他一声。甚至还偷偷地瞅了一眼他的卧室。但我没看冰箱里，还有床底下。"她一只手在膝盖处扭捏，有些羞涩地垂下眼帘。

"哦，只是这样吗？"

"是的，就是这样。刚刚你说，你叫什么字？"她开心地点了点头说道。

我说："万斯。我叫弗罗·万斯。"

"你在哪家公司工作？万斯先生。"

"目前我还没有工作，除非警方一点办法也没有了。"

"你不是来追讨汽车分期付款的吗？你刚刚告诉我的。"她惊讶地说道。

"那不过是兼职，只是暂时的。"

她站了起来，目光直勾勾地注视着我，镇静地说道："既然如此，我认为你现在最好马上离开。"

"你有可能把某些东西遗漏了，假如你不介意，我想到处瞧瞧。"

"万斯先生，我很感谢你，但这栋房子是我的，我想没有那个必要，请你马上走。"

"弗尔布罗克太太，我只是想瞧瞧。假如我不离开这里，你是不是打算找个人把我赶走呢？坐下吧，而且这把枪有些奇怪。"

她把一个蓝色的大袋子打开，从里面拿出手绢，擦了擦鼻子说道："我什么都不清楚，我这辈子从来没打过枪。关于这把枪的事，我也不清楚。我告诉过你，我看到它的时候，它就躺在楼梯上。"

"我不敢保证会信任你，毕竟，那只是你告诉我的。"

她如同《东林的怨恨》[1]里面陷入迷途的妻子一样，可怜兮兮地伸出左手指着我。

她哭着说道："啊，克里斯先生一定会生气。我知道这样的做法很让人厌恶，我进来就是个错误。"

"原本整个局面都掌握在你的手中，你不应该让我察觉到这把枪里面根本就没有子弹。"

她跺了下脚，这下完美了，在这个场合中，只缺少这一幕。

"啊，你敢碰我一根汗毛试试！你敢往前走一步试试！你这个人真的令人厌恶，我根本不想和你待在这个房间里。你凭什么这样羞辱人……"

---

[1] 《东林的怨恨》：英国小说，写于1861年，是十九世纪英国女作家亨利·伍德夫人的成名之作。

忽然，她像"啪"的一声从中间断裂的塑料绳，一下子哽咽住了，然后把头低下，把紫色的帽子，还有所有的物品拿了起来，朝着大门的方向跑去。当从我身边经过的时候，她想把我推开，但因为距离有点远，我没有动。她猛地把大门拉开，朝着大街上的人行道跑了过去。大门慢慢地关闭，除了大门关闭的声音外，她匆忙的脚步声也能够听得见。

我认真地听着，四周非常安静，我用手指关节顶住下巴，在牙齿上用手指甲敲着。在我手里，有一支自动手枪，它射光了所有子弹，而且它能装六发子弹。

"这栋房子，肯定有问题。"我大声地喊道。

此时，房子里完全陷入了死一般的沉寂。走过杏黄色的地毯，穿过拱门走到楼梯处，我站立住，认真地倾听一会儿。然后，耸耸肩膀，轻步走下了楼梯。

16

下面一层的客厅有四扇门：两侧各有一扇，中间还有两扇，是并排着的。其中一扇是衣柜，灰白色的，另外一扇已经被锁上。客厅尽头有一间空出来的卧室，我走过去查看了一下，百叶窗紧紧关闭着，根本就没有人居住过的痕迹。我又回到了大厅，朝着另一头的第二间卧室走去，进到了里面。房间里面布置着一张很大的床，还有一条牛奶咖啡色的地毯以及浅色的有棱有角的木质家具。长形的荧光灯下面，是一面匣子形状的镜子，而这面镜子就摆放在梳妆台上面。在角落里，有一只水晶猎狗摆放在玻璃面的桌子上，旁边还有一个水晶盒，里面装着香烟。

脂粉在梳妆台上撒得到处都是。毛巾上印着一个深色的口红印，搭在垃圾桶边上。在床上，并排摆放着一对枕头，上面还有凹陷的印迹，就像是用拳头打出来的一样。一股浓郁的香味弥漫在空气当中。一条女性使用的手帕，从枕头底下露出了一角。还有一套质地单薄透明的黑色睡衣，就摆放在床尾。

不敢想象，如果弗尔布罗克太太看到这些情景，会做何感想。

橱柜门上有个长镜子，我转过身看见了里面的自己，门上面安装着水晶把手，而且整个门都被漆成了白色。我拿着手绢，将门把手转动，打开门往里看。一股很舒适的苏格兰呢的气味从杉木柜子里面散发出来，里面全都是男人的衣服。但柜子里面的衣服，也并不全是属于男人的。

里面还有一件黑白套装，大部分都是白色的，是女性穿的；下面还摆放着一双鞋子，也是黑白两色；在上面的架子上，还有一顶装饰着黑白两色带子的巴拿马帽子。除此之外，还有部分女性衣服，不过我并没有仔细查看。

我把柜门关上，手里拿着手绢，从卧室中走了出来，打算再去打开其他门把手。

亚麻色柜子旁边，应该是一间浴室，门已经锁上了。我摇晃了一下，确实已经锁上了。这扇门因为从里面按了门把手中间的按钮，所以才被锁上的。我弯下身子瞅了瞅，在门把手中间，有一条很短的裂口。要是有人晕倒在浴室，或者是小孩子为了捣蛋将自己锁在里面，为了以防这样的万一，完全可以用金属片，从裂口的地方将其扒拉开。

在亚麻色柜子上方的架子上，应该放着钥匙，但是没有。我用自己的小刀片试了试，太细了。于是我又从卧室抽屉中，找到了一支指甲锉刀。这下可以了，浴室的门被打开了。

地上有一双平底的绿色拖鞋，篮子上还丢着一件睡衣，是男款沙色的；在洗脸盆边上，有一把刮胡刀和一瓶已经打开的剃须膏。浴室里的窗户牢牢关着，一股刺鼻的特殊气味在空气中蔓延。

在浴室的尼罗绿瓷砖上，躺着三颗亮晶晶的铜质弹壳，一个很显眼的弹孔出现在霜白的窗格上面。窗户左上方的石灰墙上，好像也被子弹射穿了两个洞。

闪亮的金属环上挂着防水绸布，是白绿两色的沐浴的帘子。现在整个帘子都已经被拉上了，我将浴帘拉到一侧，传来了一阵非常刺耳的声音，是金属环薄脆的摩擦声。

我弯下身子瞅了瞅，瞬间感觉脖颈处发软。他蜷缩在角落里，就在两只水龙头下面，金色莲蓬头里的水，缓慢地滴在他的胸口上。他没有其他地方可以去，他就在这里。

他赤裸的胸口上距离心脏不远的地方，有两个发黑的弹孔，这已经足够丧命。血迹好像已经被冲洗干净了。他蜷缩着的膝盖，已经开始松弛了。

他的眼睛中带着一种新奇、憧憬的神情，非常明亮。好像闻到了清晨的咖啡香气，正想站起来离开似的。

真是干脆利索啊。看这样子，应该是你刚刮完胡子，正在浴帘旁边调试水温，打算把衣服脱掉，洗个淋浴澡。可就在这时，身后的门被打开了，一个手里面拿着枪的人走了进来，这个人应该是个女性。在你转过身，看到这把枪的时候，她已经把扳机扣动了。

在这么短的距离，她居然有三发子弹没有打中，这简直是不太可能，但实际上确实如此。或者像这样的事情时常会发生吧，只是我的见识太少了。

假如你属于那一种人，甚至下定决心要那样做的话，那么你完全可以纵身一跃，朝她扑过去。但是，你根本没有可以逃脱的退路，当时你正拉着浴帘，站在喷头底下，根本没有办法维持平衡。假如你和大部分人一样，极有可能会感到恐慌不安。你根本无路可逃，除了在浴缸里蜷缩着。

可浴缸的面积只有这点儿，所以，你只能尽量往后缩，你的退路已经被瓷砖墙遮挡住了。你已经没有退路，生命也走到了终点。你靠在这最后的墙壁上，接下来又是两声枪响，或者是三声枪响，然后你顺着墙壁往下滑。现在，你的眼睛已经是一双死人的眼睛了，里面充满着空洞，但已经没有了恐惧。

她伸手把水关上，重新拉上浴帘，然后关闭浴室门。当她走出房间后，这把手枪大概让她很苦恼，于是她就丢在了楼梯的地毯上，这把枪很有可能就是你的。

事情的发展是这样吗？不过应该不会有其他的可能了。

我弯下腰，拉了拉他的胳膊，又硬又凉，像冰块一样。我从浴室里走了出去，没有把门锁上，为了不给警察制造困难，我就不用锁门了。

我朝着卧室走去，把手绢从枕头底下拉了出来。这是一条亚麻手绢，做工非常精良，上面绣着红色的扇形花边，其中的一个角上，还绣着姓名的字母缩写，是两个红色的字绣，上面绣着是：A.F.。

我非常狰狞地笑了笑，说道："安德莉安娜·弗洛姆塞特。"

我抖了抖手帕，想要把它上面的味道抖掉一些。我把它叠好，用卫生纸包住，放在了衣兜里。我又回到了楼上，查看一下客厅靠近墙壁的书桌上有没有什么让人感兴趣的信件，或者电话号码以及让人产生疑虑的文件之类。我什么也没有找到，或许是有的，只是我没有发现罢了。

电话放在壁炉旁边靠近墙壁的小桌子上面。我看着这部电话，它的线非常长，克里斯可以安闲自得地躺在长床榻上，漂亮的嘴唇上叼着香烟，身边的桌子上再放着一大杯果汁，跟女朋友聊个够。他的交谈方式不是特别委婉，但也不庸俗，而是非常从容、慵懒，充满趣味地调情。

全部都已经结束了，我离开电话走向大门。为了方便我再次进去，同时又能关紧大门，我把门锁调试了一下。我拉上门，只听"咔嚓"一声，门锁上了。我走在人行道上，站立在阳光下，朝着对面奥尔默大夫的房子望去。

所有的一切，在阳光下都是这么的平静和谐，根本没什么可以少见多怪的，没有尖叫声，大门里也没有跑出来人，警笛也没有响。只不过，又有一具尸体被马洛发现了，所有人都应该称我为：‘天天都能发现凶杀案的马洛’。对于这点，他真的很擅长。为了方便能随时随地调查他的发现，真应该派辆灵车跟在他身后。

他真的是一个好人，纯粹又诚实。

我又走回到十字路口，进到自己的克莱斯勒里，发动汽车，倒车，驶离这个地方。

17

健身俱乐部的服务生回来的时候，已经过去了三分钟，他冲我点了点头，示意我跟他进去。我们走上四楼，拐过一个角落，他领着我来到一个半开着的门前。

"请向左转，先生。有些会员正在睡觉，拜托您轻点儿。"

在俱乐部图书室的中间，有一张摆放着杂志的长桌子，墙壁上有一盏灯，正照射在俱乐部创始人的肖像上，玻璃门的后面，陈列着很多书籍。我走了进去，房间里有很多小隔间，是用敞开的书架隔成的，里面放置着高背皮椅，体积大而柔软。似乎这里真正的作用是用来睡觉的，有些上了年纪的人，正在椅子上静静地打着盹儿，丝丝微弱的鼾声从狭小的鼻孔中发出，由于高血压的原因，整张脸涨得通红。

我朝前方走了几步，慢慢地朝左边转去，金斯利就在房间上面的最后一间里。房间的角落里并排放着两把椅子，他有着一头黑色头发的脑袋从其中的一把椅子上露出。我坐在了另一把闲置的椅子上，朝他迅速地点了点头。

他说："这里是提供午餐后休息的地方，请小点声说话。我原本有个很重要的约会，就这样被你给打断了。到底是什么事情，要知道，我雇用你，是为了减少麻烦，而不是为了给自己制造麻烦。"

我把脸靠近他，他的身上有股子威士忌的气味，非常好闻，我说道："我知道他被她开枪打死了。"

他紧咬牙根，脸色阴沉，眼皮跳动。一只大手搓了搓膝盖，最后叹了口气。

他的声音很低，镇定地说道："接着说。"

我转过头，朝椅子后面看了看。离我们最近的那个老家伙睡得很沉，鼻孔里发出了"呼哧呼哧"的声音。

"克里斯家里的大门半开着，叫门也没人回应。可在昨天，我注意到大门是紧紧关着的。我推开了门，整栋房子都非常寂静，房间也非常昏暗，有两只被使用过的酒杯放在桌子上面。过了一段时间，一个黑瘦的女人从楼梯上走了下来，她说她是弗尔布罗克太太，是这里的房主，过来收取房租的，因为他已经拖欠了三个月，她应该是用钥匙把门打开的。她的手上戴着手套，还拿着一把手枪，她告诉我，是在楼梯上发现的。我从她手上夺过那把手枪，却发现它被使用过，而且是在不久前，但关于这点，我并没有告诉她。她告诉我说，克里斯并不在，我猜测，她一定会趁机检查一遍这栋房子。于是，我就想了个方法把她气跑了。说不定她会把警察叫来，但更可能是，她会把所有的一切全部忘掉，然后就这样走掉，去做一些无关紧要的小事情。当然，房租她不会忘记。"

我停了下来，这时，金斯利朝着我把脸转了过来。他的目光中透着焦躁，因为紧咬着牙龈的关系，他的下颌肌肉鼓了起来。

"卧室里面有睡衣、护肤品、香水等物品，很明显，那里有女人过夜的迹象。我走到楼下。浴室的门关着，但又被我弄开了，我发现有三个子弹壳在地上，其中两个弹孔在墙壁上，还有一个在窗户上。

而克里斯赤裸着身子死在浴缸里。"

金斯利低声呼叫道："我的老天爷啊！你的意思是说，昨天晚上有个女人在他那里过夜，而今天早上，却在浴室里发现他被害了。"

我问他："你觉得我想要和你说的是什么呢？"

"你小点儿声！为什么要在浴室里呢？这真是太可怕了。"他愤怒地说道。

"你自己小点儿声。为什么不是在浴室里呢？"我说道，"难道你还能想出其他能让男人没防备的地方吗？"

"我的意思是说，你根本无法肯定，对不对？你根本就不知道，是不是那个女人杀害了他。"他说道。

"是的，的确不能肯定。很有可能是有个人如同女人一样拿着把小型手枪，随意地胡乱开枪，打光了里面的子弹。浴室的位置就在坡地上，外面非常宽阔，在那个地方开枪，外面应该不会轻易听到。"我说道，"而且我所看到的一切很有可能都是虚假的，那里根本就没有女人，过夜的女人早就离开了，甚至有可能开枪打死他的那个人就是你。"

他双手使劲地在膝盖上捏着，低声说道："我这个人很文明，为什么要打死他呢？"

似乎没有必要同他争论这件事。我问道："你的妻子有枪吗？"

"天啊，你不会真的这么想吧？"他颓丧的脸朝着我，没精打采地说道。

"她有枪吗？"

"有，她有一把小型的自动手枪。"他犹豫地说道。

"是你在这个地方买给她的？"

"我……我没有买。那是在两年前，我从一个醉鬼手里抢来的，当时是在参加旧金山的一个宴会，他可能觉得很好玩，就拿在手里乱晃，后来，我一直也没还给他。"他使劲捏着下巴，手指关节已经泛白。然后接着说道，"他那样的醉鬼，应该不会记得怎么把枪搞丢的，又是在什么时候弄丢的。"

"做得太漂亮了。那把枪你还能认出来吗？"

他用手托着腮帮子，眯着眼睛思考着。我又回头朝椅子后面看了看，一个老年人正在沉睡，忽然，他打了个响呼噜，差点把自己从椅子上震下来。他用干瘦的手挠了挠鼻子，又咳嗽了几声，然后从背心兜里掏出一块金表，眯着眼睛瞅了瞅，又把金表放回兜里，接着睡觉。

我从口袋中掏出那把手枪，放在金斯利手上。他瞪着眼睛，显得非常苦恼，然后缓缓地说道："我不知道，看上去很像，但我不能肯定。"

"在侧面，有一组号码。"

"谁会去记手枪上的号码？"

"希望你没有，不然的话，我就有麻烦了。"

他紧紧地握了握那把手枪，然后又把它放在了身边的椅子上。

他说道："肯定是他甩了她，那个无耻卑劣的家伙。"

"那我就不明白了，你说你是个文明人，你并没有足够的动机，但她却有。"

他弹了弹手指，说道："每个人的想法都不同，要知道，相比男人而言，女人更容易冲动。"

"就好比小猫和小狗，猫比狗更容易冲动。"

"什么意思？"

"意思是，相比某些男人，有些女人更加容易冲动。假如你想说，这是你妻子做的，那我们就要寻找一个更加合适的动机。"

他把头转了过来，我和他相互对视着。他的表情非常严峻，牙齿在唇上都咬出了印记。

他开口说道："我们不能让警察拿到这把手枪，这件事情不是在玩笑。虽然我不清楚号码，但他们肯定很清楚。所以我们不能让警察拿到这把枪，要知道，克里斯德尔是有许可证的，而且手枪被注册了。"

"可手枪在我手上这件事，弗尔布罗克太太是知道的。"

他执拗地摇了摇头，说道："我很清楚你是在冒险，我也不会让你白白做事。假如这件事情能布置得像自杀一样，那么我肯定会把手枪放回去，可如你所说，这是不可能的。所以我们一定要想个办法。"

"是的，假如是那样子，那他肯定是前三枪没有击中自己。但即使多加 10 块钱，手枪也要放回去。我不能把一桩凶杀案遮掩过去。"

"我觉得应该远远高于那个数目，500 美元。"

"你想用这笔钱买些什么？"

他的目光严谨又晦暗，但不是很果断。他倾斜着身子靠了过来，说道："除这把手枪外，在克里斯家里，还有能证明克里斯德尔最近去过那里的什么东西吗？"

"就像圣贝拉蒂诺的那个服务生所说的那样，一件黑白两色的大衣，还有一顶帽子。还有些物品，很有可能是我所不清楚的。指纹一定会存在，你和我说过她没有留下指纹，可那并不代表她的指纹不会被那群人拿去对比。何况家中的卧室里，鹿湖的木屋子，还有她的汽车里肯定会到处都有。"

他说道："我们首先要找到她的汽车……"我打断了他的话。

"这样的地方实在太多了，那样做根本没有任何帮助。她使用的香水是什么牌子的？"

他立马领悟过来，有些木讷地说："啊，是基尔莱恩，香水中的香槟，偶尔也会用香奈儿。"

"这些类型的香水都是什么味儿的？"

"是一种檀香味儿。"

我说道："我并不会分辨，但在卧室里曾出现过的那种味道，闻起来好像廉价货。"

"廉价货？廉价？我们一盎司的售价是 30 美元呢。我的老天爷啊。"他一下子受到了打击。

"噢，但闻起来就像是三块钱一加仑的味道。"

他摇了摇头，用力地把手放在膝盖上，说道："我和你谈谈钱的事，现在我给你开支票，共500美元。"

我任凭他说的话如同一个沾了尘土的羽毛般旋转着飘落在地上。背后的一个老人站了起来，踉踉跄跄，全身没有力气地摸索向外面走去。

金斯利的语气有些阴郁，说道："我雇用你是为了让你保护我远离那些丑闻，但从目前的状况看，已经没有办法避免丑闻了，当然，这并不是你的失误。不过，假如我的妻子需要，你就要去保护她。我根本不相信她枪杀了克里斯这件事。现在这件事情关乎我妻子的性命，我根本就没有任何理由可以相信，没有任何理由，这就是一种直觉。可能这把手枪是她的，也可能昨天晚上她确实出现过那里，但这并不代表人就是她杀的。任何人都可以拿到这把手枪，因为她对待它就像是其他物品一样，丝毫不会在意。"

我说道："假如是我碰到过的那种警察，那么一号嫌疑犯就会被他们抓起来，然后进行侦办。要知道，警察可不会花时间去证实这些事情。他们看了现场后，能想到的头号嫌疑犯肯定会是你妻子。"

生活中真实的悲剧，就好像在演戏。他双手呈合掌状，凄惨的模样非常有戏剧效果。

"乍看现场的布置，几乎完美到无可挑剔。但我们还是要谈论一下这件事情的重点。"我说道，"有人曾经见过她身上穿的衣服，但她还是把衣服留了下来，所以这很有可能会被调查出来。她真是笨得难以想象，居然把手枪丢在了楼梯上。"

金斯利急躁地说道："你让我产生了一丝希望。"

"这不能说明什么。根据我们推理的角度判断，那些由于情感、憎恨而犯罪的人，通常都是不管不顾的，做完就走。据我了解，现在这个情况并不是个有预谋的案子，从现场的情况来看，没有任何规划的痕迹，所以，她是个极其冲动的蠢笨女人。警察会对克里斯进行调查，比如他的背景、朋友、女人。即便你的妻子跟这件事情一点儿关系也没有，但警察依然会把她和克里斯联系在一起。在那一长串的名字中，肯定会出现她的名字。这样一来，她消失一个月的事情，就会让这些警察激动地蠢蠢欲动。另外，关于这把手枪，他们肯定也会进行调查，假如这真的属于她……"

这时，他突然伸手朝着椅子上的手枪抓去。

"不可以。藏匿凶器是件很严重的事，我马洛或许是个比较聪慧的人，也很喜欢你，但我并不会去冒险。这把手枪必须还给他们。我所列举的假设，会让人感觉是错误的，其原因就是我做的事情，大部分都是以你妻子是嫌疑犯为前提的，这一切都非常明显。"

他嘟囔着把手枪松开了。我把手枪放在了他够不着的地方，但又立马拿在手里，对他说道："我可能会被搜身，借一下你的手绢，我不想用自己的。"

他把一条熨烫得非常挺直的白手绢递给了我，我小心翼翼地认真擦拭手枪，然后放进口袋里，把手绢还给他。

"我要回去把手枪放回原处，然后通知警察。我不想你的指纹出现在上面，但有我的却没关系，这是我唯一可以做的。至于我出现在那里的原因，还有我在那里做过什么，这些早晚都会被发现，就让警察去调查吧，你该怎么做就怎么做。现在就怕她被他们找到，并且还有证据可以证明她谋杀了他，那就非常糟糕了。他们会比我更快地找到她，所以，我需要挖空心思想办法去证明，她没有杀他，这样的结果才是最好的。简单来讲，就是证明这件事情是其他人做的。你觉得怎么样？"

"不错，假如你能证明不是克里斯德尔杀害了他，那500块照样付给你。"他慢慢地点了点头。

"你最好搞清楚，我没有期待去赚这笔钱。在下班后，弗洛姆塞特小姐跟克里斯熟悉吗？"我问道。

他愣在了那里，没有说话，面部像抽筋一样紧了一下，放在腿上的双手，也攥成了拳头。

"昨天早上，我向她要克里斯住址的时候，她看上去有些奇怪。"他慢慢地叹了口气。

我说道："一段就如同口臭一样已经被糟蹋的罗曼史。我这样的说法，会不会庸俗了些？"

他的呼吸声很沉重，鼻孔颤动着，然后舒了口气，平和地说道："有段时间，她——他们俩是比较熟的。对于女人来讲，我想克里斯还是很有吸引力的。而且她这个姑娘很任性，尤其是在那方面。"

"我需要和她谈一下。"

他的双颊浮现出两抹红晕，简洁地问道："为什么？"

"我的工作就是向所有人询问各种问题，你不要插手。"

"那去找她谈一下吧。实际上，她跟自杀的奥尔默太太是认识的，奥尔默一家她都认识，而且克里斯也认识她。他们之间会有什么联系？"他说道。

"我不清楚。你是不是还爱着她？"

他有些僵硬地说道："如果可以，我希望明天就可以和她结婚。"

我点了点头，站了起来。我转过头看了看那个房间，差不多人都走了。还有几个上了年纪的老人在房子的尽头酣睡，那些剩下的柔软座椅，也逐渐恢复了在他们清醒时进来的状态。

我低着头，注视着金斯利，说道："只有一件事会让警察很气愤，那就是在凶杀案发生后，并没有迅速地通知警方。不过既然现在已经耽误了，那就再耽误一段时间。那个地方我要再回去一次，并伪装成今天第一次去的样子，只要不去想那个姓弗尔布罗克的女人，我就能伪装成功。"

他好像并不清楚我说的是谁，说道："弗尔布罗克？究竟是谁呢？啊，我记起来了。"

"不用想了。她不会主动上门跟警察产生交集的,她不是那样的人。我基本可以肯定,他们什么都不会从她那里听到的。"

"我明白了。"

"他们会先向你提问,但不会先告诉你关于克里斯死亡的事,而你知道的情况,只能是我跟你联系之前的。一定不要弄错了,也不要掉进陷阱里。否则什么都不用找了,我只能进监狱了。"

他明事理地说道:"给警察打电话之前,你可以从那房子里,先给我打个电话。"

"我知道,但他们首先要做的事就是调查谁打过电话。假如我从其他地方给你打电话,就等于承认了我跟你在这里见面。所以,我更倾向的做法就是不打电话。"

"我明白了。我会解决好,相信我。"

我们握了握手,然后我就走了,他还站在原地。

18

对面街道的拐角处就是健身俱乐部,它跟特罗尔大厦只隔着半个街区。我往北走去,来到了入口处。人行道上已经换成了玫瑰色的水泥路,不是之前那种橡胶的了。四周都环绕着树篱,只留出一道很狭窄的出入口,这里挤满了吃过午饭准备回办公室上班的人。

基尔莱恩的接待室比上次来更显得宽阔了。那个蓬松金发的女人,依然在角落的那间电话转接室里。她冲我调皮地笑了笑,我好像西部牛仔在玩枪似的,对着她做了个持枪的动作,食指冲着她,其余的三个手指头向下握着,大拇指不停上下晃动。可能一礼拜中,她遇到的所有快乐的事情,都没有这个来的有意思。她开心地笑了,只是没有发出声音。

我朝着弗洛姆塞特小姐的书桌指了指，金发女人点了点头，接通一条电话线后，开始讲话。门打开了，弗洛姆塞特小姐优美地走来，坐在了办公桌跟前，然后注视着我，目光中带着淡漠，还有探究。

　　"马洛先生，这个点儿金斯利先生可能不在，你有什么事情吗？"

　　"我刚从他那里过来。我们可以找个地方谈谈吗？"

　　"谈谈？"

　　"我有些东西想给你看。"

　　可能有很多男人都曾给她看过东西，所以她小心地端详着我，说道："嗯，是这样吗？"如果是在其他时候，我真不愿意这么做。

　　"这个事情，是关于金斯利先生的。"

　　"不如这样，我们去他的办公室里。"她站了起来，把门打开。

　　她给我拉着门，我们走了进去，在经过她身边的时候，我闻了一下，有股檀香木的味道。我开口说道："是皇家基尔莱恩，香水中的香槟？"

　　"我的薪水能买得起吗？"她撑着门，微笑地说道。

　　"你这个姑娘看起来并不像是能为自己买香水的。何况，我也没有说是用你自己的薪水。"

　　她说道："噢，实际上我是需要花钱的。假如你想要了解的话，其实，这是他让我抹的，我很讨厌在办公室里抹香水。"

　　我们走了进来，这间办公室又长又暗。我坐在之前坐过的位子上，她坐在了书桌的另一头。我们相互看着对方。她今天穿了一身褐色，脖颈处系着一条打褶的领结。虽然看上去并不热情，但却有些温和。

　　我把金斯利的烟，递给了她一根，她接了过去，用金斯利的打火机点燃，然后靠在后面。

　　"我是谁，来干什么，这些你都很清楚。昨天早晨你不清楚，那是因为他很喜欢充老大。所以，我们不要拐弯抹角，浪费时间了。"

　　她把头低下，看着放在膝盖上的手，然后把眼睛抬了起来，有些害羞地笑了笑。

"他这个人其实很好。虽然他很喜欢让人做一些比较烦琐的事情，但到最后，也只有他自己在忙碌。可如果你了解他被那个小贱人如何对待的……"她弹了弹烟，然后继续说道，"我们不要再谈论这件事了。你来找我究竟有什么事？"

　　"金斯利告诉我，你跟奥尔默一家认识。"

　　"我跟奥尔默太太见过几次，的确跟她认识。"

　　"在什么地方？"

　　"在好友家里。有什么问题吗？"

　　"是克里斯家里吗？"

　　"马洛先生，你是不是故意找碴儿？"

　　"我只是就事论事，并不清楚你说的'故意找碴儿'是什么意思。这根本就不需要外交辞令，毕竟不是国际交涉。"

　　她点了点头，说道："不错，是在克里斯家里。他组织几次鸡尾酒会，我以前去过，但也只是偶尔。"

　　"那也就是说，克里斯跟奥尔默一家认识，又或者可以说，跟奥尔默太太认识？"

　　"是的，他们之间非常熟悉。"她脸颊微微有些发红，说道。

　　"毫无疑问，他和很多女人都认识，而且也非常熟悉。金斯利太太和奥尔默太太也是认识的吗？"

　　"是的，比我更熟悉，她们还会相互称呼彼此的名字。但大概在一年半前，奥尔默太太自杀身亡了。"

　　"你对这件事有什么疑惑吗？"

　　她挑了一下眉，好像是针对我的问题做出的机械化反应似的，我感觉那个表情非常做作。

　　"你问这个是有什么特别的原因吗？我的意思是说，这个问题跟你目前要做的事情，有什么联系吗？"

　　"虽然我还不清楚它们有没有联系，但我感觉没有。昨天我只是在奥尔默医生的房子外看了一会儿，他就把警察叫过来了。那个警察对我特别凶，他调查了我的车牌，并且清楚我是谁。但我没有把去拜访过克里斯的事情告诉他，他也不清楚我在做什么。不过我在克里斯房子跟前的时候，奥尔默医生看到了，他肯定是知道的。那他把警察叫过来又是怎么回事儿？还有那个警察又为什么会自以为是地如此肯定试探奥尔默一家的就是匪徒呢？而且为什么要问我，雇用我的是不是她的父母？我是指奥尔默太太的父母。假如这些问题，你都能够回答出来，那么我就能了解到我现在要做的事情，究竟有没有联系。"

她深思了一会儿，在这期间，她还快速瞅了我一眼，然后又朝着别的地方看去。

她缓缓地开口说道："你所有的问题，我都可以回答你。我只见过奥尔默太太两回。我最后一次见到她的时候，是在克里斯的家里，那时候他家里有很多人。女人们没有和她们的丈夫在一起，男人们也没有和他们的妻子在一起。所有人都在大声地交流，同时也喝了很多的酒。有个人喝得醉醺醺的，然后拿奥尔默医生工作的事跟她开玩笑。听说那个人还是个海军，姓布拉维尔。他的意思是说，奥尔默医生让那些参加聚会的人，喝醉后彻夜不归，而他整晚都在拎着药箱四处打针。弗洛伦斯·奥尔默也喝醉了，我能够想象得出来，她清醒着的时候，并不是个温柔的人。她说钱只要够她花就可以了，至于她的丈夫是如何赚钱的，她表示并不在意。当时还有个女人裸露着大腿在凳子上面不停地翻滚，还在那里不停地笑，行为举止非常放荡、庸俗。这个女人有着一头闪亮的金色头发，眼睛非常大，而且蓝得如同婴儿一样。那个姓布拉维尔的家伙说，这个行业赚钱还是很轻松的，去一趟患者家里，只要15分钟的时间，就可以赚到10—50美元，让奥尔默太太不要担心。不过，对于一个医生为什么会有这么多的麻醉药，他感到非常好奇。他问奥尔默太太是不是经常在家里请黑道老大共吃晚餐，于是她就往他的脸上泼了一杯酒。"

我笑了笑。安德莉安娜在金斯利的烟灰缸里把烟捻灭，那是一个用铜还有玻璃制成的烟灰缸。她没有笑，只是镇定地看着我。

我说道："干得好。除非那个人攥紧拳头想要打人，否则谁都会这样干。"

"是的。几个礼拜后，弗洛伦斯·奥尔默被发现在深夜死在了车库里。当时汽车引擎还在发动，但车库门却紧紧关闭。"她轻轻地舔了舔嘴唇，接着说道，"谁知道她是凌晨几点回的家，她躺在水泥地上，身上穿着睡衣，她的脑袋和汽车的排气管上盖着一条毯子。当时奥尔默医生并不在家里，发现她的人是克里斯。消息封锁得很严密，报纸上什么都没报道，只是公布了她突然间死亡的消息。"

她举起来合起的双手，又慢慢地垂下，放在了腿上。

"这有什么值得让人怀疑的地方吗？"

"所有人都是这么觉得，并且大家也一贯如此。可是没过多久，我就得到了一些'内情'。我在葡萄藤街碰见了那个姓布拉维尔的男人。他请我喝一杯，虽然我有些讨厌他，但我需要打发30分钟的时间。我们坐在列维酒吧的角落里，他说，有个宝贝儿朝着他的脸泼过酒，问我还记得吗？我说记得。我记得非常清楚，当时我们接着往下聊了。布拉维尔跟我说，即便我们的朋友克里斯没有了女朋友，那他也可以出卖自己的色相，所以，他过得还不错。我跟他说，我不懂。他告诉我说，应该是我没有想明白。奥尔默太太死的那晚，是在洛·康迪那里玩轮盘赌，而且输得很惨。当时她感到非常愤怒，大声地吵闹，还说轮盘被做了手脚，最后康迪把她拽到了自己的办公室里。后来他联系上了奥尔默医生，过了一会儿，他就赶过来给她打了一针，是他经常用的那个东西。只是后来，他有个紧要的病患，所以拜托康迪把她送回家。康迪把她送回家之后，来了个护士，是奥尔默医生从他的诊所里叫来的。康迪将她弄到楼上，就让护士照顾她上床睡觉，然后他回到了赌场。她大概是被抬到楼上的，可就在当天晚上，她从床上起来，下楼来到了车库里，最后用一氧化碳自杀。布拉维尔问我，对于这件事我的看法是什么。我跟他说，我什么都不知道。你呢？他说，这里有家破报纸，他跟他们的记者认识。这个地方没有正规的法医，所以也没有调查，没有检验尸体，即便是做了这些，也不会有后续的事情。充当法医的都是殡仪馆的人，他们每个礼拜轮流一次。因此自然而然会听命于政治团体。而且康迪非常富有，他跟奥尔默医生都不希望调查结果被公布出来。更何况在这样的小镇上，如果真的想遮掩像这样的事情，那也是极其轻松的。"

安德莉安娜停顿了一下，好像在等我把话接下去，我没有说话，于是，她又接着往下说："我觉得你应该很清楚布拉维尔是什么意思。"

"那是自然。奥尔默医生杀死了她，然后又跟康迪花钱把这事遮住。像这样的事情，在比湾城更干净的小城镇上，也有人这么做过。不过，事情不仅仅只是如此吧。"

"不是。有个私家侦探是提供夜间守卫服务的，阿里莫太太的父母好像雇了他。事实上，那天晚上在克里斯之后，他是第二个到达现场的人。只不过后来他被逮捕了，而且还被判了刑，是因为酒后驾车。但布拉维尔说，他应该掌握了某些资料，只是没有机会拿出来。"

"是这样吗？"我询问道。

她点了点头，说道："假如你认为我记得很清楚，那是因为把谈话内容记住，是我工作的其中一项。"

"我觉得这件事根本不需要搞得这么烦琐。就算克里斯是第一个发现尸体的，我也看不出这和他有什么关系。而跟你闲聊的布拉维尔觉得似乎有人趁此事件勒索奥尔默医生，但这是需要证据的。况且你要调查的人，根据法律看来根本就跟此事没有任何关系。"

"我也是这么认为的，克里斯根本不会做出这种勒索的事情，这种手段实在是太低级了，根本就上不了台面。马洛先生，我只能和你讲这些了，我要出去了。"安德莉安娜说道。

她正要准备站起来的时候，我说道："还没有讲完呢，给你看个东西。"

我把克里斯枕头下面那条全是香水味的手绢从口袋里掏了出来，摊放在她面前的书桌上。

19

她从桌子上拿起一支铅笔，瞅了瞅手绢，又瞅了瞅我，然后用有橡皮的那头扒拉着那块布。

她问道："这是什么味儿？是杀虫剂吗？"

"我猜测，应该是檀香。"

她又朝后靠了靠，眼神儿冰冷地怒视着我，说道："为什么给我看这条手帕？像这样便宜的人造香味儿，说它反胃已经算很有礼貌了。"

"这上面有名字的缩写，是我在克里斯家里发现的，就在他床上的枕头下面。"

她绷紧了脸，用铅笔顶端的橡皮擦把它扒拉开，开口说道："绣在上面的两个字母，正好是我名字的缩写。这就是你的意思吗？"她的声音很镇定，但又带着一丝愤怒。

"确实如此。说不准他认识的女人，有半打名字的缩写都是同样的。"

"这么说来，你还是想要找我的麻烦？"

"这条手帕是你的，对吗？"

她犹豫了一下，把手伸了出来，慢悠悠地从书桌上捡起一根烟，将其点燃。然后缓缓地晃了晃火柴，安静地看着火焰在火柴棒上燃烧。

"是的，的确是我的。但我没有往枕头底下塞，我很确定。那肯定是很久以前掉落在那里的。你想要了解的就是这个吗？"她说道。

我没有开口讲话。她又接着说道："肯定有一个女人喜欢这个香味，所以他就把它借给了她。"

"我想到一个女人，不过跟克里斯不是很相配。"我说道。

她稍微卷了卷上嘴唇，我很喜欢她长长的上嘴唇。

她开口说道："目前你所看到的这些，其实都只是巧合而已。我认为你应该多研究一下你心里的那个克里斯。"

"如此评判一个已死的人，是不是不太好？"

有一段时间里，好像她在等待我开口讲话，但我什么话也没说。她坐在那里，目光注视着我。然后她的喉咙开始慢慢地战栗，紧接着全身开始了这种战栗，两只手攥成了拳头状，香烟也已经被她捏弯了。她低头看了看，忽然甩手把香烟丢进了烟灰缸里。

"他刚刚刮完胡子，就被人开枪打死在了浴室里。看样子，应该是昨晚跟他在一起的女人做的。那个女人在床上放了这块手帕，然后又在楼梯上丢下了一把手枪。"

她的脸冷酷得如同雕塑一样，眼睛一片空洞。她略微在椅子上动了一下，声音尖锐地问道："所以，你想让我帮你提供一些线索，是吗？"

"弗洛姆塞特小姐，听好了，我也想如你期望的那样好好处理这件事情，我也想把这一切做得高超、精妙、不得罪人。可雇用我的老板、警察，还有那些我调查的人，所有人都不给我机会，好像我要把他们的眼珠子全部挖出来一样。无论我如何竭尽全力想要做好，到最后总是会碰壁。"

她似乎没有听到我刚才所讲的话。她轻轻地打着战，点了点头，问道：

"他被枪杀的时间是多少？"

"我说过了，他刚刚把胡子刮了，正打算沐浴。应该是起床后不久，我猜测是今天早晨。"

"那大概已经很晚了，我从 8 点 30 分就在这个地方了。"

"他被枪杀的这件事，我不认为是你做的。"

"你这个人还真不错。虽然这个香水不是我用的，但这条手帕却属于我，不是吗？何况，警察根本就不会对香水的质感有什么感觉，在我看来，其他所有事情也都是一样。"

"是的，包括私家侦探也是这样。不过，你认为这样很有趣吗？"

她用力地用手背抵住嘴，说道："天啊。"

"凶手实在是凶残至极，他就躺在莲蓬头下的角落里。可以瞧出，对他下手的人非常恨他，否则那就是个很残忍的杀手。要知道，他被打了五枪，或者是六枪，却只射中了两枪。"

"在男人的身上，女人很容易会犯下可怕的失误，即便是端庄的女人也会如此。何况他也很容易让人记恨，但又容易让人疯狂地爱上他。"

"你的意思是说，他不是你开枪杀死的。而且你曾经以为自己爱过他，不过现在已经成为过去了。"

就像她不喜欢在办公室里用的香水一样，她的语调单一又轻快。她说道："嗯。我认为你应该会谨慎处理好那些你所察觉的巧合的。"接着，她又心酸地笑了笑，说道，"这个男人是这样的可悲、自私、无耻、帅气，但同时又是如此的不可靠。他死掉了，被杀掉了，成了一具冰凉的尸体，死掉了。马洛先生，他不是我杀的，真的不是。"

我等待着，等她接纳这所有的一切。

过了一会儿，她才平和地问道："这件事，金斯利先生知道吗？"

我点了点头。

"当然，警察也知道了？"

"目前还没有。最起码不是从我这里。我去找他的时候，他的大门没有关好，我走进去之后，就看到了他。"

"金斯利先生知道这个鬼东西吗？"她把铅笔捡了起来，再次扒拉着手帕。

"当然不知道，除了你和我，没有其他人知道。把它放在那里的人除外。"

"谢谢你，同时也感谢你对这件事的看法。"

"我很喜欢你，你身上带着一种高贵又很骄傲的气质。但也不能太过离谱，你想我怎样？把这条手绢从枕头底下抽出来，拿在手上抖一下，再闻一闻，说：'嗨，嗨，这上面是安德莉安娜·弗洛姆塞特小姐名字的缩写。如此说来，弗洛姆塞特小姐跟克里斯是相识的，说不定关系还很亲密，那种亲密的感觉就如同……如同是在我卑劣脑海中所能想象的那样。是他娘的那种非常亲密的关系。可是弗洛姆塞特小姐是从来不会用这种低劣的人工檀香的，虽然在克里斯枕头底下发现了这个手绢，但在男人枕头底下放手帕这种事，弗洛姆塞特小姐从来都不会做。所以说，这件事根本就是假象，跟弗洛姆塞特小姐更是没有一点儿关系。'"我说道。

"噢，不要再讲了。"

我笑了笑。

忽然，她问道："你认为我是个什么样的姑娘？"

"现在我要向你表达爱意的话，已经太晚了。"

她满脸通红，这次红得非常漂亮。

她说："这是谁做的，你知道吗？"

"我也仅仅是有些想法而已。我很怕警察会敷衍了事，在克里斯的衣柜里，挂着一些金斯利太太的衣服，包括昨天鹿湖所发生的事情在内，一旦他们知道了所有的事情，那么她就会被他们通缉。但在这之前，他们首先要把她给找出来，而这件事对他们来说，是非常轻松的。"

她木讷地说道："他也可能是被克里斯德尔杀死的，她有充足的动机。"

"说不定并不是这样的，有可能有别的我们根本不了解的动机。又或者是像阿里莫医生那样的人做的。"

她迅速地抬起脑袋，摇了摇头。

我固执地说道："这也是很有可能的，我们不知道任何对他不利的事。昨天有个人没有对他构成威胁，但他却无缘无故地感到惊慌。不过也不是只有罪孽的人才会感觉到恐惧。"

我站了起来，用手指敲击着桌子边。我低着头看着她，她拥有很可爱的脖颈。

"这个怎么处理？"她朝着手帕指了指，木讷地问道。

"假如是我，我会把上面劣质的香水味清洗干净。"

"它应该可以说明问题，甚至还能说明很多问题。"

我笑了笑，说道："我不认为它有什么含义。女人经常乱扔手帕，像克里斯这样的人很可能会全部收起来，然后和檀香包一起放进抽屉里。有人看到了，就会拿出一条使用。又或者是为了欣赏其他女人看到这个名字缩写的反应，所以才把它借给别人。在我看来，他这个人真的很卑鄙。弗洛姆塞特小姐，很感谢你能跟我交谈，再见。"

我走了一半，又停了下来，向她问道："你知道那个记者的名字吗？就是给布拉维尔消息的记者。"

她摇了摇头。

"那奥尔默太太父母亲的名字呢？"

"我虽然不知道，不过，我说不定能查到，我很愿意试试。"

"怎么查？"

"通常这些消息会被印在讣闻上面，而在洛杉矶的报刊上，一定登过讣闻，对吧？"

我的手指在书桌边上划过，说道："非常感谢。"

我望着她的侧影，她有着象牙白色的皮肤和一双可爱的黑色眼睛，黑色的秀发细如丝就像是夜晚一样。

我走到外面，在电话转接室里面的那个金发女人微微张着红色的小嘴，满眼期待地注视着我，好像要再次从我这里打听一些有趣的事情。

我直接朝外面走去，什么也没有做。

20

克里斯家门口没有出现警车，人行道上也没有行人。当我推开前门的时候，也没有闻到香烟或者雪茄的气味。阳光已经从窗户上消失了，一只苍蝇悠闲地在酒杯上方盘旋。楼下的浴室里传来轻微的水滴声，是水滴在尸体的胸口上发出来的。除此之外，房间里非常安静，也没有被人翻动过的痕迹。我朝着房子的尽头走去，走到通往楼下的扶梯那儿。

我走到电话跟前，从电话本上找出警察局的号码，拨打过去。在等电话接通的过程中，我从口袋里掏出那把自动手枪，放在了电话旁边的桌子上。

"湾城警察局。"一个男性的声音传了过来。

"在牵牛星街 623 号，发生了一起枪杀案。死者是在这里居住的男性，名叫克里斯。"我说道。

"牵牛星大街 623 号。你是哪位？"

"我叫马洛。"

"你目前还在房子里吗？"

"是的。"

"不要碰任何东西。"

我挂断电话，坐在长卧榻上等着。

过了一会儿，警笛声从远处传来。声音越来越近，响得很有节奏。街角处，汽车轮胎跟地面发出刺耳的摩擦声。接着，警笛的声音减弱，随后变成一阵尖锐的鸣叫声，最后安静下来。然后门口又传来轮胎跟地面摩擦的声音，脚步声也从人行道上传来，我朝前门走去，打开了大门。

两个警察闯了进来。其中一个把一朵康乃馨塞到了右边耳朵的帽子底下，另一个头发有些发灰，样貌阴郁，年纪有些大。他们穿着制服，通常警察有的身材、脸庞和怀疑的眼神，他们都有。他们站在那里看着我，目光带着警惕，那个年纪大点儿的向我问道：

"在什么地方？"

"在楼下浴室的浴帘后面。"

"埃迪，你和他在这里待着。"

说完，他朝着屋子匆忙地走了进去。另外的警察看着我，然后从嘴角挤出了一句话："哥们儿，不要肆意妄为。"我回到长卧榻坐了下来。脚步声从楼梯那边传了过来。他环视着整个房间，突然，他发现了电话机旁桌子上的手枪。他就像是在足球场上对抗前锋的后卫一样，猛地冲了过去。

"这是凶器，对吗？"他几乎大叫地说道。

"我觉得可能是，这把手枪被人使用过。"

他扑到那把手枪跟前，一边张牙舞爪地冲我大喊大叫，一边又将自己的手枪套扣子解开，把枪套翻起来，手指抓在那把黑色的左轮手枪手柄上。

他大吼道："你在说什么？"

"我说，这把手枪被人使用过。"

他说道："不错，真的是太棒了。"语气中好像带着讽刺。

"只怕是你心里想得太好了。"

他小心翼翼地注视我，往后退了几步。然后气愤地问道："你为什么要杀死他？"

"我也在思考呢。"

"嗯，还挺有头脑啊。"

"我会保留我的申诉权。让我们坐下来等等，看看谁才是那个凶手。"我说道。

"不要给我来这一套。"

"我没跟你来这一套。对于这个案件，你根本就不需要劳心费神，10 分钟后，就没你什么事儿了。假如他是被我杀死的，那么我现在就不会在这个地方，也不会打电话报案，更不会让你发现这把手枪。"

他把帽子摘了下来，康乃馨掉在了地上。他弯下身子捡起来，夹在手指间捻了捻，然后朝着壁炉前的网罩后丢了过去。从他的眼神中可以看出，他似乎受到了伤害。

"他们说不定会在这上面浪费很多时间，认为这有可能是一条线索。但最好不要这样。"我说道。

他弯下身子又把康乃馨捡了回来，装进了衣兜里，说道："他娘的。哥们儿，你什么都知道，是不是？"

这时，另一个警察脸色铁青地回到了楼上。他站在房子中间，看了看腕表，在笔记本上记录着一些东西。最后，他把百叶窗朝着一侧拉过，向窗外望去。

"我可以去看一眼吗？"和我在一块儿的那个警察问道。

"埃迪，不要去动他，这个事情不归我们处理。你给法医打电话了吗。"

"我觉得凶案组应该会打电话的。"

"对，是这样。韦伯局长喜欢对所有的事情都亲力亲为，他会接手的。"他又朝着我看了过来，问，"你就是那个叫马洛的人？"

"我就是那个叫马洛的。" 我说道。

埃迪说道："他是个非常聪明的人，清楚所有的事情。"

这个年纪大一些的警察漫不经心地朝着我和埃迪看过来，突然，他不再漫不经心了，他的眼睛盯着电话旁桌子上的手枪。

"是的，凶器就是那个。我没有碰。"埃迪说道。

另外一个警察点了点头，伸出大拇指朝着地下指了指，说道："那些人的速度可真慢。先生，你是做什么的？是他的好友吗？"

"我是个私家侦探，从洛杉矶过来的。昨天是我第一次见到他。"

"噢。"他注视着我，眼神犀利。另一位警察也朝我投来了怀疑的眼神。

"他娘的，这下子全被弄得乱七八糟了。"

我友善地冲他笑了一下。这是他第一次说出的有含义的话。

那个年纪大一些的警察又朝着窗外瞅了瞅，问道："埃迪，奥尔默医生家在对面？"

埃迪走了过去，看了看，说道："是的。你瞧那个门牌，说不定楼下的那个人，就是那个……"

年纪大些的警察把百叶窗放了下来，说道："把嘴闭上！"这两个人转过身，有些窘迫地怒视着我。

一辆汽车顺着街道驶了过来，停下了，车门的响声传来后，一阵脚步声，也从人行道上传了过来。那个年纪大些的警察把门打开，进来了两个便衣，其中一位，我早就认识了。

21

作为警察，最先进来的那个人的身高实在是太矮了。他中等年纪，脸庞消瘦，永远是一副疲惫的神情。他尖尖的鼻子，有些歪向一侧，就好像被人用手肘撞击过一样。一顶蓝色的卷边平顶帽被他端正地戴在头上，粉笔白的头发从帽子下面露了出来。他身上穿着一身暗褐色的套装，手插在夹克衣兜里，大拇指露在外面。

紧随其后的那个警察是个大块头，有着土黄色的头发和深蓝色的眼珠子，皱纹深深地印刻在他凶残的面孔上。他就是那个不准我待在奥尔默医生家门口的警察德加默。

两个身着制服的家伙举手碰了一下帽子，看着那个小矮个。

"韦伯局长，尸体在地下室里，死了有些时间了。尸体被射中了两枪，不过好像之前还有几枪没有击中。这位是从洛杉矶来的私家侦探，名叫马洛。至于其他问题，我还没有问他。"

"不错。"韦伯局长干脆地说道，没有丝毫疑惑。他目光中带着疑问地瞅了我一眼，然后简单地点了点头，继续说道，"这位是德加默警长，我是韦伯局长。我们先看看尸体。"

说完，他走进了房间。德加默紧随其后，就如同没有见过我一样，他只是瞅了我一眼。他们往楼下走去，那两个巡逻警察中年纪大一些的那个，也跟着一起过去了。留下了那个叫埃迪的家伙，和我对视了好长一会儿。

"这栋房子是不是跟奥尔默医生的房子正对着，只隔着一条街？"我问道。

他面无表情地说道："对，怎么了？"。不过，他的脸上原本也没什么表情。

"没什么。"

下面传来了一些含糊不清的声音。他立起耳朵，安静了下来，然后，用友好的语气说道："那个案件，你还记得吗？"

"记得一些。"

"浴室柜子最上面的那个架子，没有凳子是够不到的，包好了藏在那个架子后面。他们做得太棒了。"他笑了笑说道。

"是这样做的？我有些好奇这么做的原因。"

他严肃地看着我，说道："兄弟，不要以为没有，还是有些不错的原因的。你和克里斯很熟吗？"

"并不熟。"

"你来找他，是因为什么事呢？"

"我过来是因为要调查他。你认识他吗？"

"不认识。那天晚上在车库发现奥尔默太太死亡的时候，我记得他就居住在这栋房子里。"他摇了摇头说道。

"那个时候，克里斯应该不在这里居住。"我说道。

"那他在这里居住了多长时间？"

"不清楚。"我说。

埃迪深思了一下，说道："应该有一年半的时间吧，洛杉矶的报纸上没有报道吗？"

我心不在焉地搭着话："乡镇板块上面有一段。"

脚步声从楼梯上传了过来，他挠了挠耳朵，仔细地听着。忽然，埃迪的脸色变了，挺起身体，从我身边离开了。

韦伯局长朝着电话迅速地走了过去，拨了号码。"奥尔，这个礼拜的法医是哪位？"他手握着话筒转过头问道。

大高个警长脸上没有任何表情地说道："是埃德·加兰德。"

"立刻让埃德·加兰德过来，还有让那个照相的人也赶紧过来。"韦伯局长朝着电话说道。

他挂断电话，又大声地怒吼道："这把手枪还有谁动过？"

"我动过。"我说。

他转了过来，冲我仰起那个又小又尖的下巴，然后不断地在我跟前徘徊。

"在命案现场发现的武器，是不允许乱动的，难道你不清楚吗？"他用手绢小心翼翼地拿着枪，说道。

"知道。不过我还以为它是别人掉的，因为它就被扔在楼梯那里。我把手枪拿起来的时候，还不知道发生了命案，更不知道它已经被用过了。"

韦伯局长刻薄地说道："听上去像真的一样。你做这行期间，这种事情很多吧？"

"什么事情很多？"

他并没有回答，只是直勾勾地盯着我。

"想不想听一下事情的过程呢？"

"你应该对我提出来的问题做出解答。"

他瞪着我，就如同一只好斗的公鸡。

我并没有讲话。于是韦伯局长转过身，朝着那两个身着制服的警察说道："你们可以报告给调度中心了，回车上去吧。"

他们敬了个礼，慢慢地关上门离开了。直到汽车开走的声音传来，韦伯局长才重新注视着我，目光冷漠阴郁。

"把你的证件给我看看。"

我把钱包递给了他，他检查了起来。德加默把一根火柴从兜里掏出来，咬着末尾的地方，跷着腿坐着，无聊地望着天花板。随后，韦伯局长把钱包还给我。

"你们做这一行的，会惹很多麻烦。"

我说道："那可不见得。"

"我说你们惹了不少麻烦，你们就是惹了不少麻烦。在湾城这个地方，不是你想惹麻烦就能惹麻烦的。这点你要明白。"他提高嗓音说道，但一直以来，他的嗓音都很高。

我没有回话。他用食指点了点我，说道："虽然我们这个地方不大，但该有的东西都有。我们做事情非常迅速，而且都是按照规矩来办，不会有什么说关系托人情的那一套。你是从大城市过来的，是不是自我感觉很聪明、很厉害？别费心了，先生，我们能治得了你，也不用你为我们费心。"

"我只不过想安安稳稳赚一些小钱，没有什么可费心的。我不会费心。"

韦伯说道："少给我来这套，我可不喜欢油嘴滑舌。"

德加默不再看着天花板了，而是看着食指上的指甲。他语气有些不耐地开口说道："我说，老大，楼下死的那人的情况我知道一些，他叫克里斯，整天只喜欢追女人。"

韦伯局长依然注视着我，语气严厉地说道："那又怎样？"

德加默说道："你很清楚私家侦探是做什么的，他无非就是收集离婚证据。我们不如听听他是怎么说的，总比把他吓傻了好。何况这里所有的布置丝毫没有意义。"

"我可一点儿也没看出来他被我吓坏了。"韦伯局长说道，"如果真是这样，我倒是很想知道。"

他朝窗户那里走去，关上了百叶窗，透进来的光线变得昏暗缥缈。他脚跟落地，步伐沉重地走了回来。

"说吧。"他用一根瘦削又结实的手指指着我说道。

"因为我的雇主不能公开出面，所以雇用我为他办事，他是个商人，在洛杉矶。"我接着说道，"他的妻子在一个月前跑了，但后来我们就收到了一封电报，电报可以证实跟她一起跑的还有克里斯。但在几天前，我的雇主在市区跟克里斯相遇，克里斯却不承认。我的雇主有些着急，对克里斯的话没有产生任何怀疑。或许那个女人跟些狐朋狗友在一起，又或许已经进了监狱，毕竟她好像挺胆大鲁莽的。我过来跟克里斯见面，他不承认和她一起，我对他的话有些怀疑。后来我得知在圣贝拉蒂诺的旅店里，他和她待过一晚，并且证据非常充足。本来她应该待在山上的木屋里，但根据信息显示，那天晚上她刚好离开了。得到这些信息之后，我又回去找克里斯，他家的大门没有关牢，也没有人回应，于是我走进去看了看，就瞧见了手枪。接着我在房子里继续查找，就看到了他现在的样子。"

"你没有权力对这栋房子进行搜查。"韦伯局长冰冷地说道。

"确实没有，但这个机会我不想漏掉。"

"你的雇主名叫什么？"

"叫德利斯·金斯利。他管理的公司叫基尔莱恩，在奥利佛的特罗尔大厦,是一家化妆品公司。"我把比佛利山的地址给了他。

韦伯局长朝着德加默看了看,德加默慵懒地在一个信封上记录下来。

然后韦伯局长转过来朝着我说:"然后呢?"

"我去过那个女人在山上居住的木屋,在离圣贝拉蒂诺46英里的山里,那个地方名叫鹿湖,在狮子角附近。"

我望着德加默,他正在缓慢地记录着一些东西,然后手好像僵在了半空中一样停了下来,最后又在信封上落了回来,继续记录。

"大概在一个月前,山上看管金斯利房子的管理员跟他的妻子发生了争执,后来所有人都以为她走了。"我接着说道,"可就在昨天,她却被人发现已经淹死在湖底了。"

韦伯局长抖了抖双腿,眼睛几乎快要闭上了,语气温和地问道:"你是在暗指他们之间有什么联系吗?不然为什么要把这些事告诉我们?"

"我不知道是不是真的有联系,但我认为最好还是讲出来,毕竟克里斯去过山上,正好有些联系。"

德加默的脸紧绷起来,看上去比以往更加狰狞。他看着面前的地板,挺直身子坐着。

"那个女人是自杀?还是被淹死的?"韦伯局长说道。

"她留下一张告别的纸条,所以,有可能是自杀,但也有可能是被谋杀的。她的丈夫名叫比尔·切斯,她叫穆里尔·切斯,她的丈夫因为涉嫌被抓了。"

韦伯局长麻利地说道:"我们只关注发生在这里的事,至于那些事情,我不想知道。"

我看了看德加默,说道:"这里什么事情都没有发生。我总共来过两次,没有丝毫收获。第一次我跟克里斯进行了交谈,第二次却没能跟他进行交谈。"

"有个问题需要问你，你要老老实实地回答。"韦伯局长缓慢地说道，"我想说，这栋房子你肯定搜查得很仔细了，那么你看到了什么东西使你认为金斯利的女人到过这里？当然你现在不想说也行，完全可以等一下，但你很清楚，我肯定是要知道的。"

"这被称为'目击者的总结'，可不是一个好的问题。"

"这不是法庭审讯，我只想要个答案。"他阴沉地说道。

"有女人的衣服挂在楼下的衣柜里，那是一件黑白两色的衣服，但主要还是以白色为主，还有一顶巴拿马帽子，上面环绕着黑白带子。"我说，"据我所知，在圣贝拉蒂诺的时候，金斯利太太跟克里斯约会的那个晚上，身上穿的就是这件，虽然跟告诉我的人说的有些出入，但还是很确定我的答案。"

"啪"的一声，德加默的手指打了一下信封，说道："在这栋有凶杀案的房子里，你竟然能把一个女人牵扯进来，而且这个女人又能让克里斯跟她私奔，做得可真不错啊！长官，依我看，我们不需要跑得太远，就可以找到凶手了。"

对于德加默说的话，韦伯局长点了点头。他的脸上没有丝毫表情，死死地盯着我，戒备感十足。

"这很轻易就可以查得到，毕竟衣柜里面的衣服是裁缝师制作的。而且我看你们也不是蠢蛋。我为了告诉你们这些，已经花费了一个小时的时间了。"我说道。

"还有吗？"韦伯局长镇定地说道。

这时，有一辆车在我答复前，停在了门口，接着又停下了一辆车。韦伯局长绕过去把门打开，是两个拎着笨重的黑皮箱的男人，一个鬈发的矮个子，还有一个牛一般的男人。他们身后还有一个高高瘦瘦的男人，他的脸像一张扑克牌一样没有任何表情，不过眼睛很亮，他身着深灰色西服，还系着一根黑色的领带。

"布森尼，尸体在楼下的浴室里。另外还有项很需要花费时间的

126

工作，我需要这栋房子的所有指纹，特别是女性的。"韦伯局长的手指指着鬈发的男人说道。

布森尼小声地嘀咕道："只要是工作，我就会干。"然后他跟那个牛一样的男人走了进去，接着下了楼。

"加兰德，我们去楼下看看，叫车了吗？有具尸体要交给你。"韦伯局长冲着第三个人说道。

眼睛很亮的男人点了点头，跟在另外两个人后面一起和韦伯局长走下了楼。

德加默冷漠地盯着我，然后把信封和铅笔都放在了一边。

"我们是不是应该谈一下昨天说的，还是说要私底下讲和？"我说道。

"随便你怎样，我们的职责是保护市民。"

"既然你这么说了，那对于奥尔默家的案子，我想要了解得更多一些。"

他问道："你说你不认识奥尔默家？"他的脸逐渐变红，眼睛透露出凶狠的目光。

"昨天之前，我还不认识他，甚至连丝毫的了解都没有。但现在我知道了，奥尔默太太自杀后，是克里斯发现的她，克里斯跟奥尔默太太是认识的。甚至克里斯曾经被怀疑对奥尔默医生进行过勒索。除此之外，在你们巡逻车里面的那两个小伙子，其中一个说过'那个案子做得真不错'类似的话。而且他们对奥尔默家的房子在街对面这件事，好像非常感兴趣。"

"他妈的，没有脑子的浑蛋，我会摘掉这两个狗杂种的警徽。他们只不过是在玩嘴皮子罢了。"德加默阴沉地说道。

我说："所以说他们两个讲的话，并不能相信喽？"

"什么没什么可相信的？"他看着香烟说道。

"有这样一个说法，奥尔默医生杀害了他的妻子，然后花费很大的精力遮掩这件事。"

"你再讲一遍。"德加默站起来朝着我走了过来，缓缓地说道。

我又重新说了一遍。

他甩了我一巴掌。我的脸又热又肿，脑袋被抽到了一边。

"你再讲一遍。"他又缓慢地说道。

于是，我又讲了一遍。

他又朝着我甩过一巴掌，将我的脑袋抽到了另外一边。

"你再讲一遍。"

我伸出一只手，揉了揉我的脸说道："不说了，凡事不过三，更何况你应该不会再打到我了。"

他如同一只长着蓝色眼球的猛兽般在那里站着，弯下身子，龇牙咧嘴地注视着我。

"你可以再试一下，我对付你可不只会空着手。而且无论在什么时候，你应该很清楚这么跟警官谈话的后果。"

我揉了揉脸，紧咬着嘴唇。

"如果你再插手我们的事情，那么当你醒来的时候，就会身处巷子中，身边还有一群野猫在怒视着你。"

我没有开口讲话，也不再继续揉搓脸颊，为了能够让手指活络一下，伸出手缓慢地舒展开了紧握的手指。他走到一边坐了下来，呼吸很沉重。

"这两样，我会牢牢记住的，我会记住的。"我说道。

22

黄昏时分，我回到了在好莱坞的办公室，门开着，清洁女工拿着吸尘器、抹布、掸子在里面忙碌着。过道没有任何声音，非常寂静，整栋大楼的人都走了。

信箱前躺着一封信，我把它捡了起来，打开自己办公室的门，看都没看就扔在了书桌上。我打开窗户，闻到了一股温暖的熟食气味，是从隔壁咖啡馆的抽风机过滤出来的。霓虹灯也早早地亮了起来，我探着脑袋看着。

我把外套脱了下来，解下领带，然后从抽屉中找出了一瓶酒，坐在书桌上，给自己倒了一杯。但丝毫没有帮助，我又喝了一杯，结果还是一样。

想必韦伯局长已经清楚金斯利对妻子的担忧，这个时候他应该跟他见面了，又或者会很迅速地下结论。这对于他们警察来说，就是两个人的风流债，无耻得如此令人讨厌。导致凶残的恨意，置人于死地的冲动，还有死亡的结局，都是因为他们的爱情过于热烈，美酒过于充足，感情过于亲近。事情是如此的清楚，但又是如此的乏味。

但我却认为，这样是不是有些过于简单了？

信件上没有贴邮票，我把信拿了起来，撕开。

上面写着：

马洛先生，我按电话本上的号码打过去，并且已经核实——奥斯塔斯·格雷森夫妻就是弗洛伦斯·奥尔默的父母，他们现居住在位于南牛津街640号的鲁斯莫尔·安姆斯大厦。

安德莉安娜·弗洛姆塞特
敬上

上面的字迹非常雅致，能写出来这样的字迹，一定是双典雅的手。我把它扔在一边，又喝了一杯，开始感觉有些放松。我把东西平摊在书桌上，手指划过桌角，灰尘被划掉后，一道痕迹出现了。我感觉我的手有些笨重，不但发热，而且没有力气。我瞅了瞅手表，又瞅了瞅墙壁，再瞅了瞅手上的尘土，然后掸掉。最后没有什么东西可以瞅了。

我收起酒瓶，走到洗脸池，把杯子清洗了一下，然后又洗了洗手。我瞅了瞅自己的脸颊，最后用凉水浸泡了一下，左脸颊上依然还有些肿，不过红潮已经褪去，即便如此，也已经足够让我再次打起精神来了。头发下面，是一张疲惫的面孔，我不喜欢这个样子。我把头发梳理了一下，检查里面的灰色头发，却发现灰发越来越多。

我再次回到书桌前，把安德莉安娜·弗洛姆塞特的信件重新看了一遍。我把它平摊在玻璃杯下，压住，然后闻了闻，又压了压，最后把它叠起来，放进了外衣兜里。

窗户开着，我坐在那里，挺直身子一动不动，聆听着夜晚归于寂静。

我和夜晚慢慢地共同沉寂。

23

鲁斯莫尔·安姆斯大厦围绕着一个庞大的院子，大厦是由一堆隐晦的暗红色砖头建盖而成。楼下的大厅非常安静，没有丝毫声音，里面装饰着长毛绒和花木盆栽。旧地毯的味道，还有香气腻人的栀子花气味弥漫在屋子里。狗窝一样大的笼子里，还待着一只无聊的金丝雀。

北翼前侧的五楼就是格雷森的家。我坐在格雷森夫妇屋里，感觉时光好像回了 20 年前。屋子里有笨重的家具，蛋状的黄铜门钮；墙壁上挂着巨大的镜子，镀金的框架；窗户前摆放着一张大理石桌面的桌子，窗户边上挂着暗红色的窗幔。烟草的味道、晚餐中的烤羊排及芥蓝的气味在空中蔓延。

格雷森太太是个体态丰满的女人，有着一头卷曲的白发。她年轻的时候，那双蓝色的大眼睛应该很清澈明亮，可如今在一副镜片后，却显得如此浑浊无神，而且还有些外凸，早就没有了光彩。她正在织袜子，膝盖上放着大针线篓，两只肥胖的脚踝交叉着，刚好可以触碰到地面。

格雷森有些弯腰驼背，但个子很高，肩膀高耸。他的那张脸，好像上半部分有正事要讲，但下半部分又好像在赶你走，而且他几乎没有下巴，脸色蜡黄，眉毛又粗又硬。他戴着一副双焦眼镜，低着头跟手里的那份晚报较劲，情绪焦躁。我查过电话本，他是一名会计师。他的手指上沾着墨水，有四支笔插在敞开的背心兜里，看上去完全是一副会计师的模样。

我的名片被他认认真真地研读了七遍，然后他又从头至尾打量着我，最后才慢悠悠地说道：

"马洛先生，你找我们是有什么事情吗？"

"我想要了解一个人，他叫克里斯，他就住在奥尔默医生家对面。你们的女儿曾经是奥尔默医生的妻子。那天夜里，克里斯发现你们的女儿……死了。"

我在"死了"这两个字上特意停顿了一下，他们俩挺起了身子，就像是在捕捉鸟的猎犬。格雷森朝妻子看了一眼，他的妻子摇了摇头，然后他马上说道：

"对我们来讲，那件事实在是太痛苦了，我们不想再谈论。"

我的表情跟他们一样愁闷，稍等了一会儿，然后说道：

"我之所以过来，主要想跟你们找的调查这个案子的人谈谈。你这么说，我也不会怪你，更没有想要强迫你们的意思。"

他们又看了看对方，格雷森的妻子这次没有摇头。

"为什么？"格雷森询问道。

"我想，我应该告诉你们一些我的情况。"我没有提金斯利的名字，只是把雇我到底来做什么的告诉了他们。同时也把前几天在奥尔默家外面，跟德加默发生的那件事告诉了他们。他们听到这里，再次挺起了身体。

"你的意思是，奥尔默医生把警察叫了过来，是因为你在他的房子外面？而你并不认识奥尔默，甚至没有去找他？"格雷森尖锐地问道。

"就是这样。我的意思是，我的汽车在那里最少有一个小时。"

格雷森说道："真的很奇怪。"

"你们说，他是不是很缺乏安全感？德加默居然问我，我是不是被她的父母雇用的，他说的是你们的女儿。在我看来，他这个人相当神经。"我说道。

他拿起了烟斗，用一支大金属铅笔的末端把烟草塞结实，然后将其点燃。他没有看我，说道："什么安全感？"

我没有回答，只是耸了耸肩。他瞅了我一眼，看向其他地方。虽然格雷森太太的鼻孔在颤动着，但没有看我。

忽然，格雷森问道："他又是怎么知道你是谁的？"

"无非是把车牌号记录下来，往汽车俱乐部打电话，调查目录上的名字。我在窗户里看到的，应该就是这些动作，更何况，我自己也会这么做。"

格雷森说道："所以说，还有警察为他工作？"

"也不完全如此。假如当时他们犯了错，那么现在就不会想要被发觉。"

他笑了起来，声音有些刺耳："犯错！"

"好吧，不过有些新的发现总归是好事，虽然这件事确实让人感到悲伤。你们雇用那个侦探，是因为你们觉得她是被他杀死的，对不对？"

格雷森太太抬起头，迅速地看了一下，然后又低下头，卷起另一双缝补好的袜子。

格雷森没有出声。

"你们是因为不喜欢他，还是有了什么证据？"我说道。

格雷森有些苦涩地说道："是有证据。"

他突然清了一下嗓子，好像终于要下定决心说出来。他接着说道：
"他告诉我们有证据，那就一定有。但是警方把证据拿走了，我们没
有拿到。"

　　"我听说那个人被他们抓住了，罪名是酒后驾驶。"

　　"是的。"

　　"他从来就没告诉过你们，那个证据是什么吗？"

　　"没有。"

　　"究竟是用这个情报来帮助你们，还是拿着它向医生捞点儿好处，
这个人好像还没有想清楚。但这样的做法我真的不赞同。"我说道。

　　格雷森再次瞅了一眼他的太太。

　　"泰利先生给我的印象不是这样。"格雷森太太平和地说道，"他
是个小个子，很安静，而且不会摆架子。但我很清楚，谁都有看走眼
的时候。"

　　"这么说，他姓泰利。这件事情正是我希望你们可以告诉我的。"

　　格雷森说道："还有呢？"

　　"你们心里面肯定怀疑一些事情，否则你们也不会连泰利的来历
都没搞清楚就雇用他。还有我应该怎么找到泰利？"

　　格雷森将一根长长的泛着黄色的手指伸出来，在下巴上摩挲着，
拘束地笑了一下。

　　"麻药。"格雷森太太说道。

　　这个字眼如同为格雷森开启了绿灯，他立马接下话道："她说得
对。毫无疑问，奥尔默是个'麻醉医生'。我们的女儿曾经当着他的面，
清楚地告诉过我们这件事，即便他很反感。"

　　"什么意思？格雷森先生，我是指你所说的'麻醉医生'。"

　　"意思就是说他经常会使用镇静剂之类的药物。这是因为他诊治
的对象，大多数都是因为酗酒，或者是在精神崩溃边缘而放荡地活着
的人。在疗养院以外的地方，只要是一个有职业道德的大夫，都不会

在这些病人最后的阶段对他们进行任何治疗。可奥尔默不是这样，只要病人还有最起码的理智，还有着呼吸，他都会继续用药。只要可以赚钱，他什么都不会在乎，即使病人会无法挽回地上瘾。在我看来，这样的做法对大夫而言，是极其危险的。"他语气严厉地说道。

我开口说道："那肯定。不过这能赚很多钱。有个叫康迪的人，你认识吗？"

"我们知道他是谁，弗洛伦斯怀疑奥尔默的麻药就是他提供的。但我们并不认识他。"

"或许吧。他自己可能不喜欢开很多处方。你们认识克里斯吗？"

"我们没有见过他，但知道他是谁。"

"克里斯有可能对奥尔默进行过勒索，这点你有没有想过？"

他摇了摇头，缓慢地把手从头顶摸过，然后又顺着脸颊滑了下来，最后在他骨瘦如柴的膝盖上落下。看样子这个想法对于他来讲很新奇。

"没有想过，再说了，为什么要这么想？"

"只要有任何泰利感觉到不妥的地方，克里斯也都可能会瞧出来，毕竟他是第一个发现尸体的。"

"克里斯的为人是那样子的吗？"

"我不知道。他到处和女人厮混，他没有工作，根本没有什么生活来源。"

格雷森说道："正常来讲，那种事情都会被秘密解决掉，所以，这种可能性很大。"他苦笑了一下，接着说道，"我在工作中也遇到过一些这样的人，那些人并不懂投资，但他们却做了投资，比如没有抵押的贷款，长时间理不清的账目，看上去没有价值的投资，还有一些很显然收不回来的账目，但害怕引起纳税人的信心危机，所以，从来就不去解决。是的，这样的事情，很容易就可以处理掉。"

估计格雷森那双瘦长的脚很浪费袜子。我看向格雷森太太时，她已经缝补好一打袜子了，她的手自始至终都没有歇过。

"那么泰利是被人诬陷了吗？他怎么样了？"

"毫无疑问。他的妻子非常愤怒，说当时他和一个警官在酒吧里喝酒，被下药了。在街道对面，有辆警车在那儿等他发动车，然后将他抓捕。不仅如此，在狱中接受审讯时，也是很草率就结束了。"

"毕竟是在他被抓之后才告诉她的，他这么说也很正常。这并没有什么太大的意义。"

格雷森说道："嗯，不过谁都知道，有些事情就这样发生了。其实，我也不想把警方想得满嘴谎言。"

"假如关于你女儿的死，他们犯了一些错误，那么为了不让一些人丢掉饭碗，他们是不会允许泰利揭发出来的。实际上，假如他们感觉他是在勒索，那么在处理的时候，同样不会太过严谨。总而言之，泰利是不是已经有了确切的线索？他现在在什么地方？他已经清楚要找什么东西了吗？还是清楚应该从哪里下手去找？又或是已经找到了？现在泰利到底在哪里？"

"他被判了六个月，不过早已期满。"格雷森说道，"他到底在哪里，我们也不清楚。"

"他的妻子呢？"

他看了看他的妻子。

"在湾城，西莫街 1618 1/2 号。她生活很拮据，奥斯塔斯和我送过一些钱给她。"她简洁地说道。

我把地址记了下来，朝后靠了一下，说道：

"今天早晨克里斯在自己家的浴室里，被人给枪杀了。"

格雷森太太那双又短又粗的手僵在篮子外边。格雷森手里拿着烟斗，嘴巴张开，好像死者就在他们跟前一样。格雷森小心翼翼地清了下嗓子，然后慢慢地将黑色老烟斗朝着他牙齿间塞了回去。

他说道："真是无法想象，"他停顿了一下，吐了口白烟，又继续说道，"这件事跟奥尔默有没有关系？"

"他住的实在太近了，我觉得跟他有关系。"我说道，"但警方推测枪杀他的人，是我客户的妻子。等到她被他们找到后，他们就算是办了一件很棒的案子。不过假如这件事情跟奥尔默有关，那你们女儿的命案，肯定会被重新翻出来。所以，我要搞清楚那件事，这也是我来的目的。"

"当一个人做下一宗凶杀案后，再去做第二宗的时候，其犹豫的程度也就只有第一次的四分之一。"格雷森说道。听起来，好像他花费了一些时间研究过。

"可能吧。那他第一次的动机是什么呢？"

"弗洛伦斯这个孩子，脾气并不好，很任性。她喜欢大声讲话，总是到处不停地说，非常任性。她的言行举止也很蠢笨，总是毫无节制地挥霍，而且她所结识的那些朋友，全都非常不靠谱。"他有些伤感地说道，"这种妻子对于奥尔默这样的男人来讲，是非常危险的，但我依然不相信这会是主要的动机。莱蒂，你说对吗？"

他的妻子没有出声，把一根针插进了一团羊毛线球里。他看着他的妻子，不过她并没有看向他。

格雷森叹了口气，然后继续说道："他跟自己诊所的护士有暧昧关系，关于这点，我们完全有理由相信。但弗洛伦斯却威胁他说，要将丑闻公布于众，要知道，一个丑闻总能牵扯出另一个丑闻，这样做非常容易。所以，他绝不会允许这件事情发生，对不对？"

"他又是如何做到谋杀的呢？"我说道。

"在麻药的运用上，他是个专家，所以当然是用麻药了。而且他一直都在使用麻药，手里也总是备着。在她昏迷的时候，他把她放进了车里，然后发动汽车。如果可以解剖尸体，那么大家就会清楚，那天夜里他给她打了一针，但事实上，尸体没有被解剖。"

我点了点头，这所有的一切，他好像都研究得很通透。他往后舒适地靠了靠，再次把一只手从头顶滑过脸颊，然后在他的膝盖上缓慢落下。

他们在那里安静地坐着，我望着他们。他们一定很高兴看到奥尔默枪杀克里斯的这个场面，那会让他们全身上下都非常兴奋，肯定是这样。虽然命案已经过去一年半的时间，但这对老夫妇的心依然在仇恨的毒液中浸泡着。

过了好久，我开口说道："你们之所以相信这些，是因为你们让自己相信。她有可能是自杀身亡的，被掩饰的部分原因是为了保护康迪的赌场，部分是为了不让奥尔默在听证会上受到质问。"

格雷森严厉地说道："胡说！当时她就在床上睡觉，是他把她杀害了。"

"但你并不能肯定。她很有可能在半夜醒来，在照镜子的时候，发现有个恶鬼在指着她，毕竟这样的事情是有可能的。因为她可能在一段时间里嗑药，而且药瘾越来越大，如果是这样的话，那么药性就不会维持很长时间。"

格雷森开口道："我想我们的时间已经被你占用太久了。"

我向他们夫妇道过谢，站了起来，朝着门口的方向走了一步，然后又回过头，向他们问道："在泰利被抓捕之后，你们做了什么？"

"我去找过地区助理检察官，不过没有任何结果。对于这件事，这个姓里奇的人看不出有任何理由可以插手，甚至对麻药牵扯其中，都不感兴趣。但还是有结果的，在一个月之后，康迪的场子关闭了。"

"他所有的东西都没有丝毫损坏，假如你知道地方，很可能会在另一个地方找到康迪。说不定这就是湾城的警察在放烟幕弹罢了。"

我再次走向门口。格雷森也从凳子上站了起来，他蜡黄的脸颊上一阵发红，缓慢地在我身后跟着。

"对于这件事，我和莱蒂都不应该用自己的方式来理解，我不是有意没有礼貌。"他开口说道。

"你们的耐心都很好。"我说道，"在这件事情上，还有哪些人牵扯其中，而被我们遗漏掉的？"

他摇了摇头，再次回过头看着他的妻子，只见她似乎在倾听着什么，不过不是在听我们讲话。她的头稍微往一侧倾斜，手里面拿着绷在缝补架上的袜子，动都不动一下。

"那天夜里扶奥尔默太太上床的人，是奥尔默诊所的护士。这就是我所听到的故事。而那个跟他搞在一起的，会不会就是这个护士？"我说道。

"等一下。"格雷森太太突然说道，"那个女孩的名字很好听，不过我们没有跟她见过面，让我好好想一下，你给我一分钟的时间。"

我们等了她一会儿。

她咬了咬牙，说道："好像她叫米尔特里德什么的。"

我吸了口气，说道："格雷森太太，她是不是叫作米尔特里德·哈维兰德？"

"是的，就是米尔特里德·哈维兰德。"她开心地点了点头，笑着问道，"奥斯塔斯，你还记得吗？"

他忘记了。他如同一匹进错了马厩的马，注视着我们。

他把门打开，开口问道："这有什么关系吗？"

"泰利应该不会是个态度无礼、嗓门儿很大的魁梧壮汉吧？你说过他是个小矮个儿。"我边推门边说道。

格雷森太太说："不是的。泰利先生有着棕色的头发，身材中等，年龄也是中等，他说起话来语调很轻，同时又是一副担忧的模样。我的意思是说，似乎他在担心着什么。"

我说道："看那个样子，他确实需要担心一些事情。"

格雷森把手伸了出来，跟我握了握手。我感觉他那多骨的手，握起来就像是在握毛巾架一样。

他把烟斗紧紧咬在嘴里，说道："假如你能把他抓住，就把账单邮寄过来。我的意思是，那个姓奥尔默的被你抓住。"

我知道他指的是奥尔默，不过不会有账单。

走廊里非常安静，我沿着它往回走。那部自动电梯里铺着红色的长毛地毯，充斥着一股老年人的香水味，好像有三个寡妇在喝茶一样。

24

西莫街的那间房子在一栋大房子后面，是一间平房。看不到门牌号，不过前面大房子的门边有一块金属板，上面刻着"1618"。门牌号背后有一抹微弱的灯光。窗户下有一条狭长的水泥路可以直通后面的房子。在房子前面还有一个很小的门廊，上面放着一把椅子，我踏上门廊，朝着门铃按了下去。

门铃声在近处响起。前门在纱门的后面敞开着，里面没有一丝灯光。

"谁啊？"黑暗中一个声音响起，语气有些不耐烦。

"泰利先生在家吗？"我朝着黑暗处问道。

"谁在找他？"那声音平铺直叙地说道。

"朋友。"

那个在黑暗中坐着的女人，似乎是为了表示感兴趣，又或者只是想要清一下喉咙，就在嗓子里嘀咕了一声。

她说道："好吧，这次的金额是多少？"

"我猜你应该是泰利太太吧？泰利太太，我不是送账单的。"

"滚，泰利先生不在这里，他不会再回来了。不要来烦我，他已经不在这里了。"那个声音说道。

为了能够看清楚房屋内的情况，我用鼻子抵着纱门，看到了家具的轮廓，只不过模模糊糊的。我还看到了一张卧榻的形状，那就是声音发出的地方，上面躺着有一个女人。她一动不动，好像在仰卧着，眼睛盯着天花板。

那个声音说道："你不要来烦我，我生病了。你走开，我已经有太多麻烦了。"

"我来之前刚跟格雷森夫妇交谈过。"我说道。

她还是没有动弹，沉默了一会儿，然后叹了口气，说道：

"我从来没听说过他们。"

我靠在纱门的门框上，望着直通向马路的那条窄路。沿街停放着汽车，街道对面有一辆亮着停车灯的汽车。

"泰利太太，你听说过的。他们没有放弃，我是为他们工作的。"我说道，"你呢，难道你不想讨回点儿什么吗？"

"我求你不要再烦我了。"那个声音说道。

"我一定要搞清楚，如果不行，那恐怕就要麻烦你了。"我说道，"有些情况我只是想要搞清楚，完事后，我就会安静地离开。"

"嗯？"那个声音说道，"又是个警察吗？"

"格雷森夫妇是不可能跟警察谈话的，泰利太太，你完全可以向他们打电话询问。你也很清楚，我不是警察。"

"就算我知道他们，我也没有电话，更何况我从来没有听说过他们。我生病了，而且已经病了一个月了。你走吧，警官。"

"我是个私家侦探，来自洛杉矶，我叫马洛，菲利普·马洛。我已经跟格雷森夫妇交谈过了，并了解到了一些情况，不过我还是需要跟你的丈夫谈一下。"

卧榻上的女人轻笑了一声，声音很低，几乎都听不到。

她说道："你已经得到了一些情况，这句话听得很熟悉啊。的确如此，你已经得到了一些情况。以前泰利也曾有过一些……但那都已经是过去的事了。"

"只要找到正确的方向，他依然可以有。"我说道。

"假如真是这样。"她说道，"那你现在就忘掉他的名字吧。"

街道上，好像在我的汽车附近，有人将手电筒打开，但不清楚为

140

什么又关掉了。我靠在门框上，挠了挠下巴。

那张苍白模糊的面孔在床榻上动了一下，接着就消失了。随后出现了一堆头发，女人把脸转过去，面向墙壁。

"我实在是太累了，先生，离开吧。"她说道，"拜托你，离开吧，我累了。"因为面对着墙壁，她的声音在嗡嗡作响。

"对你来说，金钱会不会有些帮助？"

"你没有闻到雪茄的气味吗？"

我闻了闻，根本没有雪茄的气味。

我说："没有。"

"老天啊，我真是烦死了。他们来过，在这里待了两个小时。你离开吧。"

"泰利太太，你听我说……"

她在卧榻上翻了下身子，那张看不清楚的面孔再次出现了，我似乎可以看得到她的眼睛。

"还是我来说，你来听吧。我没有什么可以告诉你的，我跟你不熟悉，更何况我也不想认识你。就算是有，我也不会告诉你。"她说道，"先生，我居住在这样的地方，假如这个地方让你觉得还是人住的。但最起码这个地方还是可以让我活下去的。所以，请你不要再烦我，离开这里吧，我需要安静。"

我说道："关于这件事，我们可以谈一下。请让我进去，我想我可以给你……"

突然间，她又在床榻上翻个身，双脚踩在地面上。

"给我走开！立刻！你要是再不走，我就喊了。"她的声音里充满了怒气。

我急忙说道："好，好，我离开。你或许会改变主意，为了能让你记住我的名字，我把我的名片插在门上了。"

我把名片掏了出来，在纱门的缝隙中插了进去。

"泰利太太，晚安。"我说道。

黑暗中，她朝着屋外看着我，眼睛微微发亮，没有回应我。

我走下门廊，沿着狭窄的小道朝着街上走去。

有一辆车停在马路对面，引擎还在微微响着，车灯也亮着。在数不清的大街上，还有数不清的引擎在响动。

我朝着自己的车子钻了进去，发动汽车。

25

西莫街在城市南北方向的一条马路上的荒芜地段。我一路朝北开，在第二个拐角处，有一条被遗弃的城市车轨。车子颠簸着驶过，然后开进一条堆满垃圾的街道。有许多旧汽车的残骸堆积在那些木栅栏的背后，就好像是现代战场一般，形状稀奇古怪。那一堆堆生锈的汽车零件，在月光下显得那么阴暗恐怖。在房顶一样高的废铁中间，还有一条可以通行的小路。

一对车头灯的灯光，出现在我的汽车后视镜中，并且逐渐靠近。我一边加大油门儿，一边从兜里掏出钥匙，然后把车里的仪表盘下面的小柜子打开，掏出我那把三八口径的手枪，放在腿上。

垃圾场的前方有一个砖厂，砖窑高高的烟囱，屹立在荒地上，不过并没有冒烟。整个砖厂都静悄悄的，没有灯光，非常空旷。砖厂里摆放着一堆堆黑色的砖头，还有一间矮小的木屋，在木屋的前面，还有一块牌子。

夜晚被警笛的低鸣声刺破。我身后的车提速追了上来，我再次提高了速度，可是毫无办法，很快那辆车就追上来了。它朝着东边的一座被遗弃的高尔夫球场的边缘划过，又穿过西边的那个砖厂。突然间，整条大街都被红色的聚光灯照亮了。

那辆车从侧面斜插了过来，并且与我平行。我猛地踩住刹车，然后在它身后调转车头，差点儿擦到那辆警车，就只差半英寸。我朝着相反的方向，加大油门儿驶去，接着就听到猛然换挡的声音，引擎怒吼的声音也从身后传了过来，红色的聚光灯在方圆几英里的范围里扫来扫去，几乎笼罩了整个砖厂。

他们再次从后面追了上来，速度非常快，我不清楚该如何逃脱，实在没办法了。我需要回到有人居住的地方，但这样一来，人们就会跑出来围观，他们可能会记住这一切。

那辆警车再次追了上来，并与我平行。

"靠边儿停车，否则我就要开枪了。"一个暴躁的声音喊道。

我把手枪放回了柜子，把柜门关上，然后把车停在了路边。

警车在我车子挡泥板的左前方停了下来。

一个胖子把车门用力一甩，怒吼道："下车！你是不是听不懂警笛？"

我出来站在了车子旁。月光下，那个胖子手里拿着一把手枪。

他大喊道："驾照！"声音粗狂地如同一把镰刀。

我掏出来递给了他。

这时另一名警察从车里的驾驶座上下来，绕过来拿走我的驾照。他拿着手电筒照着查看。

"他娘的，他名字叫马洛。库尼，想想吧，这个人是个私家侦探。"他说道。

"是吗？即便如此，我用小拇指头也可以解决掉。"他把手枪装回了枪套里，将皮盖子扣上，然后接着说道，"我他妈这样就够了。"

"肯定是喝酒了，车速 55 英里。"另一个警察说道。

库尼说道："你去闻一下他。"

另一个警察瞅了我一眼，非常有礼貌，然后凑过来跟我说道：

"私家侦探，我可以闻一下你的呼吸吗？"

我让他闻了闻。

"嗯，我必须要承认，他走路并不晃悠。"他确定地说道。

"多伯斯警长，买杯酒给这个伙计吧，这个夜晚真的很凉爽啊。"

多伯斯说道："嗯，这个主意不错。"

他把半品脱装的酒瓶从车里拿了出来，举起看了一眼，还剩下三分之一。

他说道："剩下不多了。"说完就将酒瓶递了过来，然后继续说道，"兄弟，我们请客。"

我说道："我不想喝酒。"

库尼小声地说道："少给我来这套。你是不是想要我们在你肚子上踹几脚？"

我把酒瓶接了过来，打开瓶盖，闻了闻。应该是威士忌，很纯的威士忌。

"你们不要总耍这种花样。"

"多伯斯警官，记下来。"库尼说道，"时间是8点27分。"

多伯斯朝着车子走了过去，靠在上面记了下来。

我举起酒瓶，朝着库尼问道："你必须要让我喝吗？"

"不一定，你也可以换成别的，比如让我在你肚子上打上几拳。"

我压了压嗓子，把酒瓶倒过来，往嘴里灌了一口。但就在这个时候，库尼向前跳了起来，朝我的肚子上打了一拳。我手里的酒瓶掉落在地上，弯着腰喘气，嘴巴里的酒喷了出来。

在我弯腰捡酒瓶的时候，库尼抬起他巨大的膝盖朝着我迎面而来。我赶紧直起身子向边上躲闪，然后用尽全身的力气，朝着他的鼻子一拳打去。他低声吼着，左手捂着脸，右手朝着枪套伸了过去。多伯斯朝我跑了过来，胳膊往下挥动，手上的警棍正好打在了我的左膝后侧，我一下子瘫坐在地上。我咬着牙，吐了一口酒，腿已经麻木了。

库尼从脸上把手拿开，脸上全都是血。

他非常惊慌，大叫道："天啊！我流血了！血！"

他朝着我一脚踹过来，嘴里发出号叫声。

我朝着边上转了一下身子，那一脚落在我的肩膀上，即便如此也够我受的。

"查理，够了。"多伯斯挡在我俩中间，说道，"不要太过了。"

库尼朝着后面晃荡着退了两步，黑着脸在警车的车门踏板上坐了下来。他把手绢掏了出来，在鼻子上轻轻地按了按。

他隔着手绢说道："你等会儿，一分钟的时间。"

"可以了，就此打住吧，差不多就行了。"多伯斯说道。

库尼站了起来，摇晃着走上前。警棍在他的腿侧轻轻晃荡着。多伯斯把他轻轻地推了回去，一只手抵在了他的胸前。库尼拨拉他的手，想要推到一边。

他声音嘶哑地说道："我还要见到血，我要见血。"

"什么也不要做，我们已经达到目的了。"多伯斯严厉地说道，"你理智一些。"

库尼转身朝着警车的另一侧走过去，步伐有些沉重。他靠在车上骂骂咧咧，手里还捂着手绢。

"兄弟，起来吧。"多伯斯冲我说道。

我站了起来，腿部的神经如同一只野猴子般在乱跳。我在膝盖后侧揉了揉。

"上车，到我们车上。"多伯斯说道。

我走了过去，爬进了警车。

"你去开他那辆车，查理。"多伯斯说道。

库尼怒吼道："我要把它撞成废铁。"

多伯斯捡起地上的威士忌酒瓶，朝篱笆外面丢去。他钻进车里，在我身边坐下，然后发动车子，说道：

"你不该出手打他，你会付出代价的。"

"为什么？"

"他只不过是嗓门儿大了些，其实，他这个人很不错。"

"实在是没意思，真的没意思。"我说道。

警车开始动了起来。"不要跟他说这个，他会伤心的。"多伯斯说道。

库尼钻进我的车里，用力把车门关上。他换挡的时候非常野蛮，好像要将它撕烂一样。

多伯斯优雅地驾驶着汽车，沿着砖厂一直向北驶去。

"我想，你一定会喜欢我们新的牢狱。"

"你们想给我安个什么罪名？"

他想了一下，说道："超速行驶、拒捕、酒后驾车。"

他一只手在方向盘上轻轻搭着，注视着后视镜，看库尼有没有跟上来。

"我腹部被打，肩膀被踢，遭到了警棍的暴打，在暴力的胁迫下饮酒，以及在赤手空拳的情况下，还要被手枪威胁，这些你又打算如何解释？怎么说呢？"

"像这样的事情，你认为我喜欢做吗？"他咬着牙，痛恨地说道，"算了。"

我说道："我还以为这个小镇已经被他们整顿好了呢。在晚上的时候，善良的老百姓不用穿着防弹衣，就可以在街道上散步。"

"他们只是整顿了一下而已，但为了不扫走黑钱，他们也不愿清理得太干净。"

"最好不要这么干。你会把自己的饭碗搞砸的。"

"让他们滚蛋吧。再过两个礼拜，我就要去当兵了。"他笑着说道。

对于这件事，他并没有感到歉意，只是把它当成了一次例行公事。对他来说，这件事早就已经结束了，好似没发生过一样。

26

这几乎是一座全新的监狱。钢门铁墙上刷的是船舰灰的油漆，上面依然散发着崭新的色泽，有两三处还喷了烟草汁。天花板上灯罩的一层网罩，镶嵌在厚实的磨砂板里。牢房中的睡铺都是上下层的，上铺躺着一个正打着鼾的男人，身上盖着一条深灰色的毯子，没有闻到什么酒味，看样子他很早就睡下来了。我断定他被关押的时间肯定很长，选择上铺，是为了避免被打扰。

我身上被他们搜查过，不过衣兜里的东西没有完全被搜光，他们只是看一下有没有手枪。我坐在下铺，剧烈的疼痛感从膝盖后一直蔓延到脚踝，我拿出了一根烟，揉了揉发肿的地方。我吐在外套上面的威士忌，已经散发出臭味，我把外套拉起来，朝上面吐了口烟。烟雾飘到了天花板的灯罩上，在那里徘徊着。这里格外寂静，我这头安静得像教堂，而另一头却响起了女人的尖叫声，是从很远的某个地方传来的。

女人的尖叫声不像人类发出的，如同月光下的狼嚎，声音又尖又细，没有那种逐渐上升的音调。不知道那个女人在哪里，过了一段时间，声音便停止了。

那个男人依然在上铺趴着酣睡，可真有他的，他睡得非常熟。他发油的头发露在毛毯外面，这也是我仅能瞧见的。我抽了两根烟，将烟蒂朝着角落上的马桶丢了进去。

我又坐在了钢床上面。床上放着一张又薄又硬的床垫，上面放着两条深灰色的毛毯，叠放得相当整齐。这里位于新市政厅的 12 楼，这个市政厅很好，牢房也很不错。在这里居住的人们会觉得湾城是一个很好的地方。假如我也在这里居住，那么估计我也会这么觉得。我望着这里的一切，漂亮的蓝色海湾，悬崖峭壁，停靠着游艇的码头，寂静的街道，沉思在大树下的老房子，嫩绿的草坪，铁丝围绕起来的新房，还有种在房前车道上的成排的树木。在25街，还有一条很不错的街道，我认识那里的一个女孩，是个美丽的女孩。她就很喜欢湾城。

她根本想不到在铁道以南的老旧城区里，那些墨西哥人和黑人居住在阴暗的贫民窟里；也无法想象有人会在悬崖以南，沿着平坦的海岸线玩跳水；想象不到在道路两侧汗气蒸腾的舞厅，还有大麻烟卷；想象不到在寂静的旅店大厅中，那些如同狐狸般的面容从报纸上方伸出来；更想象不到小偷、骗子、凶徒、酒徒、妓女以及马路边上的皮条客。

我朝着门口走去，靠在门边上。这座监狱里好像没有什么人气，走廊上灯光幽暗，非常寂静，连个鬼影都没有。

我瞅了瞅手表，已经9点54分了。这个时间，应该在家里换上拖鞋，下一盘棋，享受一斗烟，又或者悠闲地喝上一杯冰酒；也可以在那边坐着，跷着二郎腿，脑子里什么都不想，又或者只是看看杂志，打个盹儿。总而言之，在这个时间里，一个人，尤其是一个有家的人，应该休息，为了明天的工作，什么都不要想，好好地调整一下脑子，在夜晚的空气中沉醉。

从中间的过道走来一个男人，他身着蓝灰色的监狱警服。他一边走一边看着两侧牢房的号码，最后停在了我的牢房前，打开了门锁，凶狠地怒视着我。他们永远摆着这副面孔，总觉得这是应该的。兄弟，我是个警察，你要注意点儿，否则我们会让你趴在地上，教训你一顿！我是很厉害的，说实在的，兄弟，别跟我们玩儿这套。对付你们这些小混混，我们想怎么教训就怎么教训。不要把我们的厉害忘了，过来，兄弟。

他说道："出来吧。"

我从牢房中走出来，他又把门锁上，然后用大拇指示意我跟他走。

我们来到一道很宽的铁门前，他打开门锁，我们走过去之后，他又锁上了门。一阵悦耳的声音响起，是钥匙跟钢环碰撞所发出的。过了一段时间，我们再次经过一道铁门，这道门外面的油漆，看起来像是木头，而里面全是钢灰色。

德加默在跟当值的警员说话。他靠在柜台上，蓝色的眼睛朝我看过来，说道：

"你还好吧？"

"我很好。"

"你还喜欢我们这个监狱吗？"

"很好。"

"韦伯局长想要跟你谈一下。"

"很好。"

"你不会讲其他的词儿了吗？"

"目前不会，最起码在这里不会。"我说道。

"你是撞到哪里了？你走路的时候有些跛脚。"他说道。

"是警棍。跳起来朝我的左膝咬了一口。"

德加默眨了眨眼睛，说道："真是太糟糕了。你去拿你的物品吧。"

"我的物品没有被搜走，全部在这里。"

"很好。"

"是的，的确很好。"我说道。

那个值班的警员把他头发蓬松的脑袋抬起来，朝着我们瞅了半天，说道：

"假如你想要看看什么'不错'的东西，那你真应该去看一下库尼那个爱尔兰佬的鼻子，弄得满脸都是血，就好像在烘饼上抹了糖浆一样。"

"怎么了？"德加默心不在焉地问道，"他跟别人打架了？"

那个警员说道："我怎么知道？估计也是那根警棍跳起来朝他咬

了一口。"

德加默说道："你这个值班的警员真他妈话多。"

"当不上凶案组的组长，估计也是这个原因。"那个警察说道，"值班的警员，总是他妈的话多。"

德加默说道："这个大家庭很欢乐，你看到了吧。"

"并且所有人都是满脸笑容，张开双臂欢迎你，只不过手心里要各自拿着一块石头。"那个警察说道。

德加默对着我抬了下脑袋，我们朝外面走去。

27

在写字桌后面，韦伯局长冲我点了一下他削尖的鼻子，说道："坐吧。"

我伸直了左腿，坐在一张圆背木质扶手的椅子上，并远离椅子的棱角。这间办公室靠近角落，房间非常整洁，而且面积很大。德加默跷着腿，坐在了桌子的另一头，他抱着脚踝看着窗外，似乎在想些什么。

"这都是你自找的。你居然以55英里的时速，在居民区里驾驶车辆，当警车用警笛、红灯示意你停车时，你却试图逃脱。并且你还使用暴力手段打了警员的脸。"韦伯局长说道。

我没有讲话。韦伯局长从桌子上拿起了一根火柴，然后从中间折断，丢在了肩膀后。

他问道："他们是不是和从前一样在说谎？"

"报告我没有看过。在居民区的时候，我驾驶的速度可能是到了55英里，不过也没有超过这个城市的限速。"我说道，"我去别人家拜访的时候，那辆警车就停在了外面，当时我不清楚那是辆警车。在我离开的时候，它跟着我，要知道，我非常厌恶这样的事情，更何况它没有丝毫理由对我进行跟踪。我只是想把车开到一个光线较亮的地方，所以才开快了一些。"

德加默的眼睛转向我，看着我的眼神有些空洞。韦伯局长咬了咬牙，有些不耐烦地说道：

"但当你知道那是辆警车后，你还是想要逃跑，是不是？所以你在路中间掉了个头。"

"是的，可能需要坦诚地谈谈，才可以解释清楚。"

"我本来就善于坦诚的解释，不怕坦诚交谈。"韦伯局长说道。

"早在我到泰利太太家之前，盯上我的警察就已经在那里了。他们率先把车停在了泰利太太房子跟前。"我说道，"我想见泰利先生，他曾经是个私家侦探。至于为什么去见他，德加默很清楚。"

德加默从衣兜中把一根火柴掏了出来，安静地咬在柔软的一头。他点了点头，脸上没有任何表情。

韦伯局长没有看他。

"德加默，每件事你都做得很蠢，用的方式也很蠢，你就是个蠢蛋。"我说道，"原本我什么都没有怀疑，可你却让我起了疑心。就在昨天，你在奥尔默房子前非要耍威风，还处处难为我，其实你根本没必要耍威风。假如你真想保护好你的朋友，你只需要闭上嘴巴，直到我行动开始。更何况我什么行动也不会采取，那样的话，你也可以把这些麻烦省去。但你为了让我知道怎样满足好奇心，甚至还给了我一些提示。"

"你在西莫街 1200 区被抓，跟这件事情有什么狗屁联系？"韦伯局长说道。

"泰利曾调查过奥尔默医生的案子，这跟那案件有联系。"我说道，"只不过后来泰利被抓了，原因是酒后驾车。"

"你不要胡说，有关奥尔默的案子，我可从来就没有办理过。我更不清楚凯撒大帝被杀，是谁下的第一刀。"韦伯局长严厉地喝道，"可以回到主题吗？"

"我就是在谈论主题啊。我去拜访了处理奥尔默案件那个人的妻子，所以，库尼跟多伯斯这两位警员才会跟踪我，否则他们没有理由这么做。关于奥尔默的案子，德加默不愿意提起，不过他很清楚。他们一开始跟踪我的时候，我的汽车没有到 55 英里的时速，我之所以想把他们甩掉，是因为我觉得我会被暴打一顿，因为我去了那个地方。我这么想也是因为德加默的原因，是德加默让我这么觉得的。"

德加默的那双蓝眼睛直视着墙壁，眼神犀利。韦伯局长安静地注视着他。

"如果不是因为库尼强迫我饮酒，然后又朝着我的肚子上打了一拳，导致我把酒吐在了外衣上，我也不会打坏他的鼻子。"我说道，"局长，这样的花样，你应该不是第一次听说吧。"

韦伯局长又折断了一根火柴，往后靠了靠，看着自己又小又紧的手指关节。

他看着德加默说："这到底是怎么回事儿？即便你今天当上了警察局长，你也要跟我说清楚。"

"哼，当警察都要有这样的'花样'的。"德加默说道，"只是开个玩笑而已，假如连玩笑都开不起……"

"库尼还有多伯斯，是你派去的？"韦伯局长说道。

"嗯，的确是我派他们去的。需要好好地收拾这些私家侦探一下，他们为了以后能够找到活儿，能为自己赚上一笔钱，就到我们这里，把那些陈芝麻烂谷子的事都翻了出来。"

"你是这样想的？"韦伯局长问道。

"是的。"德加默回答。

"警长，像你这样的人需要什么呢？"韦伯局长说，"我觉得你现在需要一些新鲜空气，去呼吸一些吧。"

"你是让我出去吗？"德加默慢慢地张开嘴，说道。

突然，韦伯局长的身子向前倾斜，他锋利的小下巴好像巡洋舰的

152

舰头一样划了过来。

他说道："请帮帮忙，好吗？"

一种令人窒息的寂静在空气中蔓延开。德加默的颧骨上泛起一股暗红色，他慢慢地站了起来，一只手撑在桌面上，直视着韦伯局长说道：

"好的，局长，不过这回你错了。"

韦伯局长没有搭理他。德加默朝着外面走去，等关上门后，韦伯局长才开口道：

"你的意思是，一年半以前的奥尔默案子，还有今天在克里斯家发生的枪杀案，它们之间有联系？还是因为你的确清楚克里斯是被金斯利的妻子所杀害的，而你在故意混淆视听？"

"在克里斯被杀以前，就已经有关系了。"我说道，"虽然只是初步推断，但也足够能让人想一下了，又或许这只是个难以解开的结。"

"我不是首席检察官。我没有亲自接触过奥尔默太太的命案，但对这起案件的调查程度，我比你想象的还要深。"韦伯局长冰冷地说道，"虽然在昨天早上之前，你还不认识奥尔默，但关于他的一些事情，我想你在这一天里应该听到了很多吧。"

我承认确实如此，从安德莉安娜·弗洛姆塞特，还有格雷森夫妇那里。

"你觉得奥尔默应该被克里斯勒索过，而这很有可能跟凶杀案有关？"

"这不是想法，只是一种可能。假如我把这种可能性遗漏掉，那么我也不用再吃这碗饭了。我可以确定克里斯跟奥尔默可能从没交谈过。他们之间的关系或许会很深、很危险，也或许交情并不深，甚至于他们彼此都不相识。但假如奥尔默这个案件没有什么'有意思的地方'，那为什么只要有人对这案件感兴趣，都要被刁难呢？泰利调查这件案子的时候，被诬陷为酒后驾车，这或许是个巧合。但奥尔默因为我看了他的房子就找来警察，还有当我想第二次跟克里斯交谈时，他却被杀死了，或许这也是个巧合。可今天晚上就不是巧合了，你的那两个手下对泰利的房子进行监视，只要我到那里，他们就会找我的麻烦。"

"这次的意外，不会这么算了，我向你保证。"韦伯局长说道，"你要起诉吗？"

"我可不想把生命浪费在跟警察打官司上，毕竟生命不是很长。"

"那就当长了些见识，这件事情我们到此为止，你随时可以回家。据我了解，你被抓来的时候，并没有登记。"他往后缩了一下，说道，"另外关于克里斯的案子，还有所有跟奥尔默有关的任何事情，假如我是你，我就会交给韦伯局长处理。"

"在靠近狮子角的山中湖里，昨天发现了一具女尸，名叫穆里尔·切斯。"我说道，"你口中的'所有'中，包含这件事吗？"

"你觉得跟这件事情也有关系？"他挑了一下眉毛，问道。

"你应该不认识穆里尔·切斯，但你可能知道哈维兰德。奥尔默太太死在车库的那天晚上，就是她照顾她上床的。她曾在奥尔默诊所里当过护士，但事情发生之后，她就离开了这里，可能被人收买了或者是受到了恐吓。但假如事情真有可疑的地方，可能也只有她最清楚内情了。"

韦伯局长没有说话，他用阴沉的小眼睛看着我的脸，拿起了两根火柴，然后折断。

"如果真的被你碰到了这样的巧合，那么这将是整件事情中，我唯一愿意承认的巧合。"我说道，"这是因为在河滨市的一家酒吧里，哈维兰德遇到了一个男人，他叫比尔。后来因为她自身的原因，他们结婚了，然后跟他居住在鹿湖。而我所说的真正巧合就是，这个鹿湖的女主人和克里斯的关系非常亲密，而发现奥尔默太太尸体的，也是这个克里斯。它或许是其他的什么东西，所有的事情都好像跟它有关系，但好像又没关系。总而言之，这实在太巧了。"

韦伯局长起身朝着饮水机走去，他喝了两杯水，然后缓缓地把纸杯攥成一团，朝着饮水机边上褐色的金属垃圾桶扔了进去。他朝着窗户走去，遥望着海湾。灯火管制还没有开始，灯光依然闪耀在码头之上。

他走回桌旁，举起手捏了下鼻子，重新坐下。他似乎正在下一个决心。

"我实在看不出来。这件事和一年半以前发生的事放在一起，究竟有什么含义。"他慢慢地说道。

我说道："好吧。非常感谢你给我这么长的时间。"我站起来，打算离开。

他看着我弯下腰揉了揉腿，便问道："是不是很疼？我是指你的腿。"

"确实很痛，不过已经好多了。"

"警察这一行业，它需要最好的人才，就像政治一样，但它却没有什么东西，可以去吸引更好的人才，所以我们只能用现有的人……然后这样的事情就会发生。问题确实他娘的很多。"他语气柔和地说道。

"我了解，一直以来我都很清楚，我不会怨恨。韦伯局长，晚安。"

"等一下，你再坐一会儿。"他说道，"假如我们打算扯出奥尔默的案子，就需要把它重新挖出来，摊开看清楚。"

我又重新坐下，说道："的确应该有人这么干。"

28

"应该会有人觉得我们是骗子。"韦伯局长沉着地说道，"他们会觉得有人杀害自己的妻子，然后打电话联系我说：'喂，警长，我这里发生了件凶杀案，而且我手里面还有 500 美元，打发不出去，家里也乱糟糟的。'我说道：'好，我立刻带着毯子过去，所有的东西都不要乱动。'"

"哪有这么糟糕。"

"今晚你去泰利家干什么？"

"弗洛伦斯·奥尔默的父母雇他调查死亡原因，有些内情他也知道，但他从来没把结果告诉给他们。"

韦伯局长讽刺地问道："你觉得他会跟你说吗？"

"我总要尝试一下。"

"你是想要报复吗？因为你被德加默为难了。"

"这个原因可能只占了其中的小部分。"

"泰利，这个鬼鬼祟祟的勒索者，最好想办法把他甩掉，因为这不是第一次了。"韦伯局长蔑视地说道，"我告诉你他有什么，从弗洛伦斯·奥尔默脚上偷来的一只鞋。"

"一只鞋？"

"是一只鞋。那是一只轻便的绿色天鹅绒舞蹈鞋，在鞋跟处，还镶嵌着几颗小石头，后来被发现藏在了他的房子里。这鞋是定做的，是好莱坞专门定做舞鞋的人做的。"他微微笑了笑，说道，"你怎么不问我，那舞鞋何以如此重要？"

"局长，那舞鞋何以如此重要呢？"

"她同时定做了两双一模一样的。可能是怕磨坏了，或者是怕哪头牛喝醉了酒，踩到了女人的脚，因此另外备了一双，这好像并没什么不正常的。"他停顿了一下，笑了笑接着说道，"但好像其中的一双从来没有穿过。"

我说道："我整理出一些眉目了。"

他往后靠了靠，边在椅子扶手上拍打着，边等着。

"从房子侧门通往车库的那条水泥路非常粗糙。如果她是被抱过去的，没有走在那条路上，而抱她的人给她穿上了鞋子，就是那双没有被穿过的。"

"然后呢？"

"如果泰利注意到了这点儿，把它当成弗洛伦斯·奥尔默被杀害的证据，所以在克里斯跑去给医生打电话的时候，他把那只没有穿过的鞋拿走了。"

"这说明他是个无赖，假如他没有拿走它，那么它就是证据，警察也会发现，然而他却把它拿走了。"韦伯局长点了点头，说道。

"有没有给弗洛伦斯·奥尔默做过血液里一氧化碳的检测？"

"做过。"

他看着自己的双手，将它们平放在桌子上，接着说道：

"血液里面确实有一氧化碳，调查这个案件的警察对此没有什么不同的意见。没有暴力的痕迹，他们觉得奥尔默没有杀害他的妻子，但很有可能他们判断错误。我还是觉得那次调查没有做得很仔细。"

"是谁负责的？"我询问道。

"你应该知道。"

"警察到达现场的时候，就没有发现有一只鞋不见了吗？"

"警察来的时候，鞋没有消失。奥尔默在接到克里斯打来的电话，回到家后警察才来的，你应该不会忘记。关于那只失踪鞋子的事情，我们也是从泰利那里得知的。那只没有穿过的鞋子，很可能是他从房间里拿到的，女用人当时在睡觉，侧门也没有锁。但问题是，他不可能知道有一只没穿过的鞋可以拿走，何况我也没有足够的证据来证实我所怀疑的事。但他是个很狡诈的坏蛋，所以我不会因为这个理由将他排除在外。"

我们坐在那里思考着，双眼看着彼此。

"除非我们能够假设奥尔默的护士和泰利对奥尔默进行勒索。我们完全有理由相信他们会这么做，但我们更有理由相信，他们不会这么做。你有什么理由认为淹死在山上的女人就是那个护士呢？"

"有两点。单独来看的话，它们并不能说明什么问题，但把它们

157

连在一起，就能说明一些问题了。在几个礼拜以前，有个蛮横的汉子上山去了，无论他的相貌，还是言行举止跟德加默都很像，当时他拿着哈维兰德的照片，照片里的人看上去跟穆里尔·切斯很像，即使头发、眉毛不太一样，但还是很像。不过并没有人帮助他。他说他叫德·索托，是名警察，来自洛杉矶，但是洛杉矶没有警察名叫德·索托。还有就是穆里尔·切斯一听是他，当时就吓坏了。假如他就是德加默，那么这所有的一切就能解释清了。另外，还有一点，有一条脚链藏在了切斯木屋里的糖粉盒里，上面还挂着一颗心。在那颗心的背面刻着：1938年6月28日，送给米尔特里德。一心一意爱着你的奥尔。它是在穆里尔·切斯死后，她的丈夫被抓的时候发现的。"

"奥尔和哈维兰德，也有可能是其他人。"

"局长，你不会真的这么想吧？"

他在空中用手指点了一下，往前面靠了靠，说道：

"你究竟想要说什么？"

"我得出的结论是，克里斯的死跟奥尔默的生意有关，就连哈维兰德也可能跟奥尔默有关系。克里斯不是金斯利的妻子杀害的，金斯利的妻子可能知道实情，又可能不知道，但她还是因为某些事情吓坏了，所以她失踪了。假如我能够证明她没有杀人，那么我会有500美元到手，这值得一试。"

"的确。只要让我知道你的动机，我会对你提供帮助的。"他点了点头说道，"时间已经所剩不多了，我们还没有找到那个女人，可我又没办法让我的手下去帮助你。"

"你管德加默叫奥尔的时候，我听到了，但是我想的却是奥尔默医生，他的名字叫奥尔波特。"

"可是德加默跟那个女人结过婚，奥尔默却没结过。"韦伯局长看着他的大拇指说道，"我跟你说，他身上有很多坏习惯，都是从那个女人身上得来的，他被那个女人调教得很听话。"

我一动不动地在那里坐着，过了好半天，才开口说道：

"原本我不知道的东西，现在已经开始清晰起来了。她这个女人如何？"

"她对付男人很有手段，甚至能让他们跪在她脚下。虽然她很聪慧、很温柔，但并不是一个好女人。即便她跟德加默离婚了，但对男方来讲，那并不代表着结束。假如你说她的坏话，德加默那个大笨蛋会立刻拧下你的脑袋。"

"他知道她已经死了吗？"

韦伯局长安静地坐了一会儿，然后开口说道："假如那是同一个人，他又怎么可能不会知道？但从谈话上来看，他并不知道。"

我站了起来，靠着桌子，说道："据我们所知，他在山上没有找到她。喂，你没有跟我开玩笑吧，局长？"

"没有，肯定没有。如果你以为德加默是因为要她好看，才上山去找她，那你就错了。有些女人就是有能力把男人变成那样，有些男人就是如此。"

"我没这么想。谋杀女人的凶手，应该对那里很熟悉。"我说道，"假如德加默对山上很熟悉的话，那倒是很有可能。"

"这件事希望你可以保守秘密，我们俩知道就可以了。"

我没有保证，只是点了点头，说道："晚安。"然后就走了。

他看着我走出了房间，神色有些悲伤。

我的克莱斯勒停在警察局的停车场，就在大楼的旁边。库尼没有真的威胁，挡泥板没有丝毫破损，车钥匙也在里面插着。我开着车回到了好莱坞，临近午夜时分，才走进公寓的大楼。

绿白相间的走廊上非常空旷，这时，一个房间里的电话响了起来。我越靠近我的房门，电话的铃声就越大，而且非常固执地一直在响。我把门打开，是我的电话。

黑暗中，我穿过房间，朝墙边的一张橡木书桌走了过去。当我抓起电话的时候，它最起码已经响了 10 下。

我拿起话筒，原来是金斯利打过来的。

"天啊，我都找你好几个小时了，你究竟去哪儿了？"他焦急又紧张地说道。

"嗯，有什么事情吗？我已经回来了。"

"关于她的消息，我已经有了。"

我深吸了一口气，紧紧握着话筒，然后慢悠悠地吐气，说道：

"接着说。"

"你准备开始行动吧，我离你很近，到你那儿只需要五六分钟。"

说完，他就把电话挂断了。

我手中的话筒依然在耳朵和电话机之间放着，然后才缓慢地放下。我站在那里，看着刚刚拿着话筒的手，它好像仍然握着那个话筒似的，半张半蜷曲着，僵硬在那里。

29

深夜，从外面传来了小心翼翼的敲门声。我把门打开，看到了金斯利。他的身材高大壮实，身上穿着一件奶油色的运动外衣，一条黄绿两色的围巾围在立起来的高领里，头顶上戴着一顶暗红色的帽子。他的帽檐压得很低，盖住了额头，眼睛在帽檐下方，好像是一只受伤动物的眼睛。

跟他过来的还有一个人，是安德莉安娜小姐。她穿着一件深绿色外套，没有戴帽子，头发上闪烁着异常的光芒。耳朵上戴着一对栀子花的耳饰，每一边都有两朵，一朵叠着一朵。下半身穿着一条长裤，脚上穿着一双凉鞋。跟着她一同进屋的还有"香水中的香槟——皇家基尔莱恩。"

我把门关上，然后请他们落座。

我说道："需要喝一杯吗？"

安德莉安娜小姐双腿交叠着坐在一把有扶手的椅子上，眼睛巡视着四周，想要寻找香烟。她找到了香烟，将其点燃，然后对着天花板的一个角落，有些空洞地笑着，神态异常夸张。

我去厨房调了三杯酒，自己端着一杯，坐在了棋桌旁边的凳子上，剩下的两杯给了他们。金斯利站在房子中间，显得非常焦虑。

"你的腿怎么回事？你干什么去了？"金斯利问道。

"这是被警察踢的，是湾城警局例行的服务，是他们的礼物。至于我干什么去了，自然是去了监狱，理由是酒后驾车。不过似乎我马上又要回去了，你瞅瞅你这德行。"

"我现在可没心情开玩笑，我一点儿也不知道你说的是什么。"他简洁地说道。

"好了，不开玩笑了。她在什么地方？你有听到些什么吗？"

他坐了下来，手里端着那杯酒，右手指弯曲朝着外套兜里伸了进去，掏出了一个长长的信封。

"这是 500 美元，你把这个拿给她。这是我在一家俱乐部里用支票兑换的，非常不易。原本她想要更多的，但我现在只能筹到这些了。还有，她必须要出一趟城。"

"出城？哪座城？"

"湾城。具体位置我不清楚，但她肯定就在那里的什么地方。她会跟你见面，地点是孔雀厅。"

安德莉安娜小姐好像是坐车出来兜风的一样，我望着她，发现她依旧看着天花板的一角。

金斯利把信封扔在棋盘桌上，我瞅了一眼里面，是现金，这样一来，他的故事大部分可以成立。我让那个有着褐色和金色相框的信封在光滑的小桌子上躺着。

"她自己的支票为什么不用？不管是什么样的旅店，都可以接受兑现，甚至大多数还会当现金收取。"我问道，"难道是她的银行户头被冻结了？又或者是因为什么其他原因？"

金斯利说道："不要再说这些了，她遇到了困难。"他的语气有些沉重，"我不是很清楚她是如何知道自己有麻烦的，可能是警方对她下达了抓捕令。你说是不是？"

"我不知道。"我说道。

我一直都在忙着跟那些活跃的警察打交道，压根儿没有时间听警察们的无线电广播。

他缓慢地抬起眼皮看着我，那种眼神我从来没有见过，非常空洞。

他开口说道："在这以前，是不会有问题的，但现在不行了。何况她也不会冒着危险去兑换支票。"

"好吧，这些再怎么讨论也没用了。她现在在湾城，你跟她交谈过吗？"

"没有。当时我们刚刚下班，那个警察，也就是韦伯局长正好和我在一起。她打到了办公室，弗洛姆塞特小姐肯定没法让她和我说话，所以她只跟弗洛姆塞特小姐交谈过。她也没有留下任何一个号码，只是说会再次打过来。"

安德莉安娜小姐从天花板上把视线收回，又朝着我的头顶看过来。我看着她，她的眼睛里没有任何表情，就好像是拉上的窗帘一样。

"我猜克里斯是被她用枪杀死的，对此韦伯局长也表示赞同。"金斯利继续说道，"我不想跟她交谈，何况她也不愿意跟我交谈，我更不愿意跟她见面。"

"韦伯局长心里面想的和他说的不一定相同，这代表不了什么。要知道已经很长时间没有人以听警察短波为乐了，所以，我倒觉得她清楚警察对她进行追查的这件事有些问题。在这以后，她有打过来吗？后来又怎样了？"

金斯利说道："那时大概在 6 点 30 分，但我们肯定还要在办公室里等电话。"说着他把脑袋转向那个女人，然后接着说道，"你来跟他讲吧。"

"我把电话转接到金斯利先生的办公室里，当时他就坐在我身边，没有说话。"安德莉安娜小姐说道，"她让人把现金送到'孔雀厅'，还问了一下谁会去送。"

"她说话的声音，听起来害怕吗？"

"丝毫没有。她打算好了所有的一切，可以说是如同冰块一样，非常镇定。而德利斯，也就是金斯利先生不会自己过去，这一点她似乎也很清楚，而且她还知道拿着现金的那个人可能是她不认识的人。"

"我能猜出来你说的是谁。还是称他为德利斯吧。"

她微微笑了一下，接着说道："我想你就是那个要去的人，我跟她描述了你，我还说了，你会戴上德利斯的围脖。她将在每个小时的15 分左右去一次孔雀厅。德利斯的办公室里有一些衣服，还有一条围巾，这条围巾非常显眼。"

那条围脖是蛋黄色底子，上面铺垫着深绿色的腰果形图案，确实是很明显。我只要戴上它，就好像推着一辆红、白、蓝的手推车一样显眼。

"对一个榆木脑袋来说，她做得不错了。"我说道。

金斯利厉声说道："没有时间开玩笑了。"

"你刚刚说过这话了。对于一个警方正在追捕的逃犯，你就那么肯定我会把现金拿给她？"我说道。

他在脸上挤出了一丝笑容，一只手在膝盖上扭捏，非常不自然地说道：

"我承认的确有些过分。但你觉得应该怎么做呢？"

"这件事一旦被摊开，那我们三个都会变成同谋。可能对于她的丈夫，还有他可以保守秘密的秘书来讲，为自己找个理由开罪，并不是一件过分的事，但我要是做了这样的事情，他们根本就不会轻易放过我。"

"假如她什么都没有做的话，我们是不会变成同谋的。另外，我会给你补偿的。"

"我之所以跟你谈下去，是因为我也是这么想的。但假如我发现凶杀案是她干的，那么，我会把她送到警察局。"

他说道："她不会跟你交谈的。"

我把信封拿了起来，放进了衣兜里，说道："如果她想要这个东西，她就会。"

我看了看手表，接着说道："假如现在出发，或许可以赶得上1点15分这个时间。这也很好，在经过这么多个小时，她可能已经被酒吧里的人记住了。"

"有一点可以帮助到你，她的头发染成了深褐色。"安德莉安娜·弗洛姆塞特说道。

我把酒喝完，站起来说道："这不能让我觉得她是个被冤枉的旅客。"

"咕噜"一声，金斯利把他的酒也喝掉了，然后站起来，摘下系在脖子上的围巾，递给了我。

"你为什么会被警察教训？你干什么了？"

"我去找了一个男人，他叫泰利。弗洛姆塞特小姐好心给了我一些线索。奥尔默大夫的案子，就是这个男人处理的。但那些人早就盯住了那栋房子，所以，我就进了监狱。泰利是个私家侦探，是格雷森雇用的。"我看着这个深皮肤的高大女人，接着说道，"我没有时间解释这些了，这一切你都可以跟他说，没事的。你们还要在这里等下去吗？"

"我们回我那里等你的电话。"金斯利摇了摇头说道。

"不了，我很累。"安德莉安娜·弗洛姆塞特打了个哈欠，站起来说道，"我要回家睡觉，德利斯。"

"你要和我一起走，要看着我，不要让我发狂。"他用清晰有力的语气说道。

"弗洛姆塞特小姐。"我询问道，"你住在哪里？"

她看了我一眼，感到有些疑惑，说道："在日落大道，伯莱森大厦716号。有什么事吗？"

"说不定哪天，我会去找你。"

金斯利好像受了刺激一样，脸色阴沉，但那双眼睛依然如同病兽一般。我把他的围巾围在了脖子上，然后走到厨房，把灯关上。当我出来时，她的肩膀已经被金斯利环住了，看样子她真的很烦很累。他们俩站在门口。

他迅速地向前走了一步，一只手朝着我伸了过来，然后开口说道："好了，马洛，希望你这个人能非常稳重。"

"离开吧，走远点儿。离开吧。"我说道。

他瞅了我一眼，感到有些怪异，随后两个人携手走了。

我在等着，直到听见了电梯上来，停下，门被打开，然后关上，电梯下降。在这之后，我才出了门，走楼梯下楼，来到地下停车场，把我的克莱斯勒发动了起来。

30

在靠近街道的位置，有一间狭窄的酒吧，这就是"孔雀厅"。它旁边有家礼品店，一盘水晶动物摆放在窗户上，街灯照射在上面，闪闪发亮。孔雀厅里有面玻璃砖墙壁，一只彩色玻璃做成的孔雀镶嵌在上面，散发着柔和的光辉。厅里亮着琥珀色的灯光，摆着大红色的皮革，小隔间里摆放着塑胶桌子。我走了进去，绕过一面中式屏风，环视着吧台，然后在一个视线对外的座位上坐了下来。有四个当兵的围绕着桌子坐着，他们看上去很无聊，目光空洞，一声不吭地喝着闷酒。在他们的对面坐着两个姑娘，还有两个如同花花公子般的男人，他们在喧闹着。看样子，克里斯德尔不会是他们中的任何一个。

一个干枯、消瘦的服务生，把一张印有孔雀图案的纸巾，还有一杯鸡尾酒放在了我面前的桌子上面。他有着一双很凶恶的眼睛，面孔如同被啃咬过一样。

我喝了一口酒，瞅了一眼琥珀色的钟表，才刚过 15 分钟。

忽然，和两个姑娘一起的那两个男人中的一个站了起来，朝着门口大步走了出去。

"你为什么要羞辱人？"另一个男人说道。

"你真会讲话，羞辱他？"一个姑娘细声细语地说道，"是他跟我提出无理要求的。"

"难道不是吗？即便如此，你也不能羞辱他啊。"男人语气有些埋怨地说道。

突然，一个当兵的大声笑了起来，随后又大口喝着啤酒，用一只褐色的手抹掉了脸上的笑容。我揉搓着膝盖窝，麻木感已经消失了，只是还是有些肿痛。

一个很小的墨西哥男孩拿着早报，慌里慌张地沿着卡座走着，他的脸很白，睁着黑色的大眼睛，期待着在被赶出去之前，能做成几笔买卖。

我买了一份报纸，想要看看有什么有意思的凶杀案，可惜没有。

我叠起报纸，看到从某个地方冒出来一个女人，她有一头褐色的头发，身材窈窕，穿着黄色衬衫、黑色裤子、长款的灰色外衣。我思索着她是有些脸熟呢，还是只是我见过千百次的那种苗条的身材、冰冷有魅力的标准容貌。路过小隔间的时候，她看都没有看我一眼，然后直接朝着屏风后的大门走了出去。过了两分钟，那个小墨西哥男孩又回来了，他瞅了一眼酒保，朝我慌张地跑过来。

"先生。"他做了一个让我跟着他的手势，接着闪烁着美丽的大眼睛，目光中透着悲伤，又慌张地跑了出去。

我把酒喝完，跟着他走了出去。那个身穿灰色外衣、黄色衬衫、黑色裤子的女人站着礼品店门口，她望着窗户，看着我走出来。

我朝她走了过去，站在她的身边。她头发的颜色比深褐色还要深，脸色显得疲惫苍白。

她又瞅了瞅我，然后望着远处，面对窗户说道："请把现金交给我。"玻璃上，她呼出的气息形成了雾气。

"你是谁？我需要搞清楚。"

她温柔地问道："你拿了多少过来？至于我是谁，你应该很清楚。"

"500。"

"快拿给我，我等得都快要死了。但那些根本就不够，不够。"

"我们可以到某个地方谈谈吗？"

"你把现金交给我，就可以走了，我们没必要谈。"

"没那么容易。我需要搞清楚究竟发生了什么事，否则我也不会冒着危险过来。"

"真该死。为什么他自己不过来？"她尖锐地说道，"我只想赶快离开这里，不想和你谈。"

"你并不想让他接听你的电话，他很清楚这点，你根本就不希望他亲自过来。"

她点了点头，快速地说："是的。"

"没有第二条路可以选择，你必须跟我谈一下。我是个私家侦探，需要保护好自己。无论是对我，还是法律，我都没他那么好说话。"

她冷笑着，小声说道："哼，还找了个私家侦探，他可真有趣。"

"在他所了解的范围内，他会拼尽全力的，对他来说，要怎么做并不是个简单的事。"

"你想要谈些什么？"

"是一些小事，但却很重要。你做了些什么？去过哪里？又想要做什么？"

橱窗玻璃上，她呼出的气息形成了一片雾。直到雾气消散，她才开口说道：

"你把现金交给我，让我先把事情处理完，我觉得这样更好一些。"她说话的语气依旧冷硬空洞。

"不行。"

她耸了耸身穿灰色外衣的肩膀，显得有些不耐烦，然后目光凛冽地瞅了我一眼。

"好吧，假如必须要这样做的话，给我5分钟，我要一个人走。第八街向北过二个路口，618号房，我就住在那里。"

"我有汽车。"

"我要一个人走。"说完，她迅速地转身离开。

她朝着街角走去，穿过马路，沿着一排胡椒树直走。等到看不到踪迹的时候，我按她所说的，等了10分钟，然后坐进克莱斯勒，发动汽车。

有栋难看的灰色公寓位于街角处。公寓入口的玻璃门和街道平行。我驶过街角，在一条凸起的水泥路后，看到了车库的入口，"车库"两个字被印在了奶白色的玻璃罩上。进到里面，一片寂静，汽车成排地停放着，到处充斥着塑胶的气味。

这时，从玻璃房中走出一个身材消瘦的黑人，他看着我的汽车驶近。

"我到楼上去，临时停一下，需要多少？"

"一块钱，先生。"他斜视了我一眼，说道，"已经很晚了，你的汽车需要擦洗干净。"

"你说什么？"

他表情严肃地说道："一块钱。"

我从车上下来，给了他一块钱，他把一张停车票交给我。都不需要我询问，他就告诉我电梯在玻璃房后男厕所的旁边。

我上到六楼，寻找门牌号，周围没有任何声音。这个地方好像还挺好的，可能还有一些卖淫女郎住在这里，甚至连海滩的味道都能从过道的尽头闻到。那个瘦小的黑人小伙，真的很会看人，这也证明了他为什么向我要一块钱了。

我走到618号房的门口，站了一会儿，然后轻轻地敲了敲门。

31

她站在房门后，身上还穿着那件灰色的外套。我从她身边经过，进入到四方形的屋子。有两张折叠式的单人床被挂在墙上，屋子里还摆放着几件简单粗陋的家具，窗户打开着，在靠窗的茶几上，还放着一盏台灯，散发出朦胧的灯光。

"坐着谈吧。"她说道。

她把门关上，坐在屋子另一边那张笨重的摇椅上，我坐在一个厚实的沙发上。沙发的一边挨着一面墨绿色的布帘，里面可能是衣帽间和洗浴间。另一边是一扇门，已经关上了，里面可能是厨房。这个屋子大概的格局，就是这样。

这个女人的眉梢纤细，有着一头棕色的头发。她一脸平静，看不出在想什么，看样子，这不会是个随便把情绪表露在脸上的女人。她仰靠在摇椅上，双腿交叉，漆黑的长睫毛下，一双眼睛注视着我。

"我从其他人那里了解过你，只不过和眼前的你并不相同，我是说在金斯利那里。"我说道。

她没有讲话，只是抿了抿嘴唇。

"从克里斯那里也是如此。"我接着说道，"这表示不一样的人，他们讲的话也都不一样。"

"你究竟想知道些什么？我可没时间和你在这儿闲扯。"她说道。

"你应该很清楚，我一直在找你，是他雇过来找你的。"我说道。

"是的。在电话里，他办公室的那个宝贝儿，全都告诉我了。她和我说了围巾的事，还跟我说那个男人叫马洛，我想应该就是你。"

我把脖子上的围巾摘了下来，叠好放进衣兜里，然后说道："正因为如此，我知道你在普勒斯科特旅店跟克里斯见面的时候，扔下了你的车。我还知道在奥尔帕索的时候，你发了一封电报。虽然我知道得不是很多，但还是多少知道了一些。那个时候，你还做了一些什么？"

"我做什么与你无关，我要的只是他送来的现金。"

"我不想和你争论这个问题，只是这笔现金，你到底还想不想要了？"我说道。

"好吧。我们确实去过艾尔帕索。"她有些疲倦地说道，"我发那封电报，是因为那时我原本想和他结婚。那封电报你看到了？"

"看到了。"

"可是到最后，我想让他自己回家，因为我改变了主意。所以他发了脾气。"

"他真的回家了？没和你在一起？"

"是的，不然呢？"

"那后来呢，你又做了什么？"

"我去了圣泰巴巴拉待了几天，应该有一个礼拜，再后来，我又去了帕萨迪纳，同样待了一个礼拜，后来我去了好莱坞，最后来到了这里。就是这个样子。"

"所有的行程，你都是独自一人？"

她迟疑了一下，然后说道："是的。"

"任何一段路途中，克里斯都没和你在一起？"

"从他回家之后，就没有过。"

"你有什么想法？"

她说道："什么有什么想法？"声音有些尖锐。

"难道你不清楚吗？他会感到焦急。更何况你去了那么多的地方，还没有任何消息。"

"噢，你指的是我的丈夫？他会认为我在墨西哥的，难道不是吗？至于你说的，我并没有想过。"她冰冷地说道，"我这么做究竟是为什么，只是因为有些事情，我需要好好思考一下。我要到一个地方，把这些头绪厘清，因为我的生命走到这里，碰到了一个打不开的结。"

"你因为想要厘清头绪，就在鹿湖待了一个月的时间，可到后来却没有任何结果，对不对？"我说道。

她把头低了下来，瞅了瞅自己的鞋，然后又抬起脑袋，瞅了瞅我，最后诚实地点了点头。

她那头卷曲的棕色头发，蓬松地顺着脸颊滑落，她举起左手，朝后面拨了一下头发，然后用一根手指，揉着太阳穴。

"我可能需要找一个新环境，一个能让我独处、没有人知道的地方。"她说道，"这个地方不一定要多有意思，但必须要完全陌生。比如饭店。"

"你这样做，能过得好吗？"

"不好。但我不会再回金斯利那里了。他想要我回去吗？"

"我也不知道。你为什么要来这个地方？克里斯住在这个镇上？"

她看着我，轻轻咬着手指关节。

"我的心被他搞得很乱，在某种程度上，我还是忘不了他。我已经不爱他了，也不会跟他结婚，但我就是想再见他一面，这样合理吗？"

"据我了解，你做事一贯都是按照自己的想法，而且已经很多年了。因此只有一部分有理，但是你离开家，待在那些简陋的旅店里，就不合理了。"

她又咬了咬自己的手，急切地说道："我一定要独自一人，去……

去想明白一些事情。你可不可以留下现金，马上离开这里？"

"可以，我会立刻走。但你应该解释一下，你是因为什么离开鹿湖的吧？比如说，跟穆里尔·切斯有什么关系？"

她一下子惊住了，说道："我的天啊！那一副冷面孔的小……她和我有什么关系？你说这话是什么意思？"她的那副惊恐的神情，每个人都可以做得出来。

"我还以为你和她发生了争执，因为比尔·切斯。"

她好像更加诧异了，甚至差不多已经被吓坏了。

"比尔·切斯？比尔？"

"比尔说，你在引诱他。"

她把头仰了起来，轻轻地发出一声冷笑，声音有些做作。

"我的天啊，就是那个不修边幅的酒鬼？"她突然间严肃起来，说道，"为什么事情越来越奇怪了？究竟发生了什么事情？"

"他的妻子被发现死在了湖里，应该有一个月的时间了。"我说道，"也许他是个酒鬼，但是现在，他被警方怀疑是杀人凶手。"

屋子里非常寂静，太平洋湿润的海风朝着屋内吹了进来。她的脑袋往一侧歪着，舔了舔嘴唇，紧紧地注视着我。

"他俩经常发生争执，所以,他们有这样的结局，我并不感到意外。"她缓慢地说道，"怎么了？你认为我的离开，是跟这件事有关？"

"确实有可能。"我点了点头说道。

她使劲摇了摇头，认真地说道："绝对不可能。事情就是我所说的那样，没有其他的了。"

我说道："穆里尔在湖里死掉了，这件事情对你来说，不会有好处吧？"

她说道："她不喜欢和人交往，真的，我甚至都不怎么认识她，再说……"

"她曾经在奥尔默诊所工作过，看样子你应该不知道。"

"我从来没去过奥尔默医生的诊所。"看上去她感到非常费解，然后又缓缓地说道，"他有几次来我家出诊，但那是很久以前的事了，我……你到底在说些什么？"

"穆里尔·切斯在奥尔默医生那里做过护士，她本来的名字叫米尔特里德·哈维兰德。"

"她是奥尔默医生诊所的护士？这种巧合可真奇怪。"她有些诧异地说道，"我知道比尔是在河滨市跟她认识的，至于她是从哪里冒出来的，这我就不知道了。可这根本就证明不了什么，不是吗？"

"不，我就是觉得这么巧，这就是巧合。"我说道，"你很清楚我因为什么必须要跟你谈。因为奥尔默医生和克里斯在某种情况下是有关的。穆里尔的溺亡，你的离开，还有穆里尔·切斯和哈维兰德是同一个人，这所有的一切都曾经跟他们有关系。当然，克里斯居住的地方，就在奥尔默医生家对面。还有，克里斯认识穆里尔的时候，有可能是在其他什么地方吗？"

她思索了一下，轻轻地咬了咬下嘴唇，然后才开口说道：

"他跟穆里尔在山上见面时，并没有表现得像曾经见过她的样子。"

"他这么做是故意的，他这个人就是这样。"我说道。

"我认为他并不认识奥尔默医生，他只是认识奥尔默医生的妻子，奥尔默医生诊所的护士，他应该也不认识。"她说道，"所以，克里斯和奥尔默医生应该没有什么关系。"

"好吧。我觉得这些事情应该对我没什么用。"我说道，"现在我可以把现金交给你了，至于我为什么必须要你和我交谈，我想你应该清楚。"

我把那个包裹着现金的信封掏了出来，然后站了起来，放在她的膝盖上。她一动不动，我又坐了下来。

"你很好地演绎了这个角色，但是他们都错了，他们把你当成了一个小笨蛋，觉得你不听话、不稳重、没脑筋。所有人都看错了你，因为这个角色外表表现得迷惑无辜，内心却充满仇恨苛刻。"我说道。

她一句话也没说，竖着眉毛怒视着我，最后嘴角上又浮现一丝笑容。她把装着现金的信封拿了起来，轻轻地在膝盖上拍打着，然后又在她身边的桌子上放下。她做着这些动作的时候，眼睛依然紧紧盯着我，一刻也没有离开。

"你扮演弗尔布罗克太太这个角色的时候，同样很成功，我当时就被你唬住了。但现在回过头想想，你还是演得有些太过了。"我说道，"那顶紫色的帽子戴在散乱的棕色头发上，根本就不成样子，如果是在金发上的话，应该很不错。还有那个乱七八糟的妆容，好像是一个扭伤手腕的人帮你化的，而且你在我手上放那把手枪的时候，我完全惊呆了。"

她暗自小声地笑了笑，然后把手伸进了上衣的深口袋中，鞋跟在地板上敲打着。

"但你为什么在大白天冒这样的危险？为什么要回去？"我问道。

"所以你觉得克里斯是被我杀死的？"她镇定地说道。

"不是觉得，而就是如此，这点我很清楚。"

"我回去是为了什么？你想要搞清楚的就是这个吗？"

"其实我不是真的想知道。"我说道。

她笑了笑，声音尖锐又冷冽。

"我之所以要回去，是因为我所有的钱都被他拿走了，钱包也空了，甚至连零钱也全部被拿走了。"她说道，"我很清楚他的习惯，其实回去了还更加安全，没有任何危险，就好比往里面拿牛奶和报纸。在这样的情况下，大家都会非常恐慌，可我不会。想要更加安全，就需要保持冷静，我不明白为什么要惊慌失措。"

"我知道了。虽然这不是很重要，但我早应该想到。你是在前一天的晚上，把他杀害的。"我说道，"刮胡子这件事情，男人通常都会放在晚上来做，尤其是胡子密集而且还有女朋友的男人。当时他就是在刮脸，对吗？"

她几乎是愉快地说道："的确有这样的说法。但你想怎样？"

"想怎样？当然是把你送到警察局里。"我说道，"你这个小贱人，你是我见过最没有人性的人。"

"不一定哦，我为什么给了你一把空枪，你明白吗？"她语气愉悦地吐出几个字，"为什么不这样做呢？因为还有另外一把在我的包里，就像这个。"

她从大衣口袋中拿出右手，用手枪指着我。

我笑了笑。或许这个笑容并不是世界上最真诚的，但它也算是个笑容。

"侦探和凶手相遇，凶手拿着手枪对着侦探。这样的场景我从来就不喜欢。"我说道，"侦探之所以被凶手留到最后杀死，是为了要让他知道完整的悲伤故事。即便到最后侦探真的被杀死了，凶手也会有很多宝贵时间被浪费掉。更何况上帝不会喜欢这样的场景，他总是会想方法来阻止它，这一切也会因为某些事情的发生而被破坏掉，所以，侦探从不会被凶手杀死。"

她站了起来，从地毯的另一边缓缓地朝我走了过来，然后温柔地说道：

"如果这一次，我们做得有些不同。如果什么也没有发生，而我也没有对你说什么，那我是不是就可以把你杀死了？"

"即便如此，这样的场景我依然不喜欢。"

她从地毯上悄无声息地走了过来，慢慢地舔了舔嘴唇，说道：

"似乎你并没有感到恐惧。"

我撒着谎说道："不恐惧。因为你不太会用手枪，不然的话，在你射杀克里斯的时候，也不会失手三次，所以你应该不会击中我。更何况，现在正开着窗户，在这寂静的夜晚，枪声会格外刺耳，而且从这里走到街上，也需要很长一段路。"

她开口说道："站起来。"

我站起身。

"这一次我会离得很近，就像这个样子，肯定会击中的，对不对？不会射不中。"她拿着手枪抵在我的胸口，然后说道，"把手举起来，身体站直，不要动。如果你动一下，我不敢保证手枪会不会走火。"

我感觉到舌头在发硬，不过还可以动弹。我低头看着手枪，把手举过肩膀。

她用左手在我身上搜索了一番，没有找到手枪。她咬紧嘴唇，怒视着我，然后放下了那只手，在我的胸口用手枪抵着。

她开口道："你需要转过身去。"语气很有礼貌，如同是给人测量尺寸的裁缝。

"你真的对枪没什么研究，而且做事总有些小问题。你有个老毛病，虽然我不想说，可你总是忘记，你没有打开保险，还有你太靠近我了。"

她朝后面退了一大步，眼睛依旧紧紧盯着我的脸，用大拇指摆弄手枪的保险，她同时在做这两件事情。本来只需要一秒钟的时间，两件事情就可以完成，毕竟这非常容易，但是她却分了心，因为她不愿意被我的思想支配，也不愿意让我来告诉她。

突然，我伸出右手，猛地一拽，把她拽到我的身上，一阵窒息的声音，从她的嗓子里发出来。我伸出左手朝她右手腕打去，她手中的枪一下子飞了出去，掉在了地上。她想要大叫，整个脸在我的胸前扭动着。

她的身体本来就已经站不稳了，但她还企图踹我，以至于完全失去了平衡，跌倒在地。她伸着手想要抓住我，虽然她力气很大，不过我比她更加强壮，我把她的手腕抓住，然后朝着她身后拧了过去。她不再用力，还缩起了脚，把她全身的重量压在了我搂住她的那只手上。她的身体开始压了过来，只靠一只手我根本无法支撑，只能跟着她弯下身。

在那张沙发旁边的地毯上，我们制造出了扭打的声音和沉重的呼吸声，地板有可能也在响着，但我没有听见。一阵尖锐的声音传来，我不敢肯定，也没有时间去思考，我以为那只是拽动窗帘时发出的声音。突然，在我的左后方出现了一个人影，我只知道那是一个身材高大的男人，他站在那里，但我却无法看到他。

突然，我的眼前金星环绕，接着是一片漆黑，我什么都不知道了。我觉得很恶心，然后是漆黑一片，只有金星和黑暗，甚至我都想不起来自己有没有被射中。

32

杜松子酒的气味扑鼻而来，这种感觉就像是一头栽进了满是纯正杜松子酒的大西洋里似的。我的头发上、眉毛上、下巴上，甚至连衬衫上都是杜松子酒，根本不像在寒冷冬天的早上，喝上四五杯酒，然后再起床的感觉。我身上的气味，就像是一只死掉的癞蛤蟆一样。

我身上的外衣被脱了下来，躺在那张长沙发前面的地毯上，眼睛注视着一幅画，画框是用软木做成的，上面还刷上了便宜的亮光漆。那幅画上画着一段高架铁路，浅黄色的高架铁路非常巨大，如同一道雄伟的拱门，一个黑色的火车头正从拱门中穿过，后面正拉着一列深蓝色的普鲁士列车。从拱门里望去，可以看到晒着阳光的人们伸展着四肢，躺在一片金黄色的沙滩上，上面还装饰着条纹花色的海滩遮阳伞。迎面走过来三个撑着遮阳伞的少女，她们分别穿着粉红色、淡蓝色、草绿色的衣服。沙滩的另一头是绵延弯曲的海湾，灿烂的阳光照耀在蓝蓝的海面上，上面点缀着弯弯的白帆，这个地方非常蓝，没有任何一个海湾能够与之相媲美。在蜿蜒海岸边的陆地的远方，有着三座颜色分别是金黄色、土褐色、淡紫色的小山丘。

这幅画的下方，有一行大写字母，上面写道：湛蓝的法国海岸，从蓝色列车上看到的。

这个时候说这个，可真是恰到好处。

我感觉后脑勺晕晕沉沉的，我起身，感到浑身无力。突然，一阵钻心的痛楚涌过全身，我忍不住呻吟了一下，但因为职业上的自尊，呻吟声变成了一声嘟囔。我小心谨慎地转过身，在靠墙的位置上，有一对折叠床，墙上竖着一张床，另一张却已经放下来了。木头上刷着漆，上面庸俗艳丽的图案看着很眼熟。那幅画就挂在长沙发上面，但我却一直没有关注它。

在我翻身的时候，一瓶方形的杜松子酒从我的胸口处滚落下，掉在了地上。这个白色透明的酒瓶子已经空了。那么多的酒，怎么看都不像是这个酒瓶能够装下的。

我用双手支撑着跪在地上，那模样就像是一只狗，用鼻子嗅着，吃不完东西，又不愿意离开。我转了转头，非常疼，我又慢慢地转了一下，还是很痛。我缓慢地从地上爬起，这才发觉，我没有穿鞋。

我的那双鞋慵慵懒懒地躺在墙根儿那里。我费力地把鞋子穿上，感觉自己好像是一个老人，正在最后一段很长的山坡上走着。但我还有牙齿，我用舌头感觉了一下，没有尝到杜松子酒的味道。

"迟早有一天，你会遭到报应，这一切你都不喜欢。"我说道，"你会遭到报应的。"

在那扇被打开的窗户旁边，还有张桌子，上面放着一盏灯，还有一个沉重的绿色沙发。门口挂着一条绿色门帘。一定不可以背对着绿色门帘，因为那样总会发生要命的事情，会凶多吉少的。我是在对谁说话呢？是一个女人，有着一个清秀的容貌和一头深棕色头发的女人，那秀发原本是金色的，那个女人手中还拿着手枪。

我开始寻找她，她躺在那张被拉开的单人床上。

她的头发很乱，脖颈上有紫色的伤痕。她嘴巴张开着，肿胀的舌头吐在外面，眼睛鼓了起来，眼白都已经不再是白色的了。她的身上裸露着，只穿了一双深色长筒袜。

她苍白的肚皮上鲜血淋淋，有四道很深的抓痕。那深深的抓痕，是充满仇恨的指甲所抓出来的。

她的衣服几乎全在长椅子上，乱糟糟地堆放在一起，我的外衣也在其中，我把衣服翻了出来，穿上。当我的手在那堆衣服里翻动的时候，下面有什么东西在沙沙作响。我拿出来瞅了一眼，是那个长信封，现金依旧在里面，是那500美元，希望没有被动过，我把它放进了衣兜里。除了这个，好像已经没有什么可以期待的了。

我踮起了脚尖，慢慢地走了几步路，然后弯下腰，在膝盖后面揉了揉。我一边揉一边在思索着，是膝盖在疼，还是头在疼？究竟是哪个地方在疼？

一阵沉重的脚步声，从过道里传来，还有人在小声地讲话。脚步声已经停了下来，紧接着传来巨大的敲门声。

我斜着眼睛注视着那道门，站在那里，屏住呼吸，等人打开门走进来。门把手转动了一下，进不来，门被锁住了。然后又是一阵敲门声，接着停了下来，又响起一阵低语，最后脚步声离开，越走越远。我思索着，应该是去找经理拿钥匙开门了，但这需要多长时间呢？估计用不了多长时间。

对马洛来讲，从湛蓝的法国海岸回家，这点儿时间根本就不够用。

我朝着绿色的门帘走去，把它拉开，一条昏暗的走廊映入眼帘，很短，是通向浴室的。我走进去把灯打开，地面上有两块垫子，还有一块垫子被摆放在浴缸旁。一扇有鹅卵石花纹的玻璃窗在浴缸的一角，这里是六楼，窗户上没有挂纱窗。我站在浴缸上，把窗户推开，脑袋从窗户往外伸。外面一片黑暗，什么都看不到，只能模糊地看到种植着树木的街道。我又歪着脑袋，往两边看了看，居然发现这里到隔壁房间浴室的窗户，距离还不到三英尺，即便是一只肥胖的山羊，也可以很容易地从这里爬过去。

但问题是，一个刚刚被人殴打过的私家侦探，他能不能够做到？假如能做到，那么等待他的又将是什么？

隐隐约约，从背后远远地传来了一阵声音，似乎是警察正在喊话：

"把门打开，不然我们就会冲进去。"

这样的喊话，让我感到非常好笑。他们根本不会用脚去把门踢开，因为他们使劲把门踢开，脚就会非常痛，这些警察在乎的只有他们的脚。

我从架子上拽下一条毛巾，从窗户上卸掉了两片玻璃，然后慢慢地钻了出去。我站在窗台上，抓着窗户框，朝着隔壁的窗台，荡过半个身子，隔壁浴室的窗户被锁上了，如果它没有被锁上，我还能勉为其难地打开。我把脚伸出去，朝着窗钩旁边的那扇玻璃踢了过去，声音非常响，甚至连雷诺市都可能听得到。有辆汽车驶过下面的街道，但没有人对我大喊大叫。我把左手用毛巾包裹住，伸进去把窗钩打开。

我推开那扇被踢坏的窗户，朝里面爬了进去。那条毛巾从手里脱落，慢慢地掉落在黑暗中，最后掉落在两栋公寓楼中间的一片狭长的草地上。

我从窗户爬了进去，来到了另一间浴室。

33

我朝着一片黑暗爬去，摸到了一扇门，我把门打开，认真地聆听。从北面窗户照射进来的月光，照亮了这间卧室。这间屋子面积很大，而且被整理过，有两张单人床，床上什么都没有，这床不像隔壁房间那样，装在墙壁上。我从床边经过，穿过一扇门，来到了客厅。因为门窗紧闭，导致两个房间里都散发着一股霉味，我摸索着来到了一盏灯前，把它打开。我用一根手指在桌子边缘摸了一下，有一层薄薄的灰尘。这些灰尘，好像是一个干净的房子封闭后，慢慢积攒出来的。

房间里摆放着桌子、收音机、书架，以及一个大书柜。书柜上摆满了小说，甚至连书的封套都在。高脚柜子上摆放着一只铜盘，上面放着一瓶酒，还有四个倒扣起来的玻璃杯。旁边放着一个银质的相框，照片上是一对中年男女，有着健康的圆脸盘，眼睛里充满着笑意，看起来很年轻。他们从相框里注视着我，好像他们一点也不在乎我在这里。

我闻了闻那瓶酒，是苏格兰威士忌。我喝了一点儿，感觉身体的其他地方非常舒适，只不过脑袋更疼了。我把卧室里的灯打开，脑袋伸进衣柜里，发现里面有很多男人的衣服，而且还都是定做的。在一件外套的衣兜里有个签条，正好也表明了它主人的身份，是一个叫H.C.泰尔伯特的人。我又在衣柜里翻找一下，找出了一件淡蓝色的衬衫，但这对我来说有些小。我拿着衣服朝浴室走去，把衣服脱光，洗了洗脸还有胸口，然后拿着一条湿毛巾，把头发擦了擦，穿上了那件淡蓝色的衬衫。我拿着泰尔伯特的梳子，用他的整形发蜡，还把头发梳理整齐，而且用了很多。现在，我几乎闻不到杜松子酒的气味了。

我又在衣柜里面翻找了一下，因为衬衣最上面的扣子没法扣上，于是我找出一条深蓝色的领带系上。我穿上自己的大衣，照了照镜子，看上去，我穿得实在太整齐了，尤其是在这午夜里，即便对细心如泰尔伯特先生这样的人来说，这也实在太整齐、太清醒了。

我稍微弄乱了头发，又松了松领带。为了不让自己太清醒，我又回头去找那瓶威士忌，点了一根泰尔伯特先生的香烟。不管泰尔伯特夫妇如今在什么地方，我都希望他们比我现在过得要好。我也希望自己可以活到有时间来拜访他们的那一天。

我朝客厅走去，来到了通向走廊的门前。我打开了门，靠在那里抽着烟。虽然我很清楚，这么做可能没什么用，但总比等他们从浴室窗户那里追过来要好。

大厅的那头，有人正在咳嗽。我往外探了探头，他看到我，迅速走了过来。那是一个矮小干练的男人，有一头红色的头发，眼睛是赤黄色的，身上穿着整齐的警服。

我打了个哈欠，慵懒地问道："警察先生，发生了什么事吗？"

"发生了一些事，在你隔壁的房间。"他认真地看着我，问道，"你听到了什么吗？"

"我刚刚才回来，我应该听到了敲门的声音。"

"这个点儿才回来？有些太晚了。"

"这只是你认为的。哦？隔壁出了事儿？"

"是个女人，你认识她吗？"

"见过面。"

"嗯，那你应该来看一下……"他用双手卡住自己的喉咙，眼睛鼓了起来，嘴巴里还发出'咯咯'的声音，然后接着说道，"就像这个样子。你什么也没有听到，是吗？"

"除了敲门声，其他的我没注意。"

"嗯，你叫什么？"

"泰尔伯特。"

"泰尔伯特先生，你等一下。在这里等一会儿。"

他沿着过道走了下去，灯光从一扇门里泄了出来，他弯腰探头，说道：

"隔壁的人回来了，警长。"

这时，从门里走出了一个魁梧的男人，他有一头土黄色的头发，眼睛是蓝色的，身材魁梧，是德加默，这真是太好了。他从大厅的另一头，顺着过道，眼睛直勾勾地看着我。

那个身材矮小干练的警员急忙介绍道："他姓泰尔伯特，在隔壁住。"

德加默安静地朝我走了过来，用那双犀利的蓝眼睛看着我，丝毫看不出有一点儿先前见过我的表情。他用一只有力的大手抵住我的胸口，把我推进屋里。在距离门口六英尺的时候，他突然回过头，说道：

"进来，小矮个，把门关上。"

小矮个的警员走了进来，关上了门。

德加默慵懒地说道："小矮个，拿手枪对着他。可真会装啊。"

小警员把枪套打开，掏出了把点三八手枪，然后像是拿着一只手电筒似的，握在了手里。

他舔了一下嘴唇，吹了个口哨，然后轻声说道："我的天啊！警长，你是怎么知道的？"

"知道什么？"德加默向他问道，眼睛依然直视着我，"你认为目前应该做些什么？是到楼下买一份报纸，看看上面写着她被杀了？对吗？"

"啊，我的天啊！警长，你居然一眼就看出来了，你怎么这么厉害？"小矮个说道，"那个女人被他掐死了，而且他还脱光了她的衣服，这是个性犯罪的杀人凶手。"

德加默没有回话。他的脸僵硬得如同花岗岩一样，没有任何表情。他站在那里，脚跟在前后挪动着。

"是的，没错！他是杀人凶手。"小矮个突然说道，"你看这个房间的书架上全是灰，壁炉上的钟表也已经停止了。警长，你闻一下，房间里已经有很长时间没有通风了。他应该是从……我可以检查一下吗？警长。"

说着，他朝卧室跑了进去，我还听到了他四处走动的声音。德加默站在那里，显得有些木讷。

"浴缸里有破碎的玻璃，他是从浴室的窗户那儿进来的。"小矮个回来说道，"那里的杜松子酒味非常浓烈。还有一件衬衫，好像被浸泡在杜松子酒里似的。警长，你还记得那个房间吗？当我们进去的时候，闻到了一股杜松子酒的气味。"

他举起那件衬衫，酒味立刻散发了出来。德加默瞅了瞅，快步走上前，一把拽开我的上衣，看了眼我里面穿着的衬衫。

"我知道他做了什么，他偷了房子主人的衬衫。"小矮个子说道，"你瞧出来了，对不对？"

德加默把我胸口处的衣服抓起来，然后又缓缓地松开，说道："对。"

而他们讲话的语调，好像我就是块木头一样。

"小矮个，你搜搜他。"

我浑身上下被小个子搜了一遍，看有没有手枪。

"什么东西都没有。"

"这是我们抓到的，如果什么都不想让韦伯那家伙找到，我们就需要在那个傻瓜过来前完事。"德加默说道，"我们从后门把他带走。"

"听说，你已经被停职了？"小矮个不解地说道，"那这个案子不归你管。"

德加默说道："假如我已经被停职，那么我也损失不了什么。"

"可这样一来，我会丢掉工作。"

小警员明亮的眼睛里，透出了不安的情绪，脸颊都涨红了。

德加默看着小矮个，眼神中都是怒火，然后说道："好吧，向韦伯汇报吧，小矮个。"

"你说怎么做，我就怎么做。警长，你被停职的事情，我不一定要知道。"小警员舔了舔嘴唇说道。

"只有我们两个人，我们带他下去。"

"没问题。"

德加默朝着我的下巴，用手指顶了顶，然后镇定地说道："哼，真是让人感到害怕，性杀人犯。"

说完，他朝着我浅笑了一下，恶狠狠的嘴巴上，只有嘴角的位置稍微动了一下。

34

灯光从打开的门里射了出来，我们走出 618 号房间，然后朝着相反的方向离开。争执的声音从公寓里传了出来，外面还有两个便衣在抽着香烟，似乎有风吹过，他们圈起手保护着香烟。

我们从过道的拐角绕了过去，走到电梯门口。防火楼梯的门在电梯旁边，德加默把门打开，往下一层一层走着，水泥台阶上回响着我们的脚步声。在到达底层的时候，德加默停下了脚步，手在门把上握着，仔细听了一会儿，然后回头冲我问道：

"你有车吗？"

"在地下停车场里。"

"很好。"

我们继续沿着台阶往下走，来到了昏暗的地下停车场。那个瘦削高大的黑人从值班室里走了出来，他偷偷地瞄了一眼小矮个身上的警察制服，没有说话。我把停车卡交给他，他指了指一辆克莱斯勒。

德加默坐在了驾驶座上，我坐在旁边，小矮个坐在后面。我们朝着斜坡开了上去，开进了夜晚潮湿、冰冷的空气里。这时，在几个路口外，有一辆大车朝着我们的方向驶来，上面还闪烁着两盏红灯。

德加默把克莱斯勒调了个头，然后朝车窗外吐了一口，说道：

"是韦伯，他又晚了一步。小矮个，我们真的从他鼻子底下溜走了。"

"警长，我不喜欢这样，真的不喜欢。"

"小伙子，精神点儿，说不定你还会回来处理这个凶杀案呢。"

小矮个的那点儿勇气很快消失了。

他开口说道："我宁可穿着这套衣服混饭吃。"

德加默一口气开了十个街区，速度非常快。小矮个有些担心地说道：

"去往警局的路，可不是这条，警长，我想你应该清楚自己在做什么吧？"

德加默说道："是的，从来都不是这条路，对吗？"

他把车速降了下来，慢慢地行驶，然后转进一条住宅区的街道。那里有着相同的草坪，在草坪的后面，坐落着一栋栋相同的小房子。他轻轻踩着刹车，在路面上慢慢滑行，然后停在了街区的中段位置。他转过头看了眼小矮个，一只手搭在椅子后背上。

"你认为杀死她的人，是这个家伙？"

小矮个慌张地说道："我也不清楚。"

"手电筒有吗？"

"没有。"

"我有一支，在汽车左手边的小柜子里。"我说道。

小矮个摸索着找了一会儿，把它找了出来，打开开关，照射出了白色的光束。

"看看这个家伙的后脑勺。"德加默说道。

灯光开始移动，然后停了下来。我脖颈上感受到了小矮个的气息，背后还传来了他的呼吸声，接着，有个什么东西在我的后脑勺上摸了一下。我"哼"了一下，随后手电筒灭掉了，街道上的黑暗，再次笼罩着汽车。

"警长，我感到有些迷惑。我看他那样子，很可能是被人狠狠地打了一棍子。"小矮个说。

"那个女人也挨了一棍子，虽然不是很显眼，但确实有个印迹。"德加默说道，"她被人打昏后，身上所有的衣服被人脱光了，而且在死之前，还被人狠狠地在肚子上抓了几道，伤口会流血也是这个原因，最后她被人勒死了。整个过程中，非常安静，这又是为什么呢？还有，究竟是谁报的案？要知道那个公寓里可没有电话。你说呢，矮子？"

"我怎么会清楚？真是见鬼。有人打来电话，说在第八街格兰纳达公寓 618 号房间里，有个女人被杀了。而且柜台的人说，那个人没有留下任何姓名，声音非常低沉，大概也是伪装的。你进来的时候，韦伯局长还在寻找摄影的人。"

"假如那个女人是你杀的，那你会怎么脱身呢？"德加默说道。

"我为什么不走出去呢？我会走出去的。"突然，他对着我大吼了一声，"喂，你为什么不这样走出去呢？"

我没有回答他。

"小矮个，你不会从六层楼高的浴室窗户爬出来，然后打破另外一扇浴室窗户，从那里爬进一间陌生的公寓吧？尤其是屋子里可能还有人在睡觉。"德加默淡定地说道，"不会在那间屋子里，伪装成主人的模样，是不是？你更不会浪费这么多的时间去报警，对吧？那个女人可能在那个地方躺一个礼拜都不会被发现，这样可以脱身的好机会，你不会想平白浪费掉吧？"

"是的，我绝不可能去报警。但你也清楚，这些性凶手跟我们正常人不一样，他们做事都很奇怪。"小矮个好奇地说，"他可能还有一个同伙，那个人不想让他逃脱，于是就把他打晕了，放在那里。"

"关于最后一点，你不要跟我说这是你自己想出来的。"德加默嘟囔着说道，"我们在这里坐着，而这个家伙知道所有的答案，可他一句话也不说，只是和我们坐在一起。"

德加默转回头，看着我说道："你干了什么？"

"头上这一棍棒打得我脑袋一片空白，我全都忘记了。"

"你会想起来的，我们会把你带到山上，你可以静静地看着星星回忆。"德加默说道，"我们会帮助你想起来的。"

"不要这样，警长。"小矮个说道，"我们为什么不能按照规定处理，把他带到警察局里呢？"

"去他娘的规定！"德加默说道，"我很喜欢这个家伙，他只不过有些羞涩罢了。小矮个，我想跟他好好促膝长谈，他需要被开导。"

"可是我根本就不想做这种事情。"小矮个说道。

"你想做什么？"

"我想回警察局。"

"你想要走着回去吗？小伙子，没人会拦你。"

小矮个沉默了一下，然后开口道："好，我走着回去。"

他把车门打开，下车朝着路边走去，然后又说道："警长，你应该很清楚，这所有的事情我都要汇报的。"

"是的。替我向韦伯局长问好。让他下次买汉堡时，不要再买我的那份了。"

"我不明白你说的是什么。"他甩上了门。

德加默一脚踩在了离合器上，发动引擎，在开出去不到两个街区的时候，他的车速就已经达到了 40 英里，开到第三个街区的时候，车速已经达到了 50 英里。直到街口处，他才开始慢下来。他转向东面，用正常车速朝前方驾驶。全世界都卧躺在寒冷寂静的凌晨里，除了身边驶过的几辆晚归的汽车。

过了一会儿，我们驶出了市区。

"说一说，这件事情，我们或许可以处理的。"德加默镇定地说道。

汽车开上了一段很长的上坡，然后又朝着大街开去，最后拐进了退伍军人医院旁的一个庭院里，这里有点儿像停车场。

夜晚，那些三角形灯架上高高的电灯，在海风吹来的雾气中笼着一层光芒。我开口说道：

"今天晚上金斯利来到了我的公寓，他跟我说他的妻子给他打了电话，说急用一笔钱。他让我去孔雀厅把现金交给她，见面的时间定在每个小时的 15 分左右，而且她知道该怎么认出我。"

"她这是要跑路，同时也证明了她做了一些事情，比如谋杀。"

德加默缓缓地说道。他把手微微抬起，又放在了方向盘上。

"我到那里的时候，距离她打电话已经过去好几个钟头了。在这之前，我从没见过她本人，只见过一张拍得不错的照片，但不是很像。他们跟我说，她的头发已经染成了棕色，所以，当她从我身边经过，离开酒吧时，我并没有认出她。她让一个墨西哥小孩进来叫我出去，但她不喜欢跟我交谈，只想要钱。我非要让她把事情告诉我，到最后，她才把住址告诉了我，因为她很清楚，我必须要跟她交谈。但是，她要我在 10 分钟之后再过去。"

"需要时间部署圈套。"德加默说道。

"的确有圈套。她不想跟我交谈，也不想让我去公寓，所以，我无法肯定她是否也参与其中了。不过她的不愿意也可能是在演戏，好让我感觉自己掌握了情况，因为她很清楚，在我把现金交给她之前，肯定会让她解释一番。总而言之，我还是过去了，她扮演得很好。然后，我们就进行了谈话，但她说的没有丝毫意义，直到我们谈论到克里斯被枪杀时，她迅速地有了反应，而且说得很合乎情理。于是我跟她说，我要把她交给警察。"

韦斯特伍德镇已经从我们的北边驶过去了。除了远处公寓的几盏闪烁着的灯，还有一家通宵营业的加油站，这个小镇一片漆黑。

"然后她把手枪拿了出来，当时，她是真的想向我开枪，不过因为她距离我很近，我扭住了她的手，控制住了她。就在我们扭在一起的时候，从绿色帘布后面走出了一个人，他狠狠地打了我一棍，当我醒过来后，已经发生了这宗凶杀案。"

"你看到那个人了吗？我是说打你一棍子的人。"德加默缓缓问道。

"没有。我只是扫了一眼，但还是能感觉到，那是一个魁梧的男人。今天晚上，我看到金斯利戴着这个东西。在躺椅上面，这个东西和衣服堆混在了一起。"我从衣兜里，掏出了金斯利的那条黄绿相间的围脖，然后放在他的膝盖上。

"你不可能这么迅速地忘记这件事，因为它会自己蹦到你的跟前。"德加默低头瞅了瞅围巾，然后把它拿了起来，凑到灯光底下，接着说道，"嗯？金斯利，这我还真没想到，接下来呢？"

"我的脑袋有些疼，意识也不清醒，而且还眩晕。但我不管是看起来，还是闻起来，都像是一个扒光女人衣服，并且将她勒死的人。因为有人脱了我的鞋子和外衣，还在我全身上下浇了杜松子酒，这时，正好有人敲门，所以我就从浴室的窗户爬了出去，尽量把自己收拾干净。后来发生的事情，你也都知道了。"

"你爬进那房间之后，为什么不继续藏在那里？"

"这有用吗？假如我还有机会，就应该在被发现之前，趁机溜出去。假如那里没人认识我，那我就有机会从那栋公寓楼里离开。否则，即便是湾城的警察也会很快地知道我是怎么逃跑的。"

"虽然我不这样认为，但你做这样的尝试，也没什么坏处。"他说道，"你有什么想法吗？我是指这件案子中的杀人动机。"

"假设这是金斯利做的，那就不难解释为什么她会被他杀死。因为她欺骗了他，还给他惹了很大的麻烦，对他的生意造成了威胁，而且她还曾杀人过人。更何况，金斯利还想跟另一个女人结婚，所以，他应该是害怕她会逃脱法网，然后对他嘲讽。要知道，她有很多的钱，完全可以花钱摆脱罪名。他想要摆脱她，只能跟她解除婚姻，一旦她无法逃脱，她就会面临判刑，这样一来，她的财产，他一毛也拿不到手。所以他要杀她的动机，是非常多的。更何况，他还看到了一个可以拿我当替罪羊的机会，虽然不能保证一定可行，但至少可以造成困惑和拖延。如果杀人之后没有办法逃脱，那也没几个凶手会杀人了。"

"那也可能是一个从来没有出现过的人，是另外的一个人。"德加默说道，"就算金斯利去找她，杀害她的也有可能是另一个人，甚至就连克里斯的死，也可能是这个人干的。"

"假如你喜欢这么想的话。"

"我不喜欢。但如果这个案子被我破了的话,那我就会官复原职。如果我没办法破案,那么我就会被调离。"他回过头,说道,"你说我是个蠢蛋,没问题,我就是个蠢蛋,但如何让人开口讲话,我还是清楚的,金斯利在哪里住?"

"我从来没去过,不过我清楚路线。在北边山脚的方向,大概再过五个街区,日落大道的下面,他家就在左边的位置,比佛利山卡森大道965号。"

他说道:"为了让他措手不及,这个就先放在你的衣兜里吧。"说完,他就把那条黄绿相间的围巾递给了我。

35

那是一栋白色的房子,有两层,屋顶是深色的。白色的墙壁上,照射着明亮的月光,仿佛刚刚涂上了一层白色油漆。所有能看到的窗户全都漆黑一片,在前面的窗户上,还安装着铁栏杆,凸出来的墙壁上斜装着一扇门,房子周围的草地,呈放射状往外延伸,阶梯式的草坪,一直蜿蜒到门口。

德加默从车上下来,沿着车道向车库走去,他转过头瞅了一眼车道,最后消失在房子的拐角处。我听到了从车库传来的动静,是门拉起来和拉下的声音,过了一会儿,他出现在消失的拐角处。他冲我摇了摇头,从草坪上踏了过去,走到门口,他一只手从衣兜中掏出了一根烟,叼在嘴里,一只手按着门铃。

他转过身,背对着门点烟,脸上的棱角被火柴的火光照着格外明显。不一会儿,门上方通风扇上的灯亮了起来,接着门上的窥视窗口被拉起。德加默拿出警徽,门慢慢地打开了,好像不是很愿意。他朝里面走了进去。

有几扇窗户的灯亮了一下，但接着又关上了。他大概在房子里待了四五分钟，然后从屋子里出来，门上方的灯立刻熄灭了。他朝车子走了过来，这栋房子又处于黑暗之中了，就好像我们刚刚来的时候那样。

他抽着香烟，在汽车旁站着，眼睛看着这条蜿蜒的小路。

"没有看到金斯利。他们告诉我，从今天早上开始就没再看到过他。但有辆小汽车在车库里，厨师说那是他的车。我把所有的房间都检查了一遍，看样子，他们没有说谎。在近黄昏的时候，韦伯局长带过来一个指纹师，很有可能跟我们在克里斯家发现的做对比，采集指纹留下的白粉，弄得卧室里到处都是。"德加默说道，"至于韦伯局长在这里有什么进展，屋子里的人没说。金斯利现在会在哪里呢？"

"在路上，宾馆里，又或者为了放松神经，正泡着土耳其浴……总之是任何地方。"我说道，"不过，他有个女朋友，名叫安德莉安娜·弗洛姆塞特，住在布朗克·维尔什尔附近，在日落大道上的伯莱森大厦，需要穿过市区，我们可以去她家看看。"

德加默坐进驾驶室，然后问道："她是做什么的？"

"她的脑筋很好，气质也不错，但不是个花瓶。她管理着金斯利办公室里所有大大小小的事务，甚至连下班之后，金斯利也离不开她。"

"这下，她可以大显神通了。"德加默说道。

他开车转向东边，朝着维尔什尔驶去。

我们到达伯莱森大厦的时候，时间已经过去 25 分钟了。这座大楼是灰泥色的，前院还种着椰子树，院子里的电灯有些破旧。要进入大厅，需要经过一道拱门，入口就在 L 形的大理石台阶的上方。

大厅非常宽敞，地毯的颜色也非常蓝，周围还装饰着阿里巴巴样式的大油壶。有个管理员正在柜台值夜班，他满嘴都是小胡子，感觉很扎人。

德加默走过柜台，直接朝着敞开的电梯走去，丝毫没有搭理管理员的意思。电梯旁边，有个老人正在等待客人，他满脸疲惫地坐在高脚凳上。这时，管理员扑了上来，像是个自卫队员一样，一把抓住德加默的后背。

　　"请等一下，你们要找哪位？"

　　德加默的脚步停了下来，"他是在问我们找哪位吗？"他转过头，有些疑惑地问道。

　　"是的，他是这么说的。"我说道，"不过别对他动手。"

　　德加默舔了舔嘴唇，说道："我明白，只不过我时常会疑惑别人都是怎么用这句话的。"接着他又跟管理员说道，"嗨，我们是去716室，有意见吗？兄弟。"

　　管理员语气冰冷地说道："有意见，我们没办法传达会客消息，因为现在是……"他伸出手，把长椭圆形的表面从手腕下翻上来，然后迅速地瞅了一眼，接着说道，"凌晨4点23分。"

　　"我很清楚这个时间你们不会传达会客消息，所以也没想要麻烦你，知道了吗？"德加默说着，从衣兜里掏出了一枚警徽，然后拿在手里，接着说道，"警察。"上面金色和蓝色的彩釉，被灯光照得发亮。

　　"很好，但愿没什么问题。"管理员耸了耸肩膀，说道，"我还是帮你们传达一下吧，你们叫什么名字？"

　　"德加默警长，还有马洛先生。"

　　"安德莉安娜·弗洛姆塞特小姐，716号房间。稍等一会儿。"

　　他朝玻璃屏风后面走了过去，过了一段时间，我们听到了他打电话的声音，他出来后，冲我们点了点头。

　　"安德莉安娜小姐在家，请你们到楼上。"

　　"听到这话，可真让我松了口气。我对警卫过敏，你不需要麻烦警卫上来了。"德加默说道。

　　管理员冷笑了一声，我们走进了电梯。

七楼的过道显得很阴暗，长长的走廊好像没有终点，非常安静。终于在一扇门上面，看到一圈金色的小叶子环绕着数字，上面写着716。门旁有个象牙色的门铃，德加默按了一下，屋子里传来了铃声。

门开了。

安德莉安娜·弗洛姆塞特身上披了件厚浴袍，里面穿着睡衣，脚上穿着一双高跟毛绒拖鞋。她的头发有些蓬松凌乱，脸颊上有擦过冷霜后残留下来的一丝淡妆。

狭窄的客厅里，装饰着几面椭圆形的镜子，非常漂亮，灰色的古典家具上，罩着蓝色的斜纹缎子。这些好像并不是常见的公寓里的家具。她坐在狭长的双人沙发上，显得非常沉着镇定，她靠在上面等着我们先开口讲话。

"我们在寻找金斯利，不过他目前不在家。"我说道，"这位是德加默警长，来自湾城。我们觉得你应该会清楚他的行踪。"

她说道："事情很急吗？"她瞅都没有瞅我们一眼。

"对，出事了。"

"出什么事了？"

"我们根本没时间详细跟你解释。"德加默野蛮无理地说道，"金斯利到底在哪儿？我们只想搞清楚这个。"

她看了看他，脸上没有任何表情，然后转过头，又看了看我，说道："你最好跟我说清楚，马洛先生。"

"我按约定拿着钱到了那里，找到了她。我去她的公寓跟她进行谈话，但就在这时，突然从窗帘后面蹦出了一个人，从背后袭击了我。"我说道，"我没有看到这个攻击我的人。等我醒过来时，她已经被杀死了。"

"被杀了？"

"被杀了。"我说道。

她站了起来，闭上了美丽的双眼，收起来可爱的嘴角，然后耸了耸肩膀，走向了大理石面的小桌子。她从刻着浮雕的一个小银盒子里面拿出了一根烟，然后点燃，眼神空洞地看着桌子。她的手缓慢地摇着火柴，想要把火熄灭，但是摇的速度却越来越慢，到最后，她的手都停下来了，火柴依旧还在燃烧。

最后，她把火柴扔进了烟灰缸，然后转过身来。

"对于这件事情，我好像一点儿感觉都没有。"她说道，"否则，我想我应该尖叫，或者是……"

"我们现在只想搞清楚，金斯利到底在哪儿，至于你的感受，我们也没有兴趣了解。说与不说都随你的便，不过请你马上做个决定，不要在这儿装模作样。"德加默说道。

"这位警长是湾城的吗？"她沉着地向我问道。

我点了点头。

她慢慢地转过身子，朝他走了过去，神态诱人又傲慢，说道：

"那么请问，关于这个案件，你像个地痞一样在我家大喊大叫，凭借的是哪条法律法规？"

德加默看着她，脸上没有任何表情。他面带微笑走过房间，然后坐在了一张绒毛椅子上，双腿岔开。

他朝我挥手示意，然后说道："好，你来吧。反正有洛杉矶的那帮小子来帮助我处理所有的事务，只不过，等到我有时间跟他们说明这一切时，已经是下周二了。"

"弗洛姆塞特小姐，我们肯定是要找到他的，这点你很清楚。所以假如你清楚他在哪里，或者他要到什么地方去，请告诉我们。"我说道。

"为什么？"她镇定地问道。

德加默笑了笑，然后说道："这宝贝儿是不是觉得我们应该瞒着金斯利他的妻子被人杀害了这件事？她可真是了不起。"

"她很聪慧，超过你的想象，"我对他说道。

他失礼地用目光上下端详着她，镇定地吸吮着大拇指。

"这件事情，必须要让他知道吗？"她问道。

我把那条黄绿相间的围巾从衣兜中掏了出来，在她跟前抖开。

"我想你应该见过这个，这是在她被杀害的公寓里发现的。"

她看了看我，又瞅了瞅围巾，没有丝毫表示。

她说道："马洛先生，看样子，你这个侦探并不优秀，你有太多的秘密需要寻找。"

"我是在寻找，希望可以找到。"我说道，"但你根本无法知道，我这个侦探是不是优秀的。"

"真是太好了。"德加默插嘴道，"你们俩可真是一对好搭档，就缺个特技师在身边了。只不过，现在……"

"她是如何被杀死的。"她把他的话打断，好像他根本就不存在一样。

"是被掐死的。她被脱光了衣服，身上也有很深的抓痕。"

"这样的事情，德利斯根本就不会做。"她冷静地说道。

德加默哼了一下，说道："小姐，一个人会做些什么事情，没有人会清楚。警察很清楚这点儿。"

她仍不愿意瞅他一眼。

她语气平和地说道："你想要了解的事情，是我们从你的公寓里离开后，到哪里去了？他有没有送我回家之类的吗？"

"没错。"

"如果我们一直在一起，那么他就不可能去海滩把她杀了，因为没有作案时间。是不是？"

"这也只是其中一个环节罢了。"我说道。

"我从你家离开之后，自己在好莱坞大道拦了辆出租车，前后不到五分钟的时间，他没有送我回家。"她不慌不忙地说道，"我想他应该是回家了，因为在这之后，我并没有见到他。"

"通常来讲，给自己的男朋友找一个不在场证据，是有能力的女人竭尽全力要做的事情。" 德加默说道，"但毕竟什么样的人都有，对吧？"

"假如我觉得这是他做的，那么我就不会跟你说了。他非常想送我回家，但我们俩都非常累，而且他真的不顺路。"安德莉安娜·弗洛姆塞特对我说道，"我之所以实话实说，是因为这件案子跟他没有关系，这点儿我非常清楚。"

"照这么说，他的时间很充裕。"我说道。

"不知道，我不清楚需要多长时间。"她摇了摇头，说道，"那个女人什么都没对我讲，也没有通过我来传达什么。所以，我也不清楚他究竟去了哪里。"

她深色的眼睛，在我的眼睛里搜索探寻，然后又说道：

"这个秘密，是你想要了解的吗？"

"我们需要搞清楚他现在在哪儿。"我把围巾叠了起来，放进衣兜里。

她一直盯着我，看着我把围巾装进了衣兜中，说道：

"我没什么可以跟你说的，因为我真的不清楚。你说有人趁你不备袭击你，你的意思是，你被打昏了，是吗？"

"是的，克里斯毫无疑问是被她枪杀的。当时她拿着手枪指着我，而我又忙于抢夺手枪。这时，有人藏在了门帘后面，然后袭击了我。究竟是谁干的，现在还没有查出来。"

这时，德加默忽然站了起来，怒吼道："你们聊得可真是热闹，但这什么用都没有。我们走。"

"等一下，我还没有讲完。"我说道，"弗洛姆塞特小姐，假如今天晚上他看上去有心事，而且这个心事深深困扰着他；假如对于这件事情的发展，他非常清楚，而且整件事情，他了解的也比我们多，或者是比我多，那么在这个时候，他会不会想要找个寂静的地方，思考一下接下来该怎么做呢？"

我停了下来，等她的回答。德加默在一旁有些不耐烦了，过了一会儿，她才平静地说道：

"他可能会需要一段时间来思考，但绝不会逃跑或者藏起来，因为他根本就跑不掉，也躲不掉。"

我回忆着一个故事，是在克里斯德尔的公寓听到的。

"一个不认识的地方，旅店。又或者是个更加安静的地方。"

我看了看四周，想要找个电话。

她立马就知道了我在寻找什么。"在卧室里。"安德莉安娜·弗洛姆塞特说道。

我从房间穿过，朝另一扇门走去，德加默在后面紧跟着。

象牙白和淡玫瑰色是卧室的主要颜色。没有床尾板的大床上放着一个枕头，上面还有被压出来的凹陷头印。梳妆柜子是嵌入式的，上面悬挂着一面镜子，洗漱用具摆放在梳妆柜上，散发着闪亮的光辉。浴室的门没有关，里面铺着深紫红色的瓷砖。床边的小桌子上，放着一部电话。

我在床边坐了下来，在安德莉安娜·弗洛姆塞特的头睡过的地方，用手轻轻拍打着。然后把话筒拿了起来，拜托接线员帮我把长途电话接通，想打给在狮子角的巴顿警官。我明确表示事情非常重要，必须要跟他本人进行通话，最后我把话筒放下来，点了一根烟。德加默满脸强横，没有丝毫疲惫的神色。他凶神恶煞地看着我，看上去马上就要发脾气了。

他岔开双脚站着，怒吼道："现在又想干什么？"

"等着看吧。"

"这做主的人究竟是谁？"

"我这么做，都是你应该允许的，除非你让洛杉矶的警察做。"

他看着火柴，用大拇指摩擦，等它燃烧起来，再深深吹了口气，把它吹灭。他把火柴丢掉，然后另拿一根出来，咬在嘴巴里。过了一会儿，电话响了。

"狮子角的电话，已经接通了。"

"喂，我是狮子角的巴顿。"巴顿的声音在电话线的那边，显得睡意很浓。

"我是马洛，来自洛杉矶。" 我说道，"你还记得吗？"

"小伙子，虽然我还没有完全清醒，但我肯定没忘记。"

"我需要你帮忙，虽然说不出来你为什么一定要帮我这个忙。"我说道，"你去看看金斯利有没有到鹿湖那儿，你自己去，或者派人去都可以，但千万别被他发现。看看小木屋外有没有他的车，或者看看灯亮没亮，他睡没睡下，然后赶快给我来个电话，我立刻就到山上去。这个忙你可以帮我吗？"

"假如他要走，我没有丝毫理由留住他。"巴顿说道。

"在我身边，有位湾城的警长，他想要问问他关于凶杀案的事。不过是另外一件，不是你的那件。"

电话那头安静了一会儿。然后巴顿说道："小子，你没有玩什么花样吧？"

"没有。顿伯里奇2722，赶紧给我回电话。"

"大约需要30分钟。"他说道。

我挂断了电话。

"这个家伙有什么是我不知道的，却被你给发现了？"德加默笑了笑，说道。

"不是的，我只不过从他的角度上思考罢了。"我从床上站起来，说道，"无论之前有什么样的火气，现在应该没有了。要知道，他不是一个无情的杀手。我觉得他会去调整一下，他去的地方也是他所知道最远的、最寂静的。假如你能在他自首之前找到他，那会对你有所帮助，他可能在几个小时内就会出来自首的。"

"这种人最容易做出这种事情来的。"德加默冰冷地说道，"除非他把自己的脑袋一枪崩了。"

"所以说，你一定要先找到他。"

"是的。"

我们回到了客厅。安德莉安娜·弗洛姆塞特的脑袋从小厨房里探了出来，说她在煮咖啡，问我们想不想喝一杯。

我们如同在火车站送别朋友一样，围坐在一起，喝着咖啡。

巴顿打过来电话的时候，大概已经过了 25 分钟。

他说："在金斯利的木屋旁，停着一辆汽车，屋子里还亮着灯。"

36

我们在安尔汗不拉吃了些早点，把油箱加满，然后从 70 号公路离开，朝着一片延绵不断的乡间牧场驶去。我开着车从几辆大型货车旁超过，德加默在一边坐着，双手插在口袋里，情绪非常不好。

窗外的橘子树非常粗壮，我看着它们像车轮上的变辐杆一样，从我们身边掠过。轮胎摩擦地面的声音传了过来，我感到全身都非常劳累，应该是睡眠不足，再加上情绪太激动所造成的。

我们来到了一个很长的斜坡，这是圣·迪莫斯南部，沿着这道斜坡下去，就到伯蒙纳市了。这个地方处于半沙漠地区的始端，但同时也是多雾地带的末端。这里的阳光，在早晨就如同陈年雪利酒，晴朗干燥，到了中午的时候，炙热得就如同火炉一样，当夜晚降临，温度骤然下降，就像是落下来的砖头。

"昨天晚上，韦伯好好地训了我一顿。他说他和你谈了话，还告诉了我你们都谈了些什么。"德加默嘴巴里叼着一个火柴棍，有些蔑视地说道。

我什么也没说。他瞅了我一眼，然后又看向其他的地方。他把手伸到窗外挥舞了一下，接着说道：

"这还是早晨呢，空气就已经散发着臭味了。我是不会住在这种破地方的，请我来，我都不会过来。"

"安大略湖快要到了，到时我们转到佛基尔大道，你就能看到世界上最好的银桦树了，连着五英里全都是。"

我们到达镇中心，沿着宽阔的大道继续行驶。德加默根本就没注意到那些银桦树，我们朝着北面的尤斯利德驶去。

过了一会儿，他开口说道："那个在湖里面淹死的，是我的女人。从案发到现在，关于案件的核心，我一直无法接近，所有的事情都让人感到非常愤怒。假如比尔·切斯那个家伙落在我手里的话……"

"她把奥尔默太太杀害了，但你居然让她逃脱了。你惹的麻烦实在太多了。"我说道。

我看着窗户玻璃的正前方。我知道他正转过头注视着我，只不过他的手在干什么，脸上有什么表情，这些我就不清楚了。时间过去了很久，他才咬牙切齿地开口说道："你是疯子？还是什么？"

"我不是，你也不是。弗洛伦斯·奥尔默不会自己从床上下来，然后再到车库里去的，你非常清楚她是被抬过去的。关于这点，你和所有熟悉这件案子的人一样，都非常清楚。那双鞋子根本没在水泥地上走过，泰利之所以把她的鞋子偷过来，也是这个原因。在康迪那里的时候，你也很清楚，奥尔默曾经在他妻子的胳膊上打了一针，而且那一针的剂量刚刚好。他很清楚怎么打针，就好像你同样精通对一个没钱、没地方睡觉的乞丐施虐一样。假如奥尔默大夫想杀害他的妻子，那他在没有办法的时候，才会选择下下策的麻药。你很清楚凶手是其他人，奥尔默大夫没有用麻药杀害她。他只是在事后，把他的妻子抱到车库里，并将她留在那里，趁她还活着的时候，使用技巧让她吸入了一氧化碳，因此在医学上，她就被判定为窒息死亡。这所有的一切，你都非常清楚。"

"你能活到今天，是怎么做到的？老兄。"德加默温和地说道。

"因为有很多的陷阱，我没有踩进去，而且在有人特意耍威风的时候，我也没被吓坏。奥尔默大夫所做的事情，只有无耻之徒才会做得出来，那样的事情，也只有心里有鬼，见不得人，但自己又怕得要死的卑鄙之人才会做得出来。"我说道，"他应该费了很大的功夫来证明她昏迷得非常严重，根本没有办法救活。但从技术上来讲，他谋杀的罪行是成立的，不过我不觉得这是重点。事实上，她是被谁杀死的呢？是那个女人杀死了她，这点你很清楚。"

德加默笑了笑。他的笑声没有一丝欢快，也没有任何意义，让人感到很不愉快。

我们到达了佛基尔大道，然后又朝着东面开去。德加默开始冒汗了，但我却觉得天气很凉爽，他没有办法把外衣脱下来，因为他身上别着枪。

"奥尔默的妻子很清楚，哈维兰德这个女人跟他之间有私情，而且我从她的父母那儿得知，她曾威胁过奥尔默。哈维兰德照顾弗洛伦斯·奥尔默上床之后，这栋房子里就只有她们两个人了。从哪里可以搞到麻药，应该使用多少，这个女人非常清楚，这对她来讲，是个绝佳的机会，她往针管里装了四五克麻药，然后用先前奥尔默大夫用过的针筒，往没有意识的弗洛伦斯·奥尔默的身体里打了进去。说不定在奥尔默回家前，她就会死亡，总之，她肯定会死。但当他回来的时候，发现她已经死了，所有的问题都变成他的了。但这些情况没有人知道，没有人会相信其他人毒害了他的妻子。所以，他一定要想办法处理。"我说道，"不过你很清楚这些内情，除非你比我想象中还要蠢笨。你依然爱着她，所以你帮这个女人把这件事遮掩过去了，她吓坏了，为了能躲避危险，她从这座城市里逃跑了，去了一个没有人能找得到的地方。可这样一来，凶手就逍遥法外了。她就是这样牵着你的鼻子走，控制着你。为什么你还要上山去找她呢？"

"我怎么会知道到什么地方去找她呢？"他粗声地说道，"只是稍微解释一下，不会让你很麻烦吧？"

"不会。对于比尔·切斯的醉酒、他的脾气、他乏味的生活以及他本人，她都非常厌恶。要想改变这一切，她必须要有钱才可以。"我说道，"她觉得自己不会有危险，因为奥尔默医生的把柄掌握在她的手里，所以她才会写信向奥尔默医生要钱。奥尔默医生派你去找到她，跟她进行谈话。但她现在用的什么名字，在哪里住，又或者是如何生存，这些细节她都没跟奥尔默提起。如果信封上写着狮子角的哈维兰德收，就能找到她本人的话，那么她只要提供这个姓名地址让人写信给她，她就会完全暴露。可是，没有这样的信，也就没人把她和哈维兰德这个名字联系在一起。而你拥有的，也只是这张老照片而已，还有你一贯的卑劣行为，只是，这些东西在这里并没有什么用处。"

"她朝奥尔默要钱这件事，是谁跟你说的？"德加默焦躁地说道。

"谁也没跟我说，发生的这些事情，我需要找到合理的解释。假如克里斯和金斯利太太都知道穆里尔·切斯究竟是谁，并透露出去，那么你就会知道她在哪里，她用的是什么名字。但事实上，这些事情你并不清楚。所以山上唯一知道她真实身份的人，就显得非常关键，这个人就是她自己。我觉得给奥尔默医生写信的人，也是她。"

"好，就这样吧，反正现在也没什么意义了。"他开口说道，"即便再遇到同样的事情，我依然会这么做。我就算真的是个蠢蛋，那也只是我自己的事。"

"没事的，本来我也不想找任何人的麻烦，甚至包括你。"我说道，"我只不过尽量把这件事情跟你讲清楚而已，省得你把这件凶杀案也算在金斯利的头上，毕竟这不是他犯下的。假如有一件案子真是他做的，那你也只能根据那件案子去找他。"

"你说了这么久，就是为了这个？"他问道。

"是的。"

"我还以为你讨厌我呢。"他说道。

"那已经是过去的事儿了，我现在不讨厌你。"我说道，"我恨一个人的时候，会非常猛烈，但持续的时间很短。"

山坡上的沙色葡萄园非常宽阔，我们从那里驶过，过了一段时间，就到了圣贝拉蒂诺，不过我没有停下，而是从这座城市穿过，朝着前方继续行驶。

37

山上的海拔有 5000 英尺，这里的气温丝毫没有变暖。我们停下车，喝了罐啤酒。当我们回到车里后，德加默从腋下的枪套里掏出手枪检查了一番。那是一把史密斯韦斯手枪，点三八的口径，枪体是点四四，用起来让人感到就像点四五一样称手，只不过有效的射程更远一些，这是一把好枪。

"他不是个莽撞的人，虽然他很结实、高大。"我说道，"所以你不需要这个。"

他哼了一声，把手枪放了回去。我们没什么话可说，所以，没有再进行谈话。在险峻的山壁上，有些地方的墙壁都是用粗笨的锁链网着石头砌成的。我们的汽车围绕着围墙转来转去，然后从高高的橡树旁驶过，再往上走，发现松树反而越来越高，而橡树却没有那么高了。最后，我们到达了狮子湖的终点，来到了那个水坝上。

我把车停了下来。哨兵背着枪走近车窗，然后说道：

"在驶过水坝之前，请将车窗关闭。"

我伸手把身后的车窗摇上。

"兄弟，不用了，我是警察。"德加默跟往常一样，把警徽亮了出来。

哨兵的脸上没有任何表情，固执地望着他，然后用和刚才一样的语气，说道：

"请将车窗关闭。"

德加默说道："你这个当兵的神经不正常，真是个神经病。"

哨兵下巴上的肌肉稍微胀了起来，灰色的大眼睛盯着德加默，说道："先生，这是命令，但不是我下达的命令，请把车窗摇上。"

德加默冷笑道："那假如我命令你跳进湖里呢？"

哨兵用皮革般坚韧的手在他的来复枪上拍了拍，说道："我非常容易受到惊吓，说不定真的会跳下去。"

德加默转过头，关上了他那边的车窗。我们从水坝上开了过去，在中间，还有另外一头，各有一个哨兵。他们一点也不友好，一直看着我们，就像在监视，肯定是第一个哨兵用手电筒打了信号。

我从花岗岩石堆旁开了过去，继续往下开，驶过了一片草地，上面杂草遍地。外面没有丝毫变化，和前天一样的鲜艳的裤子、短裤、大手绢、一样的微微的轻风、金色的阳光、蓝色的天空、一样的松针的气息，就连山上夏季的凉爽温和也是一样的。但那好像是百年以前的事情了，就像琥珀里的苍蝇一样，记忆里有什么东西被冻结住了。

我从巨石旁绕过，瀑布声"哗哗"作响，我经过那里，朝着鹿湖驶去。通向金斯利土地的那扇门，没有关闭。在朝着湖水的路上，巴顿的汽车停在那里，车里一个人也没有，从那里看不到湖。挡风玻璃上的卡片上依然写着：吉姆·巴顿年纪太大了，没有办法再去寻找新工作，所以请让他继续当警官。

有一辆非常破旧的双人座小汽车紧挨着巴顿的车子停着，车里还有一顶猎帽，车头朝着相反的方向。我在巴顿的车子后面把车停下，从里面出来，锁上车。安迪从那辆小汽车里走了出来，木讷地看着我们。

"这是德加默警长，来自湾城的警局。"我说道。

"吉姆已经在等你了，他还没吃早饭。"安迪说，"他在山脊那边。"

安迪回到车里，我们踏上了去往山脊的道路。沿着道路往下走，是一个蓝色的小湖。金斯利的小木屋就在湖水的另一头，不过，好像并没有什么动静。

我开口说道："就是那个湖。"

德加默安静地望着下面，肩膀在剧烈地起伏，然后他说了一句话："我们去把那个浑蛋抓住。"

我们继续朝前面走着，这时，巴顿从一块岩石后面走了出来。他还是那副打扮，牛仔帽、咔叽布裤子，衬衫的扣子也一直扣到他粗壮的脖子下方，戴在左胸上的星徽，依然有一些凹陷。他的嘴巴在慢慢地咀嚼蠕动着。

他对我说道："再次看到你，我感到很高兴。"但眼睛却盯着德加默。

"上次我跟你见面，你用的是另外的名字。"他伸出手握了握德加默又粗又硬的手掌，说道，"那是在秘密办案吧，我猜你会这么说。真对不起，我没能好好招待你。关于你那张照片上的人到底是谁，我想我早就应该知道了。"

德加默没有说话，点了点头。

"我感到有些伤心，假如当初我能找对方向，或者再机智一些，说不定就会救下一条人命，也会省去很多麻烦。"巴顿说道，"不过，我这个人不是那种伤心起来就没完没了的。我觉得我们应该先坐下来，你告诉我，我现在该做什么？"

"我需要跟他谈一下。"德加默说道，"昨天晚上，金斯利的妻子在湾城被人杀害了。"

巴顿说道："你怀疑是他？"

德加默嘀咕了一声，说道："我也得先搞清楚，他究竟是怎么做到的。"

"他根本没从木屋里出来过，好像还在睡觉。"巴顿望着湖的那头，揉了揉脖子说道，"今天早上，我在木屋周围查看的时候，听到了收音机的声音，还听到了有人晃动瓶子和杯子的声音。不过我没有惊动屋里的人，这样做没错吧？"

德加默说道："我们现在就去那边。"

"警长，你带枪了吗？"

德加默朝着他左手臂里侧拍打了一下，巴顿瞅了我一眼，我摇了摇头，表示我没有枪。

"金斯利有可能会有枪。这个地方如果发生枪战，对我没有任何好处，我可不希望这样。何况，我们这里可不是那种地方。"巴顿说道，"而且看起来，你好像是个快枪手。"

"我的动作确实很快，假如你是问我的话。不过我需要和这个人谈话。"德加默说道。

巴顿看了看德加默，又瞅了瞅我，然后再看向德加默，最后转过头，把烟草汁一口吐了出来。

他执着地说道："我现在还没有办法对他进行抓捕，因为我了解的情况并不充足。"

我们坐下来，把事情的来龙去脉都讲给他听，他安静地听着，眼睛一眨不眨。

最后他对我说道："你给人工作的方式，还真蛮有意思的。我认为你们完全被人误导了，只要我们过去就会知道了。万一你们的判断没有错，金斯利就会孤注一掷，他手里有枪，而我的肚子很大，如果我第一个进去，那么目标会非常明显。"

我们起身，朝着湖边那条很长的路走去。

到达小码头的时候，我问道："警官，他们解剖她了吗？"

巴顿点了点头说道："她的确是被淹死的，不是被用刀、枪，或者头部先遭受攻击而死的。他们非常确定这点。而且那具尸体也不是很完整，更不容易解剖，她身上的伤痕非常多，实在是太多了，所以，也就没有什么意义了。"

德加默脸色惨白，显得非常恼怒。

"警长，你跟那个女人似乎很熟悉，这确实有些难以承受，但我还是应该告诉你。"巴顿平和地说道。

"不要再说了，做我们该做的事。"德加默说道。

我们沿着湖岸，来到了金斯利的小木屋，走上笨重的台阶。巴顿从门廊穿过，快步走到门口，他试了一下纱门，没有扣上，他把纱门打开，又试着开了开房门，发现门也没有被锁上。德加默上去把纱门拉住，巴顿才把房门打开。我们走进了屋子里。

金斯利闭着眼睛仰面躺在一把很深的椅子上，身边的壁炉已经熄灭了。他身边的桌子上摆放着一只空酒杯，还有一瓶威士忌，里面差不多都已经空了。在酒瓶旁，有一个碟子，上面堆满了烟蒂，烟蒂上面还有两个被捏扁的空烟盒。威士忌的气味充斥在房间的每个角落。

金斯利面色通红，显得很疲倦。他身上穿着一件毛衣，正打着鼾，手垂在了椅子扶手外，手指尖挨着地面。窗户全都关着，房间里面非常热。

巴顿走到他跟前，离他只有几英尺，安静地注视着他，就这样过了很久，他才开口说道："金斯利先生，我们要和你谈一下。"语气非常平和镇定。

38

金斯利好似抽搐般地动了一下，他睁开眼睛，脑袋没有动，只是转了转眼球。虽然他的眼睛有些干涩沉重，但眼神依然很犀利，他瞅了瞅巴顿、德加默，然后又瞅了瞅我。最后慢慢地坐了起来，双手揉搓着脸颊。

"我睡着了，在几个小时前睡着的。"他把手垂下，说道，"我应该是醉了，本来没打算喝成这样。"

"这是德加默警长，从湾城的警察局来的。"巴顿说道，"他想跟你谈一下。"

金斯利瞅了一眼德加默，随后目光又转移到我的身上，看着我。等他再开口的时候，声音非常疲倦，但却显得很清醒、平和。

他说道："你让他们把她给抓住了？"

"没有，虽然我确实很想这么做。"我说道。

金斯利一边思索我说的话，一边注视着德加默。巴顿打开了前门，又把前面的两扇百叶窗拉开，把窗户打开，然后走向他们旁边的一把椅子，坐了上去，双手交叉放在肚子上。德加默横眉竖目地对着金斯利。

他野蛮地说道："金斯利先生，你的妻子死了。如果这件事对你来说，还算是个新闻的话。"

金斯利舔了舔嘴唇，怒视着他。

德加默说道："他感觉跟他无关吗？给他看一眼围巾。"

我把那条黄绿相间的围巾拿了出来，晃了晃。

"是你的吗？"德加默指着他问道。

金斯利再次舔了舔嘴唇，然后点了点头。

德加默吸着鼻子，呼吸变得沉重，鼻孔处深深的皱纹一直延伸到嘴角的位置。

德加默问道："你把它扔在那里了，可真是太不小心了。"

"我扔到什么地方去了？"金斯利冷静地说道。他丝毫没有看我一眼，甚至就连那条围巾，也没怎么看。

"在湾城第八街的公寓大楼，房间号是618。想起来了吗？"

"她居住在那个地方？"金斯利吸了一口气，缓慢地抬起眼睛看着我。

"她不想让我过去。除非她开口跟我交谈，不然，我不会把钱交给她。"我点点了头，说道，"对杀害克里斯的事，她供认不讳，可是她却想用相同的方式对付我，她把手枪掏了出来。就在这时，门帘后面出来一个人，我还没看到他，他就把我打昏了，等我醒来的时候，她已经死了。"

她的死亡状态，还有是怎么死的，我都说给他听了，同时还跟他讲了我做过的事情，以及我所经历的事情。

他脸上没有任何表情，只是在听着。等我说完了，他指了指那条围巾，轻轻地做了个手势，说道："那跟这条围巾有什么关系？"

"警长觉得这个是证据，能证明你藏在了那个公寓里。"

金斯利好像没有马上明白，他思索了一下，然后朝着后面靠一下，脑袋靠在椅子后背上。他开口说道："接着往下说，虽然我一点儿也不明白，但我还是想知道你究竟在说些什么？"

"好了，不要再装傻了，你还能装出什么呢。"德加默说道，"昨天晚上，你送那个女人回家后，又做过什么？这些你都要解释清楚。"

"你指的是安德莉安娜·弗洛姆塞特吗？她回家的时候，乘坐的是出租车，我没有去送她。"金斯利镇定地说道，"原本我是打算自己回家的，但我没有，而是来到了这个地方。我觉得我所有的事情，可能会因为这段旅途、夜晚的空气以及寂静的夜而搞清楚。"

德加默讽刺地说道："听听，我能知道你想把什么搞清楚吗？"

"搞清楚所有苦恼的事情。"

"哼，勒死你的妻子，在她的肚子上乱抓，像这样的小事情又怎么会让你苦恼呢？"

"嗨，你的证据还不够充足，这么说就不对了。年轻人，话可不是这么说的。"巴顿在后面插嘴道。

德加默转头对着他，说道："没有证据？这不是证据吗？胖子，这条围巾是什么呢？"

"你说的那些跟这条围巾有关系吗？我可没听到有这么一项。还有我只是肉多了一点儿，并不胖。"巴顿心平气和地说道。

德加默把头转了过去，显得有些鄙视。他伸出手指指向金斯利，然后问道："你是说你根本就没去湾城？"

"是没去。这件事情是马洛在解决，我为什么要去呢？再说了，这条围巾的佩戴者也是马洛，我不明白为什么你会觉得它是关键呢？"

德加默非常气愤，他站在那里，好像生了根一样。他缓慢地转过身，然后怒视着我，目光透露出愤恨、阴毒。

他说道："我不明白，是有人在跟我开玩笑吗？是不是你？我真的不明白。"

"我只能说，在公寓里的那条围巾就是这个，在那天晚上稍早一些的时候，我看到金斯利戴着它，似乎这些事情就是你想了解的。"我说道，"至于后来我为什么佩戴这条围巾，我大概也讲过了，是为了让那个跟我见面的女人分辨出来。"

德加默从金斯利身边走开，往后倒退着，然后靠在火炉旁边的墙壁上。他的右手放松垂下，手指稍微弯曲，左手的大拇指和食指拉着下嘴唇。

"我跟你说过，我们俩约定见面的时候，那条围巾会明显利于辨认，因为我们要保证其中的一人把对方认出来才可以，毕竟我见到的金斯利的妻子也只是张照片而已。"我说道，"但实际上，我曾经见过她一面，只是当时我还不知道，所以没有把她认出来。"

我又转过去，面向金斯利说道："是弗尔布罗克太太。"

"弗尔布罗克太太是那栋房子的房主，我记着你跟我讲过。"

"那个时候，她的确是这么说的，为什么不能相信呢，所以，我相信了她。"

德加默的目光有些癫狂，他的嗓子发出了一些声音。我把弗尔布罗克太太所有的事情全部都跟他说了一下，包括她紫色的帽子，慌乱的神情，手里拿着没有子弹的手枪，还有她把手枪如何交给了我。

我刚讲完，他就小心翼翼地问道："这些事情，我没有听到你讲给韦伯局长。"

"的确没有，因为在三个小时以前，我去过那栋房子，而且在报警前，我还把这件事情讲给了金斯利，我根本就不想承认这些。"

德加默冷笑了一下，然后说道："我的天啊，我就是个大蠢蛋。金斯利，为了让这个伙计帮你掩饰凶杀案，你究竟付了多少钱？这件事情，我可要好好跟你算一算。"

"他的价位很普通。"金斯利有些空洞地说道，"假如他能证明克里斯不是我的妻子杀的，就会另外得到 500 美元。"

德加默讽刺地说道："很是可惜啊，他赚不到了。"

"不要犯傻了，我已经赚到了。"我说道。

屋子里安静了下来，这种安静好像随时会被响雷炸开似的。只不过没有响雷，就好像是一面笨重结实的墙壁挡在那里，继续维持着安静。

金斯利在凳子上挪动了一下，过了很长时间，才点了点头。

"德加默，应该没人会比你更了解。"我说道。

巴顿如同木头一样，脸上没有任何表情。他压根儿没有管金斯利，只是无声地看着德加默。但德加默望着我两眼之间，心思好像不在这间屋子里，更像是在遥望远方，比如峡谷后面的远山。

好像过了很长时间，德加默才小声地说道："为什么？关于金斯利妻子的事情，我什么都不知道。据我了解，在昨晚之前，我从来就没见过她。"

他垂下眼皮注视着我，显得有些郁闷。他很清楚我想讲些什么，于是我就说了。

"昨天晚上你不可能见过她，因为她在鹿湖淹死了，而且已经死了有一个月了。在公寓里，你看到的那个已死的女人，其实是哈维兰德，也就是穆里尔·切斯。克里斯被枪杀的时候，金斯利太太早就已经死了，所以，金斯利太太绝不可能杀死克里斯。"

金斯利没有出声，任何声音都没有发出，只是攥紧了放在椅子扶手上的拳头。

39

　　房间里再次陷入了沉重的宁静。这时，巴顿打破了寂静，他的语气小心迟缓："比尔·切斯难道连自己的妻子都不认识吗？这样的说法真让人难以理解，不是吗？"

　　"在水里浸泡一个月之后呢？金色的头发在水里泡过后，跟他的妻子是一样的，而且那张脸几乎没办法辨认，再加上穿着他妻子的衣服，佩戴着他妻子的首饰，他又为什么要怀疑呢？"我说道，"他们之间发生过争执，她跑掉了，还有她的衣服、汽车全部不见了。她留下纸条，应该是为了表示要自杀。她跑走的那个月，他没有关于她的任何消息，他根本不清楚，她到底在哪里。而这时，从水底浮上了一具尸体，这个女人的身高和他的妻子相差无几，身上还穿着穆里尔·切斯的衣服。如果有人怀疑她是假冒的，这些不一样的地方就会被查出来，但是人们根本没有任何理由去怀疑的。克里斯德尔是和克里斯私奔了，她没有死，在圣贝拉蒂诺的时候，她把汽车丢下，然后在艾尔帕索给她的丈夫发了一封电报。无论是从哪方面，对比尔·切斯来讲，这都跟他毫无关系，他压根儿就不会想到会是她。她跟他没有什么关系，他又怎么会想到这就是她呢？"

　　"我应该想到这点的。"巴顿说道，"但即便是想到了，我也会迅速排除掉，因为太难以置信了。"

　　"这只不过是表象罢了，乍看之下是这样的。"我说道，"假如那具尸体在湖里一年都没有浮上来，或者是永远都不能浮上来，那么穆里尔·切斯就会消失，也不会有人去花费时间找她，我们应该也不会有她的消息了，除非大家伙专门去打捞她。但金斯利太太很有钱，还有着各种社会关系以及一个很着急的丈夫，她的情况完全不一样。

到最后，她还是会被找出来，就和已经发生了的事情一样。只不过速度不是很快，想要揭露真相，需要好几个月的时间。也许等到几个月后，人们发现了些什么，那时他们有可能会在这湖里打捞，可是如果人们沿着她的路线找下去，就会证实她从湖那里离开，并且下山了，甚至可能在圣贝拉蒂诺，或者从那里坐火车向东驶去。这样一来，永远不会有人在那个湖里寻找了，即便去找了，而且发现了尸体，也失去准确辨别尸体的机会了。比尔·切斯被抓了，罪名是杀害妻子，据我所知，他很有可能会招认，这样，湖里面的尸体就会被确认。而克里斯德尔依然会失踪，最后，人们就会感觉她肯定是出了什么事，然后死掉了，但这是在什么时间、什么地点、怎么发生的，没有人会清楚，这会成为一个无法解开的谜题。克里斯是这件事情的关键，我们之所以能谈论这些，也是因为克里斯。克里斯德尔被认为从这里离开的那晚，他在圣贝拉蒂诺的旅店看到一个女人穿着克里斯德尔的衣服，还开着她的汽车，他非常清楚这个人是谁。他根本就不需要知道这些事情有什么不对劲的，也不需要知道，那身衣服是克里斯德尔的，或者克里斯德尔的车被那个女人停在旅店的停车场里。他只要知道，他遇到的那个人，是穆里尔·切斯就可以了，穆里尔·切斯把剩下的事都安排好了。"

我停了下来，想等等看有谁要讲话。巴顿一动不动地坐在那里，他那肥胖没毛的手舒服地抱着肚子。金斯利也一动不动地仰面躺在椅子上，半闭着眼睛。德加默像是一个心机很深的硬汉，脸色惨白，表情淡漠地靠在火炉旁边的墙壁上。

我又继续说道："好吧，让我们来验证一下。假如装扮成克里斯德尔的人，是穆里尔·切斯，很明显，就是她杀死了她。我们都知道她究竟是谁，是个什么样的女人。她以前在奥尔默诊所当过护士，还是奥尔默的情人，她在遇到比尔·切斯，并和他结婚之前，就已经杀过人了。她把奥尔默大夫的妻子巧妙地杀害了，而奥尔默大夫却不得不为她遮掩。另外，她还曾跟一个男人结过婚，是湾城警察局里的人，这个男人同样也帮她掩盖了罪行，实在是愚蠢至极。她对付男人很有办法，让他们干什么，他们就干什么。我根本就不知道她究竟是怎么办到的，我对她了解得不是很深，不过她的经历，还有她对克里斯做过的事情，都可以证实——只要有谁妨碍她，她就会把那个人干掉，这点非常明显。金斯利太太就是因为妨碍了她，这些事情，我不是故意要说的，不过现在已经无所谓了。克里斯德尔同样对男人有一套，于是，她找上了比尔·切斯，但比尔·切斯的妻子可咽不下去这口气。再加上她已经过了很久山上的日子，所以她厌烦了，想要逃跑，可是她需要金钱。于是她试图向奥尔默大夫索要，可没想到，德加默会上来找她，这让她感到害怕。她对德加默不是很放心，因为他那种人，让人永远无法琢磨。德加默，我说得对不对？"

德加默挪动了一下，"趁现在还能说，就赶紧说吧，你的时间不多了。"他语气冰冷地说道。

"克里斯德尔的汽车、衣服、证件等这些东西，哈维兰德并不是非拿不可，只不过这些东西，对她来说，还是有些用处的。金斯利说克里斯德尔习惯在身上携带大量的现金，其中肯定也会有一些珠宝首饰可以变卖，所以克里斯德尔手里的钱，对她起到了一定的作用。克里斯德尔被杀死的原因，也因此变得合情合理。"

"现在动机说完了，我们再来说一说方法和时机。"我又接着说道，"她跟比尔发生了争执，他跑去买酒喝，所以时机就这样到了。她很了解比尔，很清楚他会离开多长时间，醉到什么程度。最基本的条件就是，她需要时间，假设的时间必须够用，否则，整件事情就会搞砸。她收拾好自己的衣服，放在自己的车里，她必须要把这些衣服藏好，所以她驶向浣熊湖，打算藏在那里。她是走路回来的，然后杀死克里斯德尔，并给她穿上穆里尔·切斯的衣服，最后把她沉到湖底。而做这些事情，都是需要时间的。至于杀人的方法，我猜测应该非常简单合理，她先是将她灌醉，然后打她的头部，最后在这木屋的浴缸里把她淹死。因为她是个护士，所以很了解怎么处理尸体。要知道，一具淹死的尸体是会下沉的，而她要做的事情就是把尸体带到她想要的水深处，她做到了这点，这对一个会游泳的女人来说，是非常轻松的。更何况我们从比尔那儿得知，她会游泳，而且水性非常好。她把克里斯德尔的衣服穿在了身上，然后把她想要的东西，全都装进了行李箱里，放进了克里斯德尔的汽车里，最后离开了。但在圣贝拉蒂诺的时候，她遇到了克里斯，这是她的第一个阻碍。"

我继续说道："克里斯在山上见过她，知道她就是穆里尔·切斯。但我们没有任何理由，或者有证据来怀疑他知道她的其他身份。这一次有可能是克里斯在去往山上的路上碰到她的，但很显然，她并不希望这件事发生。因为这样一来，克里斯就会发现被锁上的木屋，他可能就会去找比尔谈话。在她的计划中，她离开鹿湖这件事，是绝对不能让比尔知道的，不然的话，如果到时候尸体被发现了，他就会辨认出来。所以，她立刻开始诱惑克里斯，而对于克里斯，我们可以确定一点，那就是他离不开女人，而且希望越多越好，所以这对她来说，是件非常容易的事。像哈维兰德这样聪慧的女人，搞定他是轻而易举的事。她愚弄他，带他远走高飞，然后去艾尔帕索发了封电报，最后再跟他一起回到了湾城。她这么做，应该也是没有办法，克里斯想要回家，但她又不能让他走远，因为这对她来说，实在是太危险了。克里斯一个人就可以完全推翻克里斯德尔从鹿湖离开的迹象，只要大家去寻找克里斯德尔，那就一定会去询问克里斯，到那时候，克里斯就会非常危险，他的命也会变得一文不值。即便人们不相信他在刚开始的否认，但只要他说出所有的事情，那就会被接受，因为这完全可以被证实。所以她再次出手，在我要找他谈话的那天晚上，她在浴室里枪杀了克里斯。事情大概就是这个样子。至于第二天早晨，她为什么又要回到那房子里，这应该是凶手一贯的作风。她跟我说，克里斯把她的钱都拿走了，但我不相信，我觉得是她认为克里斯私藏了一些存款，又或者是她想要确定这一切没有问题，全都滴水不漏，想要把事情都布置完美；还有种可能，就如她自己所说的，把报纸、牛奶拿到屋里，这些都有可能。她回去后，我发现了她，为了堵住我的嘴，她就导演了一场戏。"

"那她又是被谁杀死的？"巴顿说道，"你应该不会说是金斯利做的吧。"

"你说你没有跟她通过电话。"我看着金斯利，说道，"那安德莉安娜·弗洛姆塞特呢？难不成，她是在梦中跟你的妻子通话的吗？"

"我怀疑，想要把她诓骗过去，并不是件容易的事。她只是说她的声音很低沉，好像有很大的变化。来这儿之前，我还没有怀疑过，但昨天晚上，我进到这间木屋时，就感觉到了不对劲。克里斯德尔离开的时候，不会是这个样子，这里实在是太利索、太整洁了。卧室里应该到处堆着衣服，屋里应该到处都是烟蒂，厨房里也应该到处都是酒瓶和酒杯，还有蚂蚁、苍蝇，以及没有清洗的碟子。刚开始我还以为是比尔太太清理干净的，但接着我想到，他的妻子是不会干这些的。因为在这段时间，她都忙着跟比尔争吵，然后还被杀死了，又或者是自杀了。这些事情，我稀里糊涂地都想起来了，我的脑子非常乱，根本没有什么头绪。"

巴顿从椅子上站了起来，朝外面的门廊走去，然后拿手绢擦了擦嘴，最后又走进屋里坐下。他朝着左侧坐着，因为他的屁股右边有个枪套。他看着德加默，好像在思考着什么。德加默的右手依然垂在侧面，手指弯曲，表情非常僵硬，他靠着墙壁站着，就像石头一样。

"穆里尔·切斯究竟被谁杀死的，我还是没有听到。"巴顿说道，"你是不打算对我们讲呢？还是想继续调查？"

"这个人很爱穆里尔·切斯，但同时又恨她，认为她该死。作为警察，他一点儿也不合格，这个人不能把她依法捉拿归案，也不能让所有的事情水落石出。"我说道，"但他也不能再让她继续逃脱杀人的罪责了，这实在是很奇怪。这个人就是德加默。"

40

德加默阴险地笑了笑，挺起身离开墙壁。右手干脆利索地把手枪握在了手里。他垂下手腕，枪口对着他跟前的地上，看都不看地对我说道：

"巴顿虽然有枪，但他出手的速度很慢，所以，起不了任何作用，而你没有枪。至于这最后的谜题，你可能掌握了一些证据，可以将其解开。但你不会认为，你不需要操心了吧？又或者说，你觉得那根本就不重要？"

"虽然证据不是很充分，但还是有一些的，而且还会越来越多。"我说道，"有人在那公寓绿色门帘的后面站了30分钟，能做到那么安静的人，也只有干过监视行动的警察了。而且，那个人不需要看我的后脑勺，就知道我曾被人从后面打晕过。你还记得吗？你曾跟那个小矮个说过。虽然从外表上看不出来，但这个人知道死掉的女人也曾被打了一棍子，那个时候，他还没有好好检查那具尸体，更没有发现那处伤口。那个女人让他充满着恨意，因为那个女人曾让他活在地狱里。这个人脱光了女人的衣服，在她的身体上，用爪子狠狠地抓着，就像个虐待狂一样。这个人手指甲里，现在肯定有血液、皮屑，并且分量足够，完全可以拿去检验。我敢打赌德加默，你一定不敢让巴顿检查你的右手指甲。"

德加默笑了笑，露出了雪白的牙齿，稍微把枪举起来。

他问道："那我又怎么知道到哪个地方去找她的呢？"

"她从克里斯的房子离开，或者进入的时候，奥尔默看到了她。

这让奥尔默非常慌张，所以，当他看到我在外面徘徊的时候，就给你打了电话。至于那栋公寓你又是怎么找到的，那我就不清楚了。不过在我看来，你可以在奥尔默的房子里藏起来，然后跟踪她，或者跟踪克里斯。毕竟，这些事情，对警察来说，只不过是正常的例行公事而已，非常容易。"

德加默点了点头，他站了一会儿，安静地思索着。屋子里非常热，气氛沉重得像是场无法挽回的灾难，但德加默好像没有我们那样的感觉。他的面孔扭曲，蓝色眼睛里迸发出了一种对所有事情都非常感兴趣的眼神。

他终于开口说道："我不会让任何蠢笨的警察碰到我，我要离开这个地方，可能不会很远，你们应该不会反对吧？"

"不行，虽然还没有办法证实这些，但我也不可能让你跑掉。"巴顿平和地说道，"你很清楚，我要逮捕你。"

"巴顿，我的枪法很好，而你是一个大肚胖子，你想怎么抓住我？"

巴顿把手伸进帽子里面，在头发上抓了抓，然后说道："我也一直在思考这件事。我不会让你在我的地盘上撒野，但我又不想在肚子上挨一枪。"

"叫他走。"我说道，"我之所以带他上来，就是因为他根本走不出这个山区。"

"那可不行。在抓捕他的过程中，很有可能会导致有人受伤。"巴顿清晰地说道，"如果一定要有人受伤，那个人应该是我。"

"乖孩子，让我们重新来过，就算这样，我也不会输给你的。"德加默笑得说道，"看着，巴顿，我把手枪装回枪套了。"

他把手枪放回他手臂下方，双臂垂下，双眼凝视着，向前伸着下巴。巴顿用他那双苍白的眼睛注视着德加默神采奕奕的双眼，嘴里慢慢地在咀嚼着什么。

"我不管怎样做，都不可能跟你一样迅速，我是坐着的，"他发着牢骚说道，"再说了，我可不喜欢被当成懦弱的人。"

他愤怒地看着我，说道："你看看现在惹的麻烦，你为什么要把他带上来？这又不关我的事情。"他的语气听上去有点儿委屈、疑惑，同时又非常怯懦。

德加默笑了笑，又往回缩了缩脑袋，在笑的时候，快速地用右手去掏枪。

只听"砰"的一声，巴顿的那支柯尔特自动手枪响了，我根本就没有看到他有任何的动作。

德加默的胳膊甩到了一旁，那把笨重的史密斯维特也从手中脱落，朝着他背后的松木墙飞去。他的胳膊中枪了，他甩了甩麻痹的右手，然后低头看着它，有些疑惑不解。

巴顿有些悲戚地望着德加默，缓慢地站了起来，然后又缓慢地从房间穿过，把那左轮手枪，朝着椅子下面踢了过去。德加默吮吸着从手指上渗出来的血迹。

"小伙子，你根本不应该给我机会，我当枪手的年头，比你活着的时间还要长，但你还是给了我机会。"巴顿悲戚地说道。

德加默挺起腰，点了点头，然后朝着门口走去。

巴顿平和地对他说："不要这么做。"

德加默继续朝前面走着，走到门口，然后推开纱门。他回过头看了看巴顿，脸色非常惨白，然后他开口说道：

"胖子，我要离开这个地方。你要阻止我的话，只有一个办法。再见。"

巴顿没有动。

德加默朝外面走去，沉重的脚步声先是从门廊传来，再是台阶。巴顿依然没有动，我走到窗口，朝外望去，德加默从台阶走了下去，正走在小水坝上面。

"他要从水坝上走过去了，安迪有没有手枪？"

"即便有枪，他也不会用的。因为他想不出有什么理由开枪。"

"那太糟了。"

"他不应该给我那样的机会，反而让我控制了局面。"巴顿叹了口气，说道，"虽然对他什么用处都没有了，但我还是要还给他。"

"他是个杀人犯。"

"他不是那种的杀人犯。你锁车了吗？"

我点了点，然后说道："安迪从水坝的另一头来了。德加默拦住了他，正在跟他讲话。"

巴顿悲伤地说道："他应该会把安迪的车要过来。"

我又说道："那太糟了。"

我回头看了看金斯利，他正捧着脑袋，盯着地板。我又转过去看向窗户，在水坝中间，安迪正缓慢地朝这边走来，还时不时地回头去看一眼，已经看不到德加默的人影了。汽车发动的声音从远处传来了，安迪抬起头看了看木屋，然后转身沿着水坝往回跑。

引擎的声音逐渐减弱，直到完全听不见，这时巴顿开口说道：

"我们最好是回到办公室，打几个电话。"

这时，金斯利忽然站了起来，朝厨房走去，拿出了一瓶威士忌，然后给自己倒了一杯，就这么站着喝。然后，他摆了摆手，步伐沉重地走出了这个房间。接着，床垫弹簧被压扁的声音传了过来。

我和巴顿安静地从木屋离开了。

41

巴顿打电话要求封锁公路，他刚打完，狮子湖水坝保卫队的队长，就把电话打了过来。我们坐着巴顿的车出发，安迪开得非常快，沿着湖边的小路驶过了村庄、湖岸，最后到达了水坝的终点。哨兵摆着手给我们放行，我们从水坝穿过，在总部小屋旁边，有一辆吉普车，队长就坐在里面等着我们。

队长把吉普车发动起来，然后挥了挥手，我们跟在他身后，沿着公路开了几百英尺，最后来到了峡谷边。那里停着好几辆汽车，几个士兵正探着脑袋，往下面看，还有一群人围在士兵身边。队长从吉普车出来，我和巴顿，还有安迪也下了车，朝队长走去。

"那个伙计差点儿把哨兵从公路上撞飞了，他根本没有停车。"队长愤恨地说道，"要不是因为在桥中间的那个哨兵跳得块，说不定就被撞飞了。那边也是一样，他们让那个人停车，可他依然向前开。"

队长望着峡谷下面，嘴里嚼着口香糖。

"哨兵开了枪。因为按照规定，碰到这样的情况是要开枪的。"

他朝着峡谷边车子摔下去的地方指了指，接着说道："他就是从这个地方摔下去了。"

几百英尺的谷底，有一块巨大的花岗岩，上面跌落着一辆双人座轿车，头部朝下，车身有些倾斜地戳在那里。下面还有三个人，他们挪动着车子，以便把什么东西抬出来。

是一具男性尸体。